Ángeles Doñate

Die Schule, die wir liebten

Roman

Aus dem Spanischen
von Anja Rüdiger

PIPER

Mehr über unsere Autorinnen, Autoren und Bücher:
www.piper.de
www.thiele-verlag.com

Wenn Ihnen dieser Roman gefallen hat, schreiben Sie uns unter Nennung des Titels »Die Schule, die wir liebten« an *empfehlungen@piper.de*, und wir empfehlen Ihnen gerne vergleichbare Bücher.

Unser Versprechen für mehr Nachhaltigkeit
- Klimaneutrales Produkt
- FSC®-zertifiziertes Papier
- Hergestellt in Europa

FSC® www.fsc.org MIX Papier | Fördert gute Waldnutzung FSC® C021394

Ungekürzte Taschenbuchausgabe
ISBN 978-3-492-31955-3
Mai 2023

Titel der spanischen Originalausgabe: »El último vagón«

Umschlaggestaltung: Christina Krutz, Biebesheim am Rhein
Satz: Christine Paxmann • text • konzept • grafik, München
Gesetzt aus der Goudy Old Style
Gedruckt von ScandBook in Litauen
Printed in the EU

Für Jaume P., meinen Lehrer, der mit den Stiefeln
an den Füßen gestorben ist, während er die Niemande
zu fernen und manchmal nahen Grenzen begleitet hat.
Für Jaume P., meinen Freund, dafür, dass er mir
diese Geschichte geschenkt hat und ein Land –
beides teilen wir nun.

Für alle Erzieher und Erzieherinnen
in meinem Stammbaum.

Für alle Lehrer und Lehrerinnen, die mit
bunten Stiften die Hoffnung verteidigen.

1

Hugo Valenzuelas verkrampfte Hände warteten auf einen Befehl.

Nur auf einen, einfach und direkt: »Schließungsbeschluss.«

Doch sein Gehirn war nicht in der Lage, ihn zu erteilen.

»Das soll wohl ein Scherz sein!«, hatte er seine Sekretärin angefahren, als sie ihm die grüne Akte übergeben hatte.

»›Öffentliche Schule Artikel 123. Schließungsbeschluss. In Prüfung‹«, las sie etwas nervös vor.

»Es freut mich, festzustellen, dass Sie flüssig lesen können.« Er verzog den Mund zu einem falschen Lächeln. »Seit wann fallen derartige Dinge in den Zuständigkeitsbereich eines Chefinspektors der Generaldirektion Bildung und Kultur? Sie arbeiten hier doch nicht erst seit gestern!«

Carolina, die in der Tat nicht erst seit gestern in der Generaldirektion arbeitete, sondern kurz vor ihrer Pensionierung stand, verfluchte ihr Schicksal.

Hugo war ein äußerst strenger und fordernder Chef, ein Workaholic, der sie sogar schon an Sonntagen zu Überstunden gezwungen hatte, jedoch immer respektvoll und höflich mit ihr umgegangen war. Er war hoch qualifiziert, und in der obersten Chefetage hieß es, dass er hart arbeite und eine vielversprechende Zukunft vor ihm liegen würde. Auch sie hatte ihn, obwohl er viel jünger war als sie, immer respektiert und sogar ein bisschen bewundert.

Drohte nun, dass er seine guten Eigenschaften vergaß?

»Die Sekretärin des Generaldirektors hat mir die Akte gegeben. Er möchte, dass unsere Abteilung sich um diese Angelegenheit kümmert«, sagte sie unsicher und fuhr auf den fragenden Blick ihres Chefs hin fort: »Angeblich handelt es sich um einen außergewöhnlichen Fall. Es geht um eine Schule mit nur dreißig Schülerinnen und Schülern. Eigentlich müsste der Lehrer in Pension gehen, aber er weigert sich, um die Schließung der Schule zu verhindern. Nun meint der Generaldirektor, dass es an der Zeit ist, eine endgültige Entscheidung zu treffen.«

Der Chefinspektor winkte ab.

»Na, dann geben Sie die Akte an Martínez oder Pascual. Die kümmern sich üblicherweise um solche Fälle. Muss ich Ihnen das wirklich erklären? Die beiden sollen sich damit befassen und können mich ja worüber auch immer informieren, bevor die *endgültige Entscheidung* getroffen wird.«

Damit betrachtete Hugo das Gespräch als beendet. Er widmete sich wieder seinen Unterlagen und wartete darauf, dass seine Sekretärin den Raum verließ.

»Martínez ist heute Morgen wegen einer Bauchfellentzündung notoperiert worden, und Pascual hat Urlaub und befindet sich in den Vereinigten Staaten, wenn ich Sie daran erinnern darf. Seine Tochter heiratet und …«, erklärte Carolina, ohne sich von der Stelle zu bewegen.

Hugo schnaubte.

Es sah ganz danach aus, als wäre ihm kurz vor seinem lang ersehnten Frühjahrsurlaub etwas in den Schoß gefallen, das er nicht abgeben konnte. *Und das bei all den unbearbeiteten Akten, die sich schon jetzt auf meinem Schreibtisch stapeln!*, stöhnte er innerlich.

Er dachte an sein Surfbrett und an die Flugtickets, die ihn bald ins Wellenparadies bringen würden. Er würde in dieser Angelegenheit rasch, praktisch in Überschallgeschwindigkeit, eine Entscheidung treffen. Öffentliche Schule Artikel 123. *Was für ein lächerlicher Name! Allein dafür sollte man diese Schule dichtmachen*, dachte er grimmig, während er die Akte zu sich heranzog.

Drei Stunden später war sein Büro das einzige in der Generaldirektion, in dem noch Licht brannte.

Vor dem großen Fenster stehend, betrachtete Hugo Valenzuela sein Spiegelbild. Gedankenverloren bemerkte er nicht den Vollmond, der von hoch oben am Himmel vertrauensvoll zu ihm hinabschaute.

Zwanzig Stockwerke unter Hugo schob sich derweil eine Lawine von Autos über die Avenida Central. Das laute Hupen und das Quietschen der Bremsen erinnerten ihn daran, dass Freitag war und die Leute Kopf und Kragen riskierten, um so schnell wie möglich nach Hause zu kommen. Diesen Drang verspürte er nicht. In den achtzehn Jahren seines Berufslebens hatte er es noch nie eilig gehabt, zurück in seine Wohnung zu kommen, in der lediglich seine Hightech-Musikanlage und seine Bibliothek auf ihn warteten. Um beides beneideten ihn viele seiner Freunde.

Hinter ihm auf dem Mahagoni-Schreibtisch lag wie ein Patient im OP die ausgeweidete Akte der Artikel-123-Schule. Ihr waren Grafiken zur Bevölkerungsentwicklung, Rentabilitätsstudien, einige vom Schuldirektor und den Menschen aus den umliegenden Dörfern unterzeichnete Briefe sowie diverse wilde Zeichnungen augenscheinlich sehr junger Kunstschaffender entnommen worden. Sogar ein paar Schulaufsätze lagen dort, wo sonst Hugos Laptop stand, von denen einige wirklich bewegend waren.

Offenbar dachte niemand außer der Generaldirektion daran, sich mit der Schließung der Schule abzufinden.

Doch keine dieser Unterlagen konnte den Chefinspektor beeindrucken, der es gewohnt war, ungerührt unliebsame Entscheidungen zu treffen. Allein ein wie zufällig hinzugefügtes Foto hatte ihn aufgewühlt, beschäftigte ihn.

Es war an den Ecken bereits vergilbt und geknickt, doch in der Mitte war deutlich ein alter Eisenbahnwaggon zu erkennen, auf den jemand *Malinalli Tenepatl* gepinselt hatte. Darunter war in ungeübter Schrift *Öffentliche Schule Artikel 123* zu lesen. Aus dem offenen Waggon lächelten ein Erwachsener und eine kleine Gruppe Rotzlümmel unterschiedlichen Alters mit leuchtenden Augen in die Kamera, so als hätten sie die Bedeutung, die dieser Moment in vielen Jahren haben würde, vorausgeahnt. *Als hätten sie gewusst, dass sie alle gemeinsam irgendwann die in einem Büro getroffene Entscheidung, die Schule zu schließen, aufhalten könnten*, überlegte Hugo überrascht.

Den Gesichtern der Kinder war anzusehen, dass sie ihr Leben bei Sonnenschein, Regen und Wind unter freiem Himmel verbrachten. Einige waren barfuß, andere trugen Kleidung, die durch den häufigen Gebrauch fadenscheinig geworden war, manche versteckten ihre wahrscheinlich frühzeitig gealterten Hände, die Haut rissig von zu viel harter Arbeit, hinter ihren Rücken. Ein hässlicher, zerzauster Hund, der dem Fotografen den Rücken zuwandte, dirigierte den stummen Chor.

Auf die Rückseite des Fotos hatte jemand *Campos Verdes, 1971* geschrieben.

Hugo Valenzuela war seit jeher kein großer Zweifler und Haderer. Doch es war eine Sache, Zahlen zu analysieren, und eine andere, in die hoffnungsvollen Gesichter seiner möglichen Opfer zu blicken.

Er verließ sein Büro, ohne sich noch einmal umzudrehen.

Ich weiß, dass Sie von mir möglichst schnell eine Entscheidung erwarten, aber …, eröffnete er ein Gespräch mit einem unsichtbaren Vorgesetzten.

»Entscheidung«, murmelte er kopfschüttelnd. Das Einzige, was von ihm erwartet wurde, war, dass er, der unerbittlichste aller Beamten in der Generaldirektion, in einem fundierten, eindeutigen Bericht die Schließung dieser Schule rechtfertigen würde.

Zur selben Zeit, aber Hunderte Kilometer entfernt, sammelte ein alter Lehrer an einem verlassenen Bahnhof die Hefte ein, die seine Schüler auf ihren Bänken liegen gelassen hatten. Zärtlich strich er mit den Fingern über jedes einzelne von ihnen, als handelte es sich um wertvolle Artefakte.

Der schimmernde Mond, dessen silbriger Schein durch die Gitterstäbe des kleinen Waggonfensters fiel, beleuchtete seine vorsichtigen Schritte. Doch genau wie Hugo Valenzuela schenkte auch Don Ernesto in der friedvollen, sanften Dunkelheit, die nur von dem Orangenblütenduft seiner Kindheit und dem Lachen der Kinder eines ganzen Lebens erfüllt war, dem Mond keine Beachtung.

2

»Ob er tot ist?«, fragte Chico.

Tuerto und Valeria zuckten mit den Schultern.

»Was glaubst du, Ikal?«, ließ Chico nicht locker.

Der volle Klang seiner Stimme verunsicherte mich mehr als der leblose Körper, der am Rand des Weges lag.

Chico war der Älteste von uns.

Er war vierzehn und hatte starke Arme, die die Arbeit auf dem Feld gewohnt waren. Er rauchte und trank hin und wieder Alkohol. Das und sein aufbrausender Charakter hatten ihn ohne jede Diskussion zum Chef unserer Gruppe gemacht.

Ich hingegen war ohne jede Diskussion das Küken. Mit meinen elf Jahren, meinen dürren Beinen und meiner Kinderstimme, die alles andere als männlich klang. Ich hatte noch nie geraucht und war sicher, dass ich, sollte ich es je tun, daran sterben würde. Nicht am Nikotin oder am Teer, sondern durch den Besen meiner Mutter oder den Gürtel meines Vaters. Das machte mich zu einer Art Maskottchen der Gruppe oder auch nur zum Floh des Maskottchens.

Warum also wollte Chico meine Meinung wissen?

Plötzlich waren drei Augenpaare auf mich gerichtet.

War das ein Test?

Ich spürte, dass etwas auf dem Spiel stand, wenn ich auch nicht wusste, was. Aber es musste etwas Wichtiges sein.

Ich durfte sie nicht enttäuschen. Ich durfte mich selbst nicht enttäuschen.

Also biss ich die Zähne zusammen und trat auf den Mann zu.

Ich begutachtete ihn wie einen meiner Würmer, die ich in einem Karton aufbewahrte. Er war genauso grau wie sie. Seine Augen waren offen, sein Blick auf irgendeinen entfernten Planeten gerichtet.

Chico und Tuerto hatten ihn angespuckt, ihn beschimpft. Und er hatte sich nicht gerührt. Entweder schlief er ausgesprochen tief, oder er war tatsächlich tot, bei all dem, was wir mit ihm angestellt hatten.

Neben ihm lag ein Stock.

Ich hob ihn auf und berührte damit vorsichtig den leblosen Körper.

Er rührte sich nicht, was mir Mut machte, mit mehr Kraft zuzustoßen.

Und dann passierte es.

Aus dem Gestrüpp am Wegrand sprang ein kleiner wütend bellender Hund.

Langsam, aber entschieden näherte er sich.

Chico, Valeria und Tuerto rannten los.

Der Hund und ich starrten uns über den Toten hinweg an.

Ich war nicht imstande, mich zu bewegen. Meine Beine gehorchten mir nicht.

Da waren wir: ich, ein elfjähriger Junge, der sich an einen Stock klammerte, und ein schmutziger, aufgebrachter Straßenköter, und wir beide wussten nicht, wie wir reagieren sollten. Den drei Freunden hinterherrennen? Mich angreifen? Den Stock wegwerfen? Weiter bellen? Schreien? Wieder im Gestrüpp verschwinden?

Die Zeit stand still.

Plötzlich tat der Hund etwas, das ich nicht erwartet hatte, etwas eigentlich Bedeutungsloses, das unsere Schicksale jedoch für immer miteinander verband.

Er senkte den Kopf.

Er blickte auf den nach Alkohol stinkenden Körper in der mit Erbrochenem beschmutzten Kleidung, der nur noch einen Schuh anhatte.

Dann stieß er ein derart schmerzerfülltes Jaulen aus, dass mir Tränen in die Augen schossen.

Der Stock glitt mir aus den Händen.

Sogar ich, der Floh des Maskottchens, konnte diesen tiefen Schmerz nachfühlen.

Der Hund leckte seinem Herrchen über das Gesicht.

Ohne dass er sich dagegen wehrte, sank ich neben ihm auf die Knie. Für einen Moment schaute er mich an, und auch wenn es mir nachher keiner geglaubt hat, bin ich mir sicher, dass er mir traurig zugelächelt hat, als er sah, wie ich mit ihm weinte.

So verblieben wir, einer neben dem anderen, und betrachteten den Toten in dem Bewusstsein, dass dieser Moment und dieser Weg die Grenze zwischen einem Vorher und einem Nachher markierten.

Nichts würde je wieder so sein, wie es gewesen war.

Er war ohne seinen Vagabunden und sein bisheriges Leben auf der Straße zurückgeblieben. Und ich, der einzige

Sohn eines Eisenbahnarbeiters, hatte meinen ersten Toten gesehen und war wegen einer bestandenen Mutprobe in eine Bande aufgenommen worden.

Doch vor allen anderen wichtigen Dingen, die an jenem Tag und an den folgenden Tagen geschahen, hatten ich, Ikal, und er, der später auf den Namen Quetzal hören würde, den besten Freund gefunden, den wir jemals haben würden.

Wir hatten uns gefunden.

3

»Er kann bei uns in der Schule bleiben«, meinte Don Ernesto.

Mein Vater sah ihn ungläubig an.

Die Lösung konnte doch nicht so einfach sein.

Wir diskutierten schon eine Stunde, was für meinen Vater, den schweigsamen Indio, eine Ewigkeit war.

»Und keine Sorge, Tomás, ich werde für ihn kein Schulgeld nehmen«, sagte mein Lehrer lächelnd. »Der Hund kann an der Tür des Waggons schlafen und Diebe verjagen. Und wenn es kalt wird«, fügte Don Ernesto mit einem Blick auf mich hinzu, »lass ich ihn rein und er kann sich unter eines der Pulte legen. Am Unterricht kann er nicht teilnehmen. Ich weiß, dass er intelligenter und lernwilliger ist als jeder meiner Schüler, aber ich glaube nicht, dass die Schulaufsicht besonders begeistert darüber wäre …«

Meine Mutter lächelte dankbar. Sie hatte schon vor einer Weile den Reis auf den Tisch gestellt, der wegen des angeregten Gesprächs nun kalt und klumpig auf den Tellern lag. Ich sah, dass mein Vater nickte, was bedeutete, dass er mit der Abmachung einverstanden war. Wir konnten essen.

»Aber hör mir gut zu, junger Mann, du bist dafür verantwortlich, dass er genug zu fressen bekommt und dass er sauber ist und keine Flöhe anschleppt«, wandte Don

Ernesto sich an mich, während er dem Hund ein Zeichen machte, ihm zu folgen. »Quetzal gehört jetzt zur Malinalli-Tenepatl-Schule, und du weißt ja, dass ich sehr streng bin, was das Einhalten der Regeln betrifft.«

Quetzal wedelte mit dem Schwanz und sah fragend zwischen mir und Don Ernesto hin und her. Ich nickte, und, ohne zu zögern, folgte er meinem Lehrer.

Mein Hund war sehr schlau: Er erkannte allein am Geruch, ob er einem Menschen vertrauen konnte oder nicht.

Don Ernesto roch das ganze Jahr über nach Orangenblüten, weil er, wie er sagte, in einem Haus mit einem Garten voller Orangenbäume aufgewachsen war. Ich habe Orangen schon immer geliebt, aber das ist nicht der Grund, warum ich meinen Lehrer so gern mochte.

Ich glaube, es lag daran, dass er immer Zeit für uns hatte.

Unsere Väter arbeiteten sehr viel, sodass sie nur selten Zeit für uns hatten. Mein Vater und der von Tuerto verlegten Eisenbahngleise. Und in Chicos Familie waren alle Männer Saisonarbeiter, von seinem kleinen Bruder bis zu seinem Großvater. Sie ernteten Äpfel, Baumwolle oder was es sonst noch gab. Die Landeigentümer wechselten, die Arbeit blieb gleich. Aber mein Freund hatte mir versichert, dass ihm am Ende der Saison auch die Grundbesitzer alle gleich vorkamen: dick, mit roten Gesichtern und Cowboystiefeln mit Metallspitze. Das wusste er, weil er schon mal welche anprobiert hatte.

Auch Valerias Familie lebte von der Landarbeit, nur dass die Felder, die sie bewirtschafteten, ihnen selbst gehörten. Das war ein großer Unterschied. »Du schuftest ja auch für etwas, was euch gehört«, hielt Chico ihr jedes Mal vor, wenn sie begeistert erklärte, wie gern sie Mais säte oder ihrer Großmutter half, die Früchte für den Verkauf auf dem Markt zu ernten.

Jedenfalls war das der Grund, warum wir uns, wenn wir ein Problem hatten oder nicht weiterwussten, als Erstes an Don Ernesto wandten. Wie an dem Tag, an dem Chico, Tuerto, Valeria und ich den Toten gefunden hatten. Damals war er es, der zu dem Wegrand ging und die Polizei und den Gerichtsmediziner benachrichtigte. Er war es auch, der uns erklärte, dass der Mann ein Vagabund gewesen war, wir uns aber keine Sorgen machen müssten, weil der Priester ihn auf jeden Fall beerdigen würde. Unser Lehrer betete mit uns für den Toten und half uns dann mit sanfter Unterstützung, die Angelegenheit zu vergessen. Aber vor allem anderen war er es, der mir erlaubte, Quetzal zu behalten, weil er begriffen hatte, dass das Schicksal eine Verbindung zwischen unseren beiden Herzen geknüpft hatte.

Don Ernesto war der einzige Erwachsene, den ich kannte, der in der Lage war, solche Dinge zu spüren.

Genauso, wie er an jenem Abend gespürt hatte, dass ich keine ruhige Nacht mehr verbringen würde, wenn Quetzal nicht an einem sicheren Ort schlafen konnte.

Lächelnd sah ich meinem Lehrer und meinem Hund nach, bis die beiden zwischen den Schatten der herbstlichen Bäume in der Dunkelheit verschwanden.

Ich seufzte im Einklang mit meinem kleinen, besonderen Universum: eine Reihe alter Eisenbahnwaggons, die in den unterschiedlichsten Farben angestrichen waren und in denen mehr als hundert Bahnarbeiter mit ihren Familien lebten. Wir waren Nomaden: Unser Leben spielte sich an ständig wechselnden Orten des Landes ab, immer da, wo Gleise repariert, Bahnhöfe gebaut oder Hochspannungsleitungen gespannt wurden. In unserer fahrbaren Stadt legten wir unzählige Kilometer zurück. Ingenieure, Elektriker, Schmiede, Lokomotivführer und Hilfsarbeiter reisten im Dienst der Eisenbahn von einem Ort zum nächsten.

Wenn wie in jenem Jahr das Glück auf unserer Seite war, blieben wir für mehrere Monate an einem Gleisabschnitt. Was die Frauen nutzten, um ihr Heim umzugestalten: Sie strichen die Wände neu, hängten Gardinen auf oder pflanzten Blumen vor der Tür. Wir Kinder erkundeten die Straßen des nächstgelegenen Dorfes, knüpften Freundschaften und suchten uns einen Platz zum Fußballspielen. Einige der jungen Bahnarbeiter, erklärte mein Vater einmal lachend, seien wie Seeleute: Wenn sich unser Zug nach einigen Monaten wieder in Bewegung setzte, ließen sie an jedem Bahnhof eine Liebste zurück.

Ein Schauder lief mir über den Rücken.

Würde ich Quetzal zurücklassen müssen, wenn wir weiterzogen? »Ich schwöre, dass ich mit ihm zusammen weglaufe, wenn man uns zwingt, uns zu trennen«, versprach ich einer Sternschnuppe, die in diesem Moment wie eine plötzliche und tiefe Gewissheit meine Nacht erhellte.

4

»In Mexiko gibt es fünfundachtzig Flüsse«, diktierte Don Ernesto langsam.

Ein unharmonischer Chor an Bleistiften kratzte über dünnes Papier.

Die in der ersten Reihe grübelten, am Stift kauend, über jedem Buchstaben. Während sie schrieben, hoben sie, auf das Einverständnis des Lehrers hoffend, die Köpfe und blickten in sein freundliches Gesicht. Das waren die Kleinen.

Wir in der zweiten und dritten Reihe waren die Mittleren. Wenn wir an unseren Pulten saßen, berührten unsere Füße bereits den Fußboden, aber wir waren immer noch Kinder. Um Don Ernesto zu beeindrucken, schrieben wir so schnell wir konnten. Wir alle glaubten, dass, wenn wir die Namen der fünfundachtzig Flüsse kannten, etwas aus uns werden würde. Ich träumte davon, wie Don Ernesto Lehrer zu werden, Tuerto davon, in den USA Eisenbahnen zu bauen.

Die letzte Reihe war bereits alt genug, um nicht mehr zu träumen. Sie würden nicht studieren, keine Reisen machen, sondern auf den Feldern arbeiten. Dazu zählten Valeria und Chico, zumindest an den Tagen, an denen er in der Schule erschien.

Don Ernesto arbeitete jeden Tag hart mit uns.

»Valeria, könntest du uns die fünf größten Flüsse anschreiben?«, bat er.

Sie stand auf und ging nach vorn zur Tafel.

Ich spitzte gerade meinen Bleistift, als sie mich im Vorbeigehen leicht berührte.

Es fühlte sich an, als ob eine zarte Brise meinen Arm streifte. Der Duft nach nasser Erde und feuchtem Gras stieg in meine Nase.

So etwas war mir noch nie zuvor passiert.

Irritiert hob ich den Blick und sah, wie ihr dunkles Haar vor der Tafel im Takt ihrer Hand auf und ab wippte, während sie sich bemühte, die Namen der Flüsse korrekt an die Tafel zu schreiben. Ich dachte, dass die Bewegung ihres Haars, die Wellen, die es auf ihrem Rücken formte, mich an das Wasser in diesen Flüssen erinnerte. Von diesem Gedanken gebannt, verbrachte ich den Rest der Stunde. Ich war für Tage, für Wochen fasziniert. All die Monate über, die unser gemeinsamer Unterricht andauerte.

Valeria war zierlich, hatte dunkle Haut und schmale Augen. Ihre rissigen Hände und Füße verrieten, dass sie schon als kleines Kind auf dem Feld gearbeitet hatte. Doch anders als vielen anderen erschien ihr dies nicht als Strafe, sondern als Segen.

Sie war nicht hübsch, aber sie gehörte zu uns.

Vor allem gehörte sie zu Chico.

Er hatte sie erwählt, und sie hatte sich von ihm erwählen lassen, auf ihre Art, ohne dem Ganzen viel Bedeutung beizumessen. Es war sein Privileg, sie zu Hause abzuholen und sie am Abend dorthin zurückzubegleiten. Nur sie fragte er nach ihrer Meinung. Er hörte ihr zu, und ihre Zustimmung war ihm wichtig, auch wenn er das nicht mal vor sich selbst zugegeben hätte. Uns andere stellte er in der Regel vor vollendete Tatsachen, wobei er davon ausging, dass wir mit allem einverstanden sein würden. Und voller Bewunderung. Er war davon überzeugt, dass wir ihm überallhin folgen würden, bis in die Unendlichkeit.

So war es in jenen letzten Monaten unserer Kindheit. Valeria gehörte zu Chico, auch wenn es für sie keine Bedeutung zu haben schien.

Und bis zu jenem Tag, an dem es um die Flüsse ging, war mir das egal gewesen. Von da an jedoch, würde es mir immer ein bisschen wehtun.

Aber das wusste ich noch nicht, als Don Ernestos Stimme mich aus meinen Gedanken riss.

»Ich glaube, dass dein Schulkamerad Ikal gerade auf einem dieser Flüsse unterwegs ist.« Mein Lehrer schwieg einen Moment, bevor er, ohne sich der Tragweite seiner Worte bewusst zu sein, hinzufügte: »Oder er ist verliebt.«

Er wuschelte mir durchs Haar und hielt mir die Kreide hin.

Die anderen Kinder lachten.

Ich war so mit meinen Gedanken beschäftigt gewesen, dass ich nicht bemerkt hatte, dass Valeria zu ihrem Platz in der letzten Reihe zurückgekehrt war und dass der Lehrer mich aufgerufen hatte, sie an der Tafel abzulösen.

Dort, den verlorenen Blick auf die unergründliche dunkle Fläche gerichtet, erkannte ich, dass für mich die erste Liebe die Form einer Kaskade aus schwarzem Haar hatte.

5

Für Hugo Valenzuela begann dieser Montag mit einem flauen Gefühl im Magen und drei Tassen sehr starkem Kaffee.

Das war ihm seit Jahren nicht mehr passiert.

Er rühmte sich, Nerven wie Drahtseile zu haben. Die Ausübung mehrerer Risikosportarten hatte ihm geholfen, diese zu stählen. Dennoch hatte die Akte der Öffentlichen Schule Artikel 123 ihn innerlich erschüttert.

Die Worte seines Kollegen Limónez am Kaffeeautomaten beunruhigten ihn zusätzlich. Alle wussten, dass dieses Klatschmaul ein Vasall der Partei war, die ihn eingeschleust hatte, um auf informellem Weg alle wissen zu lassen, was die Junta verbreiten wollte.

»Die Akte von der Eisenbahnschule ist bei dir gelandet, stimmt's?«, hatte sich Limónez dann auch gleich erkundigt.

Hugo hatte ihn offen angesehen. Er mochte diesen Kerl nicht, aber es war auch nicht seine Art, anderen seine Sympathie oder Antipathie zu zeigen. Damit war er immer gut gefahren. Und dies war bestimmt nicht der richtige Moment, um etwas daran zu ändern.

Limónez begriff Hugos Schweigen als Interesse, mehr über die Angelegenheit zu hören.

»Dieser Geschichte hätte man schon vor Jahren ein Ende machen sollen! Denkst du nicht?«, hatte er gleich seinen ersten Pfeil abgeschossen. »Damit will ich nicht sagen, dass die Eisenbahnschulen, als sie gegründet wurden, nicht ihre Berechtigung hatten, aber heute? Ein Relikt aus einer anderen Zeit. Aus einem Land, das es nicht mehr gibt. Es ist allgemein bekannt, dass die populistischen Regierungen in der Vergangenheit, um sich die Stimmen der Arbeiter und der Landbevölkerung zu sichern ... Jedenfalls gibt es gewisse Gesetze und Projekte, die nur aus diesem Grund verabschiedet worden sind. Aber wir sind ein modernes Land und brauchen Schulen, die für die Ziele dieses Jahrhunderts stehen. Diese Eisenbahnschule gehört ausrangiert.«

Und wo beginnt und endet dieses moderne Land?, hatte Hugo gedacht, den der Anblick der sich endlos erstreckenden Elendsviertel jenseits der Schnellstraßen jedes Mal schmerzte, wenn er ins Landesinnere unterwegs war. *Was glaubt der denn, wer in diesen asbestverseuchten Hütten wohnt? Künftige Millionäre?* Beinahe hätte er bitter aufgelacht, doch es gelang ihm, sich im Zaum zu halten.

»Ich weiß nicht, Limónez. Das ist nicht meine Art, die Dinge zu beurteilen. Du weißt ja, dass ich ein Zahlenmensch bin und mich mit Bilanzen und Variablen auseinandersetze«, hatte er schlicht gesagt und in seinem Kaffee gerührt. »Meine Arbeit lässt sich mit einer einzigen Frage zusammenfassen: Ist die Sache unterm Strich rentabel oder nicht?«

»Und es ist sehr gut, dass du so arbeitest«, hatte Limónez lächelnd gemeint. »Du wirst sehen, dass wir am Ende zu dem gleichen Schluss kommen. Von den vielen Eisenbahnschulen, die es überall im Land mal gegeben hat, ist nur dieser eine Waggon geblieben. Und der fährt nicht mal mehr, sondern steht an einem verlassenen Bahnhof herum. Dreißig Schüler und ein alter Lehrer. Du wirst mir sicher bald zustimmen, dass es das Beste ist, die Gelegenheit beim Schopf zu packen und dieses Projekt, das der Vergangenheit angehört, endgültig einzustellen. Dass dieser Mann jetzt in Pension geht, sollten wir nutzen. Es wird sich sowieso niemand finden, der freiwillig die Nachfolge antritt. Nicht in dieser Einöde!«

In der Tat lag der Bahnhof Delicias verlassen in einem kleinen Ort mit niedrigen Häusern und lehmigen Straßen, an dessen glorreiche Zeiten sich nicht einmal die Geschichtsbücher erinnerten.

»Die Eisenbahnschulen wurden gemäß Artikel 123 der Bundesverfassung eingerichtet, in dem die sozialen Rechte der Arbeiter festgelegt sind. Es ist zu prüfen, ob …«, setzte Hugo an.

Er kannte dieses Gesetz sehr gut, denn er hatte beim Abschluss seines Studiums seine Examensarbeit darüber geschrieben. Niemals würde er den Moment vergessen, als er sie verteidigt hatte. Seine Mutter hatte stolz im Hörsaal gesessen, dieser Moment war ihr Lohn für ein ganzes Leben voller Opfer und Entbehrungen.

Es war das letzte Mal gewesen, dass er ihre glänzenden Augen gesehen hatte. Wenige Monate später waren sie für immer erloschen.

»Ein Gesetz, das in den Dreißigerjahren des letzten Jahrhunderts verabschiedet wurde!«, fiel ihm sein Gesprächspartner ins Wort. »Wie schon gesagt: Das alles gehört der Vergangenheit an. Die Schließung der Schule ist der erste Schritt, um nach und nach alles Veraltete abzuschaffen, verstehst du? Ein neues Land braucht neue Gesetze.«

Der Chefinspektor verzog seinen Mund zu einem schiefen Lächeln, das sowohl Zustimmung als auch Skepsis ausdrücken konnte. *Genau das ist es, worum es wirklich geht: Die Akte* Öffentliche Schule Artikel 123 *ist nur die Spitze des Eisbergs*, dachte er.

Im Weggehen hatte Limónez ihm auf die Schulter geklopft. Offensichtlich in der Überzeugung, dass er seine Mission einmal mehr erfüllt hatte.

Erst seit weniger als einem Jahr beschäftigte sich Hugo Valenzuela intensiv mit Politik. Was ihn gelockt hatte, war die Kommission, die das neue Gesetz für das Bildungswesen erarbeiten sollte. Man hatte ihn gebeten, als unabhängiger Fachmann daran teilzunehmen. Obwohl er nicht zur Partei gehörte. Alle wussten, dass er sich nicht binden wollte, und respektierten es.

Damit war etwas in seine Reichweite gelangt, was er als Kind einer verwitweten Frau, das nur dank eines Stipendiums studieren konnte, für unmöglich gehalten hatte. Ohne Fürsprecher und ohne Geld hatte er es nur durch seine Intelligenz und seinen Fleiß zum Chefinspektor gebracht. Doch Teil der Kommission zu werden bedeutete, bei den wirklich Großen mitzuspielen. Er wusste, dass er qualifiziert für den Posten war, wusste, wie hart er arbeiten konnte. Für seine Karriere hatte er auf eine Familie verzichtet und nur wenige Freunde, mit denen er sich hin und wieder traf. Die Arbeit war der Mittelpunkt seines Lebens. Er hatte immer gedacht, dass er mit vierzig Jahren den Höhepunkt seiner beruflichen Karriere erreicht haben würde.

Und dann hatte der Anruf der Partei ihn veranlasst, die Ziele, die er sich gesetzt hatte, noch einmal höher zu stecken.

Als Mitglied dieser Kommission kann ich wirklich etwas verändern, das Leben der Menschen verbessern, sagte er sich immer wieder wie ein Mantra. Und er genierte sich nicht, zuzugeben, dass diese Position es ihm erleichtern würde, als Autor von Fachbüchern zur Bildung erfolgreich zu sein, als Dozent an der Universität zu lehren oder als Bildungsattaché an ein Konsulat im Ausland berufen zu werden.

Neue Träume waren in ihm geboren worden, und sie waren zum Greifen nah.

Zurück in seinem Büro verfluchte er zum wiederholten Mal in den letzten zweiundsiebzig Stunden die grüne Akte, die unschuldig auf dem Schreibtisch lag.

Die Malinalli-Tenepatl-Schule hatte es geschafft, seine Zukunft infrage zu stellen.

In seiner untadeligen Laufbahn hatte er immer darauf geachtet, dass Rentabilität und Moral sich bei seinen Entscheidungen die Waage hielten. Was oft nicht einfach gewesen war.

Er nahm das Schwarzweißfoto aus der Akte und sah den lächelnden Lehrer eindringlich an.

Dann strich er mit dem Finger über den Kopf des hässlichen Hundes. *Vielleicht kannst du mir ja einen Rat geben.*

6

»Ich habe an der Universidad Central Pädagogik studiert. Während des Studiums habe ich in einem Verband von Privatschulen Praktika als Lehrerin gemacht. Nach dem Examen wurde ich dort eingestellt. In der folgenden Zeit ist mir dann klargeworden, dass mich besonders die Verwaltung interessiert, sozusagen.«

»Sozusagen«, wiederholte Hugo leicht unwirsch und etwas ungeduldig, während er mit seinem Handy spielte: ein iPhone der neuesten Generation.

Rebeca Mejías ließ sich davon nicht beirren. Aus der Höhe ihrer beinahe ein Meter achtzig hatte sie einen anderen Blick auf die Dinge. Sie war es gewohnt, den Männern zu gefallen. Unauffällig musterte sie ihren neuen Chef. Sie fand ihn attraktiv.

Unter dem perfekt sitzenden Anzug waren durch häufigen Sport wohlgeformte Muskeln zu erahnen. Er bewegte sich elegant und strahlte eine angenehme Männlichkeit aus.

Sie lächelte.

»Deshalb habe ich mich entschieden, nach New York zu ziehen und an der Columbia University meinen MBA zu machen. Das Thema meiner Abschlussarbeit waren nachhaltige und rentable Bildungsmodelle.« Sie hustete unfreiwillig, bevor sie hinzufügte: »Ich denke, ich brauche nicht zu erwähnen, dass meine Englischkenntnisse hervorragend sind, aber ich spreche auch fließend Chinesisch.«

Die sich nun einstellende Stille ließ Carolina erzittern. Seit dem Nachmittag des Vortages, an dem der Generaldirektor verkündet hatte, dass er jemand Neues für Hugo Valenzuelas vom Ausfall zweier Mitarbeiter gebeutelte Abteilung eingestellt habe, wartete sie auf eine Reaktion ihres Chefs. Doch der schien verstummt.

Ich war Mitglied des Badminton-Jugendnationalteams, spiele Tennis und jogge, las Hugo in den Bewerbungsunterlagen, die auf seinem Schreibtisch lagen. *In meiner Freizeit lese ich gern und unternehme viele Reisen, um die Menschen in anderen Ländern kennenzulernen.*

Hugo hob den Kopf und richtete den Blick auf die neue Kollegin.

»Könnten Sie uns etwas erzählen, was wir nicht bereits in Ihrem Lebenslauf gelesen haben?«

Rebeca ließ sich nicht einschüchtern. Sie hielt seinem Blick stand.

»Mir ist bewusst, dass ich noch viel zu lernen habe, aber ich weiß auch, dass das hier der richtige Ort dafür ist. Und ich lerne schnell.« Sie schwieg einen Moment, bevor sie hinzufügte: »Wenn Sie mir eine Chance geben, werde ich Ihnen beweisen, dass ich eine verantwortungsbewusste, fleißige und couragierte Mitarbeiterin bin.«

Carolina schluckte.

Sie war durchaus beeindruckt von der jungen Frau in dem teuren Hosenanzug, die es verstand, ihr walkürenhaftes Aussehen mit dem blonden Haar und den hellen Augen geschickt zu ihrem Vorteil zu nutzen. Auch ihr tadelloser Lebenslauf und die Sicherheit, mit der sie auftrat, nötigten Carolina Respekt ab.

Die Sekretärin des Generaldirektors wurde gerade Zeugin eines Duells unter Titanen, aber sie wusste nur zu gut, dass Rebeca keine Chance gegen ihren Chef hatte, wenn dieser nicht entschied, nachzugeben. Hugo Valenzuelas Selbstsicherheit war in der ganzen Generaldirektion berüchtigt. *Das Mädchen hat Mumm*, sagte sie sich, während sie ihren Chef aus dem Augenwinkel beobachtete.

»Sie wissen ganz genau, dass ich keine personellen Entscheidungen treffe«, entgegnete der Chefinspektor. »Die Chance, von der Sie sprechen, haben Ihnen bereits andere gegeben.«

»Aber es liegt in Ihren Händen, ob ich sie nutzen kann.«

Erneutes Schweigen.

»Das stimmt«, erklärte Hugo zufrieden.

Carolina atmete erleichtert auf, als ihr Chef sie aufforderte, die neue Kollegin zu ihrem Arbeitsplatz zu führen und ihr die nötigen Dokumente zur Verfügung zu stellen, damit sie sich in laufende Vorgänge einlesen konnte.

Als die beiden Frauen das Büro verließen, warf Hugo einen letzten Blick auf Rebecas Lebenslauf.

Sie hat alles, was man für diese Stelle braucht, und für ihre dreißig Jahre wirklich einiges an Erfahrung und eine beeindruckende Persönlichkeit vorzuweisen … Und extrem lange Beine, dachte er. Hugo Valenzuela war der weiblichen Schönheit absolut nicht abgeneigt.

Dennoch fühlte er, dass etwas nicht stimmte.

Rebeca Mejías war absolut qualifiziert für einen Posten in seiner Abteilung, aber die Erfahrung hatte ihn gelehrt, dass das nicht immer das entscheidende Kriterium war.

Ob sie wohl die Geliebte oder die Tochter eines hohen Tieres war? Oder ob irgendeine hochgestellte Persönlichkeit ihrer Familie einen Gefallen schuldete? Er musste versuchen, Limónez etwas zu entlocken, um herauszufinden, ob er vorsichtig sein musste.

Oder wollte einer seiner Feinde, die er sich im Laufe seiner Karriere gemacht hatte, ihm eins auswischen? Eine hübsche und selbstsichere junge Frau … Es wäre nicht das erste Mal, dass ein Skandal um eine sexuelle Affäre eine vielversprechende Zukunft zerstörte. Eine reißerische Schlagzeile in der Presse, ein paar indiskrete Fotos und das war's dann mit der Kommission. Oder noch schlimmer: Vielleicht hatte die Partei sie auf ihn angesetzt, damit sie ihn überwachte. *Vielleicht wollen sie mich überprüfen, bevor sie mir den Posten geben*, überlegte er, während er den Computer einschaltete.

Hätte er seine Zweifel mit seiner Sekretärin geteilt, hätte die erfahrene Carolina ihm schlicht und einfach erklärt, dass er Feinde sah, wo gar keine waren. *Kann er einen solchen Glücksfall nicht einfach mal so hinnehmen? Wir haben so viel Arbeit und sind so wenig Leute. Also hat man uns Verstärkung geschickt.*

Doch Hugo Valenzuela hatte es auch deshalb zum Chefinspektor gebracht, weil er immer das Haar in der Suppe suchte.

Wie dem auch sei: Das hat mir jedenfalls gerade noch gefehlt! Ein schwieriger Fall, mein Team steht nicht zur Verfügung und jetzt auch noch eine mögliche Spionin im Büro, sagte er sich und sah erneut hinüber zur Akte zur Schließung der Öffentlichen Schule Artikel 123, die noch immer drohend am Rand seines Schreibtisches lag.

7

»Sie ist sehr höflich und freundlich«, erklärte Carolina. »Sie ist fleißig und stellt kluge Fragen. Und sie hat Spaß an der Sache. Sie weiß, was sie tut, und hat alle erforderlichen Qualifikationen.«

Sie sah sich um.

In diesem Büro fühlte sie sich immer irgendwie fehl am Platz.

Es schien, als ob Hugo Valenzuela absichtlich dafür sorgte, dass sich in seinem Reich niemand wohlfühlte, nicht einmal er selbst. Der Raum war funktional eingerichtet, hell und modern. Man konnte sogar sagen, auf eine reduzierte Weise geschmackvoll. Aber eben auch extrem unpersönlich. *Als würde jeder Quadratmeter schreien: Mach's dir hier ja nicht zu gemütlich*, überlegte sie.

Sie betrachtete ihren Chef, der, in Gedanken versunken, mit den Fingerknöcheln der linken Hand auf die Schreibtischplatte klopfte.

Auch nach mehr als zehn Jahren mit ihm konnte sie nicht mehr über ihn sagen als das Offensichtliche: Er war nicht besonders groß und schlank. Seine attraktive Sonnenbräune schien eher zufällig als beabsichtigt. Sein Haar war stets akkurat geschnitten, und er hatte dunkle Augen. *Die sind das Beste*, dachte sie in Erinnerung daran, dass sie an den Augen ihres Chefs ablesen konnte, was in ihm vorging. Wenn er verärgert war, wirkten sie beinahe schwarz und blitzten; wenn ihm etwas gefiel, glänzten sie, und wenn er, was nur selten vorkam, mit den Gedanken woanders war, sahen sie aus wie zwei kleine kastanienbraune Flecken.

So wie jetzt. *Woran er wohl denkt*, fragte sie sich.

Vor einer Viertelstunde hatte er sie unter dem Vorwand, ihr einen Brief für den Bildungsbeauftragten der Südprovinz diktieren zu wollen, zu sich gebeten, das Gespräch dann aber auf Rebeca gelenkt.

Carolina räusperte sich.

»Sind Sie erkältet?«, fragte er mit einem irritierten Lächeln und holte eine Dose mit Hustenbonbons aus der Schreibtischschublade hervor.

Aha, der Chefinspektor ist wieder auf seinem Posten, sagte sich Carolina.

»Ich hatte gerade erwähnt, dass Rebeca …«

»Die perfekte Arbeitskraft ist«, unterbrach er sie.

»Na ja, ich weiß nicht, ich bin nicht …« Carolina wurde unsicher. »Es ist jedenfalls mein erster Eindruck.«

»Und das ist genau, wonach ich Sie gefragt habe: Welchen Eindruck sie auf Sie macht«, entgegnete der Chefinspektor mit einem leicht ironischen Unterton, den er sofort bereute. »Ich freue mich, dass Sie beide sich gut verstehen. Denn wir haben in den nächsten Monaten einiges zu tun.«

Sein Gesicht wurde ernst.

»Carolina, ich vertraue Ihnen. Sie sind diejenige mit der meisten Erfahrung in unserem Team. Achten Sie darauf, was die Neue macht. Und was auch immer Ihnen auffällt, sagen Sie es mir.«

Die Sekretärin nickte überrascht.

Es war das erste Mal, dass sich ihr Chef derart vertraulich an sie wandte, und es stärkte ihr Selbstbewusstsein, denn sie hatte ihn nicht als einen Menschen kennengelernt, der leichtfertig Komplimente machte. Dafür musste er schon sehr von jemandem überzeugt sein. Die Erwartungen an sein Team waren stets genauso hoch wie die, die er an sich selbst stellte. Bereits in der Tür, um den Raum zu verlassen, wandte sie sich noch einmal um, und ein schüchternes Lächeln huschte über ihr Gesicht.

»Dann sage ich dem Bildungsbeauftragten der Südprovinz, dass alles beim Alten bleibt. *No news, good news*.«

Ohne den Blick vom Computerbildschirm abzuwenden, entgegnete Hugo:

»Habe ich Ihnen schon mal gesagt, wie sehr ich Ihren Sinn für Humor schätze? Sie sollten öfter mal einen Witz machen.«

Lachend zog Carolina die Tür hinter sich zu.

Rebeca, die schon auf sie wartete, damit sie ihr ein paar Dokumente ausdruckte, fragte, was los sei, und Carolina wusste nicht, wie sie es erklären sollte.

»Unser Chef hat so seine Eigenheiten, oder?«

Carolina zuckte mit den Schultern.

Sie sprach nicht über ihre Vorgesetzten. Das war einer der Gründe, wieso sie trotz der häufigen Personalwechsel seit Jahrzehnten noch immer fest auf ihrem Stuhl im Sekretariat saß. »Immer schön bedeckt halten«, hatte die

Kollegin ihr geraten, deren Stelle sie übernommen hatte, als diese in Pension gegangen war. Diesen Rat und eine Postkarte mit einem Bild des Eiffelturms, die noch immer Carolinas Schreibtisch zierte, hatte sie ihr damals als Erbe hinterlassen. Die Nachfolgerin hatte beides in Ehren gehalten, und sie hatte nicht vor, so kurz vor ihrer eigenen Pensionierung etwas daran zu ändern.

»Wie lange arbeitest du schon mit ihm?«, ließ Rebeca nicht locker.

»Etwa zehn Jahre, glaube ich …«, entgegnete Carolina unbestimmt. »Aber wie du ja weißt, habe ich mehrere Vorgesetzte, sodass ich nicht immer nur mit ihm zu tun habe.«

Carolina dachte, dass ihre neue Kollegin nach dieser Erklärung nicht weiterfragen würde. Doch sie kannte sie noch nicht.

»Und war er schon immer so?«

»Wie ›so‹?«

»Kalt, ironisch, ernst, hart …«, meinte Rebeca seufzend, »rätselhaft.«

»Rätselhaft?«, wiederholte Carolina lachend, während sie Rebeca die Papiere reichte.

Bevor sie noch etwas hinzufügen konnte, wurde die Tür des Chefbüros von innen geöffnet. *Als ob er uns gehört hätte,* dachte Carolina.

»Rebeca, könnten Sie für einen Moment hereinkommen … bitte?«

Die junge Frau nickte.

Auf in die dritte Runde, dachte Carolina, als sich die Tür hinter den beiden schloss. Sie freute sich, dass sie bei diesem Gespräch nicht dabei sein musste: Inzwischen waren die ersten Wochen vergangen, und noch immer tänzelten die beiden bei ihren Begegnungen wie zwei Boxer umeinander herum, stets bereit, einen Treffer zu landen.

An diesem Nachmittag jedoch war Hugo Valenzuela nicht richtig bei der Sache. Schweigend hörte er zu, was Rebeca ihm über ihre erste Zeit im Büro zu erzählen hatte, und nickte nur, als sie ihm darlegte, wie sie die Projekte fortzuführen gedachte, die Pascual und Martínez nicht hatten abschließen können. Er unterbrach sie nicht ein einziges Mal, machte keine sarkastischen Kommentare und bat sie auch nicht wie üblich darum, sich kurzzufassen.

Das versetzte Rebeca in Alarmstimmung. Sie zog ihren streitlustigen und ironischen Chef vor. So wusste sie nicht, woran sie war.

Hugo Valenzuela war an diesem Morgen schon müde aufgewacht. Wie jeden Tag hatte um fünf Uhr morgens sein Wecker geklingelt. Das frühe Aufstehen erlaubte es ihm, vor der Arbeit noch eine Runde zu joggen, wobei er im Geiste die Herausforderungen des Tages durchging. Doch an diesem Morgen hatte er im Dunkeln bei einer Tasse Kaffee im Wohnzimmer gesessen. Zum ersten Mal seit Jahren war er nicht in der Lage gewesen, sich die Joggingschuhe anzuziehen, und die ersten Farben des Morgens hatten ihn in seiner Wohnung überrascht, während er still den Tag erwartete.

Nach dem Gespräch mit Limónez hatte er erst einmal durchatmen können.

Doch am Nachmittag des Vortages hatte der Generaldirektor ihn angerufen und sich nach der Akte »Öffentliche Schule Artikel 123« erkundigt.

Hugo hatte sich ein wenig Zeit verschafft, indem er ihm gesagt hatte, dass er an einem Bericht arbeite, an dem weder die Gewerkschaften noch die Opposition etwas auszusetzen haben würden. Dafür, so hatte er erklärt, müsse er Archive konsultieren und lokale sowie staatliche Akten einsehen. Bevor der Generaldirektor das Gespräch beendet hatte, hatte er sich mit einer Frage verabschiedet: »Sollten Sie sich die Schule nicht einmal vor Ort ansehen? Mal mit dem Lehrer reden? Ich weiß nicht. Nicht dass es nachher heißt, wir hätten die Betroffenen nicht angehört …«

Hugo wusste, dass er sich auf vermintem Gelände bewegte.

Er hatte keine Ahnung, was so besonders an dieser Schule mitten in der Pampa sein sollte, dass sich alle so sehr für sie interessierten. *Aber irgendetwas muss es da geben. Immerhin hat der Generaldirektor im Gespräch das Bildungsministerium erwähnt, die Kommission und …* zählte er gedanklich auf.

Unterdessen sprach Rebeca ihm gegenüber enthusiastisch über den Besuch einer Gruppe finnischer Experten, der gegen Ende des Jahres anstand. Sie saß ruhig auf der Stuhlkante, die Beine elegant nebeneinandergestellt, einzig ihre Gestik verriet ihre Begeisterung. Alles an ihr strahlte Sicherheit aus, und das gefiel ihm.

Ob sie wusste, dass ihr Chef sich auf dünnem Eis bewegte?

»Ich möchte Sie bitten, das Projekt mit den Finnen erst einmal zurückzustellen. Wir haben eine dringendere Angelegenheit auf dem Tisch«, begann er vorsichtig. »Ich kümmere mich persönlich darum, aber ein paar konkrete Aufgaben würde ich gern Ihnen übertragen.«

Wenn der Generaldirektor darauf besteht, dass jemand diese Schule besucht, schicke ich vielleicht sie hin. Nicht ausgeschlossen, dass sie sich in dieser Angelegenheit noch als Joker erweist. Außerdem sind in einem solchen Fall zwei Meinungen besser als eine. Mehrere Perspektiven, dachte er.

Rebeca sah ihn erstaunt an.

Sie stützte die Arme auf die Lehnen des Stuhls, schlug die Beine übereinander und beugte sich zu ihm vor.

Hugo lächelte. Es war ihm gelungen, sie zu überraschen. Ohne Worte teilte sie ihm mit: Du hast meine vollkommene Aufmerksamkeit, egal, worum es geht.

In den nächsten Minuten setzte er sie über den Inhalt der grünen Akte in Kenntnis, die ihm den Schlaf geraubt hatte. Den Druck von oben, seinen neuen Posten und das Interesse der Partei an einer schnellen Schließung erwähnte er nicht … Das war zusätzlicher Lärm, der einen Profi nur ablenken würde.

»Als Erstes brauchen wir Zahlen«, sagte er. »Die Anzahl der Lehrer und Schüler im Laufe der Jahre, sowohl in dieser als auch in allen anderen Eisenbahnschulen; akademische Grade, Investitionen der Generaldirektion, Kosten … Was auch immer Sie finden.«

Er schwieg.

Schloss die Augen.

»Und versuchen Sie herauszufinden, was aus den Schülern der verschiedenen Jahrgänge geworden ist, die dort zur Schule gegangen sind. Ob sie später Abitur gemacht haben. Ob sie studiert haben. Ob sie Arbeit gefunden haben. Ob jemand Bekanntes darunter ist.«

Er schwieg erneut.

Rebeca räusperte sich.

»Ich fürchte, dass ich mit dieser Liste schnell fertig sein werde«, meinte sie und hob eine Augenbraue. »Im besten Fall sind die Schüler wohl Gleis- oder Landarbeiter geworden. Was die anderen angeht … Sie wissen ja, wie es ist. Ich kann mir vorstellen, dass sie in die USA gegangen oder im Gefängnis gelandet oder … gar nicht mehr am Leben sind. Sie verstehen schon.«

Hugo Valenzuela öffnete abrupt die Augen.

Rebecas Herz blieb für einen Moment stehen.

»Wir werden aber nicht dafür bezahlt, uns etwas vorzustellen. Oder sind wir Schriftsteller? Regisseure? Nein, wir sind Beamte der Generaldirektion für Bildungswesen. Wir nehmen nicht an und wir vermuten auch nicht, wir … Ich möchte diese Zahlen so schnell wie möglich auf dem Tisch haben, verstanden?«

An diesem Abend machte Rebeca Mejías sich mit einem bitteren Geschmack im Mund auf den Heimweg.

Nur fünf Sekunden hatte sie gebraucht, um das beste Gespräch, das sie bisher mit ihrem neuen Chef geführt hatte, zu verderben.

Wie wollte sie so seine Sympathie und sein Vertrauen gewinnen?

8

Der Samstag war mein Lieblingstag.

Vor allem seit ich Quetzal hatte.

Wenn ich mein Zimmer aufgeräumt hatte, hatte ich bis zum Mittagessen keine Verpflichtungen mehr. Ich konnte über den ganzen Vormittag frei verfügen und ihn mit meinem vierbeinigen Freund verbringen.

Stets erwartete er mich bereits, wenn ich die Tür des Waggons öffnete. Ganz brav und still saß er da, den Blick starr auf unser Fenster gerichtet, und ich hatte keine Ahnung, wie lange er dort schon ausgeharrt hatte.

Wenn es regnete, beobachtete ich ihn durch die Gardinen am Fenster. Dann ließ meine Mutter mich nicht zum Spielen nach draußen. Quetzal machte der Regen nichts aus. Er wartete, bis er verstand, dass ich an diesem Morgen nicht herauskommen würde. Dann verschwand er für einige Stunden, um auf eigene Faust Abenteuer zu erleben.

Zwischen den Wänden unseres Waggons gefangen, blickte ich ihm sehnsüchtig nach.

Mein Zuhause war nicht gerade groß.

Wenn ich mich unter den Esstisch setzte, konnte ich in einer Hundertachtzig-Grad-Wendung meine ganze Welt im Auge behalten. Meine Mutter sah ich von hinten in der Küche werkeln. Es gab keine Tür, die diese vom Wohnbereich trennte, sodass, wenn sie kochte, der Essensgeruch durch den ganzen Waggon zog. Rechts von mir befand sich hinter einem Stoffvorhang mein Zimmer. Mein Bett war ein Brett, das mein Vater mit ein paar Lederriemen an der Wand befestigt hatte. Sobald ich aufgestanden war, klappte meine Mutter es hoch, damit ich Platz zum Spielen hatte. Sie träumte davon, dass sie eines Tages noch ein weiteres Kinderbett dort befestigen würden. Doch dazu ist es nie gekommen.

Ein alter Teppich auf dem Holzboden, ein paar Spielzeugautos, ein kleiner Elektro-Bausatz und ein Ball vervollständigten mein Reich.

Hinter mir verdeckte ein weiterer Vorhang den Zugang zum Schlafzimmer meiner Eltern, das aus einem einfachen Bett, einem kleinen Schrank und einer Truhe bestand. Der Rest unserer Habe, ein paar Möbel und Koffer, wartete im Haus meiner Großeltern in einem kleinen Dorf in der Nähe der Hauptstadt auf uns. Dort wohnten wir, wenn wir nicht unterwegs waren.

Ich mochte den Waggon: den Duft nach Suppe, der ihn erfüllte, das Knarren des Holzes an windigen Tagen, die Schatten meiner Eltern am Vorhang.

Von außen hatten wir ihn in einem leuchtenden Grün angestrichen. Schon von Weitem hob er sich von den anderen Waggons ab. Wenn ich ihn bei der Rückkehr von meinen Abenteuern erspähte, konnte ich nicht anders, als loszurennen. Ich sprang den Tritt hoch, stieß die Tür auf und warf mich in die Arme meiner Mutter, die sie stets für mich ausbreitete.

Ein schneller Lauf nach dem anderen, in meiner Erinnerung vermischten sie sich zu einem einzigen. Genau wie die Samstage in jenem Jahr. Dennoch gab es einen, der besonders war. Er begann wie jeder andere mit Quetzal an der Tür unseres Waggons, strahlendem Sonnenschein und den Verheißungen eines noch jungen Tages.

Mein Vater hatte einen alten Reifen an einen Baum gehängt.

Und ich versuchte, meinem Hund beizubringen hindurchzuspringen, wie die Tiere im Zirkus. Ich träumte davon, ihm Tricks beizubringen und eines Tages mit ihm von Ort zu Ort zu reisen. In Scharen würden die Leute auf die Plätze strömen, um uns zu sehen. Ich hörte Applaus, den Tusch des Trommlers, die bewundernden Ausrufe der kleinen Zuschauer.

All das erklärte ich Quetzal.

Der sah mich aufmerksam an. Auf seinen Hinterbeinen hockend, spitzte er die Ohren und schnüffelte mit schief gelegtem Kopf in die Luft.

»Es ist ganz einfach. Du musst es nur wollen«, sagte ich mit den Worten von Don Ernesto. »Du bist doch ein schlauer Hund.«

Ich lächelte ihm zu.

»Was sage ich? Ein *sehr* schlauer Hund!«, fügte ich hinzu und wedelte aufmunternd mit den Armen.

Quetzal bellte.

»Es geht darum, hier hindurchzuspringen«, erklärte ich und zeigte auf das Loch im Reifen. »Ich mache es dir mal vor.«

Bei dieser ersten Trainingseinheit hing der Reifen bis auf den Boden.

Ich stellte mir das Ganze so vor, dass ich ihn im Laufe der nächsten Wochen immer höher anbringen würde. Mein vierbeiniger Freund war nicht besonders groß, aber agil. Ich hatte ihn schon mehrfach über Zäune springen sehen, um zu einem Hühnerstall zu gelangen, oder laut bellend bei der Verfolgung eines Autos. Große, glänzende Schlitten konnte er nicht leiden. Fuhr dagegen ein mit Arbeitern gefüllter Bus vorbei, sah er vom Straßenrand aus schwanzwedelnd zu.

Das hatte ihm Chicos Respekt eingebracht, der ihn »Compañero Quetzal« nannte. Don Ernesto hatte daraufhin amüsiert zu mir gesagt: »Dein Hund hat tatsächlich Klassenbewusstsein«, und ihm dabei das schmutzige Fell geklopft.

Wie ein Affe kletterte ich durch den Reifen. Auf Händen und Füßen.

Das machte ich ein, zwei, drei … zehn Mal hintereinander. Quetzal ließ mich nicht aus den Augen.

»Jetzt bist du dran!«

Ich zeigte auf den Reifen. Quetzal folgte meinem Arm mit dem Blick. Sah genau hin. Spannte seine Nackenmuskeln an.

Ich hielt die Luft an.

Zwei Sekunden, drei, fünf.

Nichts geschah.

»Los!«

Stille. Absolute Ruhe.

Auf dem untersten Ast des Baumes piepste eine Elster.

Quetzal schoss los wie von der Tarantel gestochen.

Er galoppierte um den Reifen herum und auf den Baum zu. Bellend sprang er daran hoch.

»Verdammter Vogel!«

Ich schrie, so laut ich konnte, ohne dass der Vogel davonflog.

Ich warf mit Stöcken und Steinen, bis ich ihn erwischte. Er kreischte und erhob sich in die Luft. Erst in diesem Moment schien Quetzal sich wieder zu beruhigen.

»Wir haben noch eine Menge Arbeit vor uns, mein Freund«, sagte ich und wies auf den Reifen.

Eine Viertelstunde später kam meine Mutter vom Einkaufen. Sie fand mich auf dem Boden sitzend, den Kopf traurig auf die Hände gestützt. Mein Hund döste neben mir in der Sonne.

»Kein Glück gehabt?«

Ich schüttelte den Kopf.

Sie strich mir übers Haar.

»Ich glaube, ich habe da etwas, was dir helfen könnte«, murmelte sie mit einem Lächeln auf den Lippen.

Sie wühlte in ihrer Einkaufstasche und zog etwas heraus, das sogar bei geschlossenen Augen sofort Quetzals Aufmerksamkeit erregte. Er reckte den Hals und fuhr sich mit der Zunge über das Maul.

»Das wird ihn motivieren.«

Meine Mutter ging und ließ ihren Sohn, den Hund und eine Scheibe geräucherten Speck zurück. Mit neu erwachter Energie postierte ich mich wieder neben dem Reifen.

Ich zerteilte die Speckscheibe in mehrere Stücke. Dann packte ich alle bis auf eines in meine Hosentaschen.

»Hier, Quetzal.« Ich wedelte mit dem kleinen Stück Speck in der Luft.

Er stürmte auf mich zu, stellte sich auf die Hinterbeine und sprang.

Im Bruchteil einer Sekunde war der Speck verschwunden.

Ohne meine Hosentaschen aus den Augen zu lassen, leckte er sich das Maul.

»Wenn du mehr willst … Du weißt ja, was du tun musst.«

Er schüttelte den Kopf und setzte sich.

»Okay, falls du es vergessen hast«, sagte ich und machte die Übung noch ein paarmal vor.

Dabei ertappte mich mein Vater, der gerade von der Arbeit nach Hause kam.

»Hey, Quetzal! Hast du meinem Sohn beigebracht, wie man durch einen Reifen springt?«, sagte er ernst und tätschelte den Hund, der vor Freude ganz aus dem Häuschen war. »Wenn ihr noch etwas übt, könnt ihr damit im Zirkus auftreten.«

Mir stieg das Blut in die Wangen, und ich sah die beiden wütend an.

Mein Vater fing an zu lachen.

»Vielleicht solltest du mit etwas Leichterem anfangen. Dein Hund ist ein alter Vagabund«, meinte mein Vater, während er auf unseren Waggon zuging. »Vielleicht ist er dafür auch nicht schlau genug.«

»Nein!«

Bevor mein Vater durch die Tür im Waggon verschwand, wandte er sich noch einmal um.

»In Ordnung. Dann ist er wohl nur ein wenig faul ...«

»Nein! Nein!«, schrie ich wütend.

Quetzal war weder faul noch dumm.

Es war einfach nicht sein Tag.

»Willst du, dass man so von dir denkt?«, murmelte ich, während ich auf den Wald zuging. »Ich habe keine Lust, mich hier weiter lächerlich zu machen. Dann bleib eben liegen.«

Meine Freunde standen ganz in der Nähe am Weiher.

Ich sprang mit ihnen ins Wasser und vergaß meinen Ärger über den vergeudeten Samstag.

Chico und Tuerto waren mitten in einem Sprungwettkampf. Valeria, die am Rand der Pfütze stand, übernahm die Rolle der Schiedsrichterin.

»Und nun ein Spaßsprung!«, rief sie.

Wir drei stürzten uns ins Wasser, strampelten in der Luft mit den Beinen und stießen wilde Schreie aus.

Valeria musste lachen. Ich hörte es gerade noch, bevor das Wasser über mir zusammenschlug. So schnell ich konnte, schwamm ich wieder an die Oberfläche. Ich wollte unbedingt auftauchen, bevor dieses wunderbare Geräusch endete.

Chico war schneller gewesen und hatte schon nach der Wertung gefragt.

Ich bekam gerade noch mit, dass diesmal Tuerto gewonnen hatte.

Die Wettkämpfe mit Valeria als Schiedsrichterin gingen üblicherweise unentschieden aus. Niemals ließ sie zu, dass sich einer von uns als Verlierer fühlte, wenn er nach Hause ging. Falls Chico, der nur zu gut wusste, dass er der Beste war, protestierte, zuckte sie nur mit den Schultern. »Wenn es dir nicht passt, dann such dir eine andere Schiedsrichterin«, sagte sie dann gleichgültig.

Woraufhin Chico sich auf die Lippen biss. Genau wie ich. Wir konnten uns nicht vorstellen, dass eine andere uns springen sah.

Daran dachte ich gerade, als ich, bis zum Hals im Wasser, bemerkte, dass Quetzal zwischen den Bäumen auftauchte. Offensichtlich war er mir gefolgt.

Er begann an unserer Kleidung zu schnüffeln, die wir am Ufer zurückgelassen hatten.

»Compañero Quetzal!«, rief Chico.

Der Hund hob kurz den Kopf.

Dann raste er, irgendetwas hinter sich herzerrend, davon.

»Ikal, er hat deine Hose geklaut!«

Im Geiste sah ich die Speckstücke vor mir, die ich in die Taschen gestopft hatte.

Dieser Mistkerl! Ich schoss aus dem Wasser und nahm die Verfolgung auf.

Das war der Gipfel! Waren wir nun Freunde oder nicht?

Der denkt nur an sich!, sagte ich mir, während ich zwischen den Bäumen hindurchrannte.

Ich war ein impulsives Kind. Don Ernesto sagte immer: »Du handelst einfach aus dem Bauch heraus, ohne vorher nachzudenken. Das ist nicht immer gut, Junge.« An jenem Tag war es genauso. Ich dachte nicht darüber nach, dass ich patschnass, barfuß und in Unterhosen herumlief. Ich hatte vergessen, dass es kühler geworden war und meine Mutter die Badesaison offiziell für beendet erklärt hatte.

Ein wütender Schrei und eine Ohrfeige riefen es mir blitzschnell wieder ins Gedächtnis.

»Was ist denn hier los?«

Meine Mutter stand drohend zwischen mir und unserem Waggon.

Hinter ihr ein erschreckter Quetzal mit gesenktem Blick und hängenden Ohren. Wie es schien, hatte auch er schon sein Fett weggekriegt.

»Ich war mit den anderen und habe nicht nachgedacht, aber …«

Valeria kam herbeigeeilt. Sie trug mein Shirt und meine Schuhe.

Als sie sah, was los war, kam sie schweigend auf mich zu. Sie gab mir die Sachen, lächelte schüchtern und verschwand wie der Blitz, ohne meine Mutter zu grüßen, die mich wütend ansah.

»Sei lieber still, bevor du mir noch irgendwelche Lügen auftischst!«, sagte sie sehr ernst und warf mir die Hose zu.

Ohne zu wagen, sie anzusehen, zog ich mich an.

»Und du kannst beten, dass du dich nicht erkältet hast. Denn ich denke nicht daran, dich auch nur einen Tag in der Schule zu entschuldigen!«

Sie nahm mich am Arm und zerrte mich zum Haus, während sie mehrfach wiederholte, dass sie mir verboten hatte, um diese Zeit des Jahres noch schwimmen zu gehen, wie anfällig die Lungen meines Großvaters und meines Onkels seien und wie wütend mein Vater werden würde, wenn ich nicht gehorchte … »Dieser Chico bringt nur Ärger«, meinte sie schließlich, während wir die Treppe hinaufgingen und die Waggontür öffneten.

Ich versuchte, ihr zu erklären, dass mein Freund diesmal überhaupt nichts mit meinem Ungehorsam zu tun hatte, aber es war vergebens: Chico war so lange schuldig, bis das Gegenteil bewiesen war.

»Vielleicht ist er dieses Mal nicht schuld«, sagte sie schließlich, »… aber sonst immer!« Seufzend schloss sie die Tür hinter sich. »Und jetzt ab in dein Zimmer! Wenn dein Vater aus dem Dorf zurückkommt, entscheiden wir, wie wir dich bestrafen. Von dem Köter kannst du dich schon mal verabschieden, weil du mir am nächsten Samstag beim Putzen helfen wirst!«

Als meine Mutter Quetzal erwähnte, fiel mir wieder ein, dass ich wütend auf ihn war.

Feigling!, dachte ich verärgert. *Verräter!*, fügte ich noch hinzu.

Ich trat ans Fenster. Durch die Gardinen beobachtete ich, wie er unbeweglich vor dem Waggon saß und die Tür nicht aus den Augen ließ.

»Vergiss es!«, sagte ich leise.

Ein paar Vögel flogen vorbei, doch Quetzal regte sich nicht.

Eine Katze miaute, doch er schenkte ihr keine Beachtung.

Still blieb er sitzen.

Mein Vater kam nach Hause und befahl mir, vom Fenster wegzukommen.

In meiner kleinen Welt wurde das Urteil gesprochen: zwei Samstage, an denen ich arbeiten musste, und zwei Sonntage ohne Nachtisch.

Dann aßen wir zu Mittag.

Als ich nach der Siesta wieder aufstand, dachte ich erneut an Quetzal.

Ich war schon nicht mehr ganz so wütend.

Wieder trat ich ans Fenster und schob unauffällig die Gardinen zur Seite.

Er war immer noch dort. Seit zwei Stunden in derselben Haltung. Wollte er mir seine Treue beweisen?

Als hätte er nur auf dieses Signal gewartet, erhob er sich.

Langsam und ohne den Blick von mir abzuwenden, um sicherzugehen, dass ich noch da war, ging er auf den Reifen zu.

Er blieb davor stehen.

Nahm Anlauf … und sprang.

Er war hindurchgesprungen!

Er lief weiter, bis er zwischen den Waggons verschwand.

Außer mir hatte es niemand gesehen, und niemand glaubte mir, als ich es erzählte.

Aber was machte das schon?

Quetzal hatte mich um Entschuldigung gebeten.

Er war nicht faul, nicht dumm und auch kein Vagabund.

Quetzal war mein Freund, mit struppigem Fell und eigener Schnauze, aber mein Freund.

9

»Was guckst du so blöd, Kleiner?«, fragte Chico schlecht gelaunt.

Ich senkte den Blick und starrte auf meine Stiefelspitzen.

Es war Montagnachmittag.

Der Himmel war bewölkt, und mein Freund hatte ein blaues Auge. Über den Feldern kündigte sich ein Unwetter an. Doch bei Chico zu Hause schien es bereits gewütet zu haben.

Am Morgen war er nicht zum Unterricht erschienen.

Wir hatten ihn bei Don Ernesto entschuldigt und gesagt, er hätte uns benachrichtigt, dass er seinem Vater bei der Apfelernte helfen müsste.

Was durchaus wahr sein konnte, wenn er die Zeit nicht im Wald verbracht hatte oder in der Bar im Dorf, um nach Zigarettenstummeln zu suchen. Einer steckte zwischen seinen Lippen.

Wir hatten keine Ahnung, warum er nicht gekommen war. Aber es schien einer der Tage zu sein, an denen es besser war, ihn nicht danach zu fragen.

Das wusste auch Tuerto, der zu pfeifen begann.

»Also? Was machen wir?«

Ich zuckte mit den Schultern und wagte nicht, etwas zu sagen.

»Hast du deine Zunge verschluckt?«, provozierte mich Chico. »Oder hat der Köter sie gefressen, mit dem du dauernd rumhängst?«

»Er ist kein Köter«, protestierte ich leise.

Es war klar, dass Chico nur einen Vorwand suchte, um einen Streit anzufangen, und ich war dabei, ihm diesen zu liefern.

Tuerto sah uns an.

Er hörte auf zu pfeifen und sagte lächelnd:

»Gehen wir zu den Gleisen?«

Tuertos Welt drehte sich ausschließlich um die Eisenbahn. Er sprach kaum von etwas anderem. Immer wieder erzählte er uns, dass er an einem Fahrkartenschalter geboren wurde – zum großen Erstaunen der Reisenden, die an jenem Tag unterwegs in die Hauptstadt waren. Zu jener Zeit hatte seine Mutter Fahrkarten verkauft. Am Bahnhof hatte sie ihr Herz an einen armen, aber fleißigen Mechaniker verloren, der überall im Land Maschinen reparierte. Drei Monate später hatten die Eltern der beiden sie zur Hochzeit gezwungen. Seitdem reisten sie, inzwischen mit vier Kindern, verliebt wie am ersten Tag, herum, um mal hier, mal dort Züge zu reparieren.

Tuerto hatte in einem Bahnhof das Licht der Welt erblickt und lebte in einem Eisenbahnwaggon. Er sagte, dass der Lauf der Schienen den Lauf seines Schicksals vorzeichnete, und träumte davon, wie sein Vater Mechaniker zu werden. Aber nicht, um wie dieser alte Lokomotiven zu reparieren. »Ich werde neue Lokomotiven bauen«, hatte er einmal stolz verkündet, während er uns die blassen

Fotografien in einer abgegriffenen Zeitschrift gezeigt hatte, die sein Vater ihm geschenkt hatte.

Valeria und Chico konnten seine Begeisterung für Züge und Schienen nicht teilen. Sie waren fest mit dem Land verwurzelt, auf dem sie lebten. Und auch ich hatte längst genug von den quietschenden Zugrädern und dem Kohlenstaub, der alles bedeckte. Tuerto war der Einzige von uns, der von einer Zukunft bei der Eisenbahn träumte.

»Gehen wir nun zu den Gleisen oder nicht?«, wiederholte er.

Chico wollte gerade antworten, als Quetzal angerannt kam.

Er kannte unseren Tagesablauf genau und war etwas spät dran.

Freudig ging ich in die Knie und breitete die Arme aus.

Doch er rannte einfach an uns vorüber.

Aus seinem Maul hing ein belegtes Brot, und der Blick, den er uns im Vorbeilaufen zuwarf, schien zu sagen: Lasst uns abhauen, Freunde! Und als wir kurz darauf die wütenden Schreie der Arbeiter hörten, verstanden wir, dass es besser war, die Beine in die Hand zu nehmen.

Als hätte Quetzal Tuerto gehört, führte er uns geradewegs zu einem im hohen Gras versteckten toten Gleis. Wir spazierten über die Schienen, Chico vorneweg, Tuerto fröhlich pfeifend hinterher und ich als Letzter. Neben mir trottete Quetzal, seine Beute im Maul.

So hätten wir stundenlang weitergehen können: Gedankenverloren balancierten wir mit ausgebreiteten Armen über die Schienen, während Vogelschwärme und

Wolken über uns hinwegzogen. Ein großer Teil unserer Freundschaft bestand in gemeinsamem Schweigen, es sei denn Valeria war bei uns. Sie erfüllte alles mit ihren Worten und mit ihrem Lachen.

Tuerto und Chico hingegen schwiegen viel in diesem Jahr. Wobei das Schweigen des einen voller Träume und Musik war und das des andern wie ein drohendes Unwetter.

Ein Pfiff in der Ferne riss uns aus unseren Gedanken.

In ein paar Minuten würde der Zug uns erreichen.

Wir sprangen vom Gleis und setzten uns im sicheren Abstand auf den Boden, um ihn im Vorbeifahren zu betrachten.

Tuerto sagte:

»Ein Pullman 4964.« Er hielt den Atem an. »Stahl und Holz.«

Ich konzentrierte mich auf das Geräusch des nahenden Zugs. Vielleicht hatte er recht, vielleicht auch nicht, ich kannte mich mit den verschiedenen Modellen nicht aus. Doch die Sicherheit, mit der Tuerto die verschiedenen Eisenbahntypen bestimmte, war bewundernswert. Er schien die Züge der nationalen Eisenbahngesellschaft in- und auswendig zu kennen. Chico beeindruckte das kein bisschen. Kam ein Zug vorbei, war er damit beschäftigt, die wenigen Passagiere, die aus den Fenstern sahen, mit obszönen Gesten zu unterhalten.

»Ich habe Hunger«, sagte er schließlich mit einem Blick auf Quetzal, der gerade die letzten Reste seines Imbisses verschlang. »Hast du was zu essen dabei, Ikal? Oder du, Tuerto? Ich habe seit gestern nichts mehr gegessen …«

Ich ärgerte mich, dass ich mein Pausenbrot zu Hause auf dem Tisch vergessen hatte. Meine Mutter gab mir jeden Tag etwas mit. Chico hatte keine Mutter. Er lebte bei seinem Vater, dessen zweiter Frau und ihren drei Kindern. Ein richtiges Haus hatten sie nicht. Sie wohnten in einer der Hütten, die die Gutsbesitzer den Saisonarbeitern zur Verfügung stellten.

»Ich hab schon gegessen«, entgegnete Tuerto.

»Ich auch«, log ich.

»Also ich hab einen Riesenhunger. Alle schlagen sich die Bäuche voll, sogar der Köter! Wie schön für euch!«, schimpfte Chico, als wären wir schuld an seinem Schicksal. »Jetzt tut doch mal was!«

Bei mir schrillten alle Alarmglocken.

Dieser Satz konnte nichts Gutes bedeuten.

»Was denn?«, fragte Tuerto, der sich bei einer der letzten Gelegenheiten, als er einen Befehl unseres Freundes ausgeführt hatte, seinen Spitznamen eingehandelt hatte: Tuerto – der Einäugige.

Es war an einem späten Sonntagabend gewesen. Nach einer Beerdigung hatte Chico uns vorgeschlagen, auf den Friedhof zu gehen. Natürlich wollten wir nicht, aber er meinte, wir wären Angsthasen und dass wir so nicht seine Freunde sein könnten. Tuerto war kein Angsthase und hatte beschlossen, sich der Mutprobe zu stellen. Ich auch, aber nur weil Valeria dabei war. Ich konnte ja nicht feiger sein als ein Mädchen. Und schon gar nicht, wenn dieses Mädchen Valeria war. Was sollte sie von mir denken!

Es war eine stürmische Nacht gewesen. Unheimlich rauschte der Wind durch die Bäume, und überall rannten Ratten herum, auf der Suche nach einem Unterschlupf. Als wäre das auf einem Friedhof nicht schlimm genug gewesen, jagten uns Jugendliche aus dem Dorf, die sich mit Bettlaken als Gespenster verkleidet hatten, durch die Grabreihen. Offenbar hatten sie einen makabren Sinn für Humor. Auf unserer wilden Flucht stießen wir gegeneinander und stolperten über Marmorkreuze … Und Tuerto kam dieser Ast in die Quere. Er verletzte sich am Auge. Wie Valeria nachher sagte, war es wohl nicht sein Tag. Mehrere Wochen lang musste er eine Augenklappe tragen und mehrmals zum Arzt in die Stadt. Zum Glück hat er am Ende nur einen Spitznamen gewonnen und nicht sein Auge verloren.

»Soll ich meine Mutter um ein paar Kekse bitten?«, fragte ich schüchtern.

»Das wäre zu einfach«, meinte Chico grinsend. »Und zu langweilig.«

Also ließen wir uns etwas Besseres einfallen. Und an Ideen mangelte es nicht. Dabei war eine unsinniger als die andere.

Ich war der Kleinste und der Ängstlichste von uns dreien. Damals dachte ich noch, dass diese beiden Eigenschaften miteinander verknüpft wären. Mit der Zeit wurde mir jedoch klar, dass dem nicht so war. Denn wir wurden älter, und ich blieb trotzdem ein Hasenfuß. Oder anders gesagt: Ich war eben vorsichtig, ging kein Risiko ein, handelte vorausschauend … Es kommt immer auf die Perspektive an!

An jenem Abend, als wir heimlich in die Küche des Gutsbesitzers schlichen, für den Chico arbeitete, wusste ich das noch nicht. Und niemals hätte ich gedacht, dass die dumme Idee, Don Sebastián ein paar Empanadas zu stehlen, das Leben von Chico und seiner Familie in den darauffolgenden Monaten derart verändern würde. Wie hätte ich auch darauf kommen sollen, dass dieser kleine Streich in meinem Freund eine schier unstillbare Gier wecken würde: Die Gier danach, zu stehlen.

In jenem Moment waren wir einfach nur drei Jungs, die, von einer dicken, drohend den Besen schwingenden Alten verfolgt, mit ihrer Beute durch einen Garten rannten. Drei Freunde, die aus unterschiedlichen Motiven handelten. Ich tat es um der Freundschaft willen. Seit dem Tag, an dem wir den toten Vagabunden gefunden hatten, behandelten die beiden mich wie einen Kumpel, beinahe wie ihresgleichen. Tuerto wurde von Abenteuerlust getrieben und wollte zu Chico halten. Und dieser, der in unseren Augen so mutig war, wurde von Wut und Rachsucht getrieben.

Der Diebstahl hatte uns alle drei hungrig gemacht. Wir verspeisten die köstlichen Maisfladen am Rand des Weihers, in dem wir im Sommer badeten.

Dabei erzählte Chico es uns:

»Jetzt hab ich's diesem Leuteschinder endlich mal gegeben!«, rief er mit vollem Mund, während er drei Silberbestecke aus seinen Taschen zog und sie in die tiefstehende Sonne hielt, damit sie schön glänzten.

Tuerto und ich sahen uns verwundert an. Wie und wann waren diese Dinge in seine Taschen gelangt?

»Ich habe ihm das Abendessen verdorben, genauso wie er mir das Frühstück und das Mittagessen verdorben hat«, erklärte er. »Gestern Abend hat er meinen Vater die Schafe hüten lassen, weil angeblich Wölfe in der Gegend sind … Als mein Alter nach Hause kam, war er betrunken und extrem schlecht drauf. Ihr wisst schon, er hat Probleme mit den Knochen und dann die Nacht im Freien … Er hat mich aus dem Bett gezerrt und mich angeschrien, dass nicht er, sondern ich in der Kälte in den Bergen hätte Wache halten sollen. Ich hab ihm gesagt, dass ich noch ein Kind bin und zu klein, um mit einem Gewehr rumzulaufen …«

Chico taxierte seine Empanada und biss herzhaft hinein. Dann sprach er weiter.

»Er hat mich geschlagen und aus dem Haus geworfen. Und er hat seiner Frau verboten, mir zu essen zu geben.«

»Aber warum? Du hast doch gar keine Schuld! Das war doch sein Chef, der ihm befohlen hat, nachts in die Berge zu gehen!«, sagte ich überrascht.

»Dieser Zwerg fragt tatsächlich, warum«, murmelte Chico, während er mich zweifelnd musterte und sich wahrscheinlich fragte, ob ich wirklich so naiv war.

Dabei wurde ihm bewusst, wen er vor sich hatte: mich, Ikal, den kleinen Jungen, der einen Vater hatte, der mit ihm Fußball spielte, und eine Mutter, die ihm jeden Tag ein Pausenbrot schmierte. Der davon träumte, Lehrer zu werden, und Verwandte in der Stadt hatte, die ihm jedes Jahr Weihnachtsgeschenke schickten.

In meiner Welt schlugen Väter ihre Kinder nicht grundlos und gaben Mütter ihnen immer etwas zu essen.

»Du willst wirklich wissen, warum?«, blaffte Chico. »Darum.«

Ein zähes Schweigen hing in der Luft, die wir atmeten.

Chico griff noch einmal nach dem Silberbesteck.

Er schwenkte es durch die Luft und lachte.

Es schien mir ein schwacher Trost für so viel Leid zu sein.

10

An jenem Morgen glich unsere Eisenbahnschule einem Zirkus und Don Ernesto einem Zirkusdirektor.

Eine Woche zuvor hatte unser Lehrer eine ungewöhnliche Idee für den Naturkundeunterricht gehabt. Er hatte uns allen eine Aufgabe gestellt. Die Kleinen sollten eine Blume und ein Blatt mitbringen, die ihnen ins Auge fielen. Er bat sie, nach etwas Besonderem Ausschau zu halten, nach etwas zu suchen, das sie nicht jeden Tag sahen.

Uns Mittleren trug er auf, ein kleines Tier einzufangen. »Lebend! Tut ihnen nicht weh!«, erklärte er, als er die erschrockenen Gesichter einiger meiner Altersgenossen sah.

Die Großen sollten eine Frucht oder irgendein Gemüse mit in die Schule bringen.

Begeistert hatte ich mich ans Werk gemacht.

Ich war ausgesprochen tierlieb und immer wieder fasziniert von den Fischen im Fluss und den Schmetterlingen, die die Blumentöpfe meiner Mutter umflatterten. »So fühlt man sich erst richtig zu Hause«, sagte sie jedes Mal, wenn sie ihre Blumentöpfe auf die Türschwelle unseres Waggons stellte, nachdem unser Zug gehalten hatte. Und es war nur eine Frage von Minuten, bis die in der Gegend umherfliegenden Insekten sie entdeckten. Ich dachte immer, dass die roten Geranien, die violetten

Vergissmeinnicht, die weißen Margeriten für die kleinen Tiere so etwas wie das Paradies sein mussten, und geriet jedes Mal wieder ins Staunen, wenn meine Mutter diese kleinen Oasen des Glücks baute. Sehnsüchtig wartete ich auf die offizielle Eröffnung des Gartens, nicht nur, um den Schmetterlingen zuzusehen, sondern auch den Würmern, den Ameisen, den Spinnen ... Jedem der neuen Bewohner! Damit konnte ich Stunden zubringen. Genauso wie ich endlos die Vögel betrachten konnte, die mein Vater zum Zeichen seiner Liebe meiner Mutter schenkte.

Immer mal wieder tauchte ein Vogelhändler zwischen unseren Waggons auf. Schon bevor wir seinen Lieferwagen entdeckten, auf den jemand in den buntesten Farben einen Dschungel gemalt hatte, war das Trillern und Tschilpen der kleinen und großen Vögel zu hören. Wir Kinder und unsere Mütter liefen ihm entgegen. Der Vogelhändler, ein kleiner Mann, der ununterbrochen redete, als wäre dies Teil seines Berufs, entstieg dem Wagen stets in dem Bewusstsein, sehnsüchtig erwartet zu werden. Und er dachte nicht daran, sein Publikum zu enttäuschen:

Eine Verbeugung, eine geschickte Handbewegung, eine sich öffnende Schiebetür, und vor unseren Augen entfaltete sich ein Universum aus Federn und Klängen. Die großen, kleinen, hübschen und hässlichen Vögel dankten für die Minuten voller Licht und Luft, indem sie, in ihre Federkleider gehüllt, wunderschön sangen und trällerten. Viele der Waggonbewohner konnten der Versuchung nicht widerstehen. Hunde und Katzen gab es nur wenige, denn der Platz in den Waggons war beschränkt, und oft lebten sechs oder sieben Personen in einem Hänger. Neben den Eltern und drei oder vier Kindern zählten zu vielen Familien noch eine Tante oder ein Großvater. Und die meisten reisten mit allem, was sie besaßen. Für andere Haustiere war kein Platz.

Daher waren die Vögel so beliebt.

Sie lebten in ihren Käfigen, die an den Fenstern oder an den Türen hingen, wenn der Zug stand. Und wenn wir uns nach sechs oder acht Monaten wieder in Bewegung setzten, wurden wir kilometerlang von einem Schwarm freigelassener Vögel begleitet, bis der Zug richtig Fahrt aufnahm und sie hinter sich ließ. Sie waren der Schweif eines Kometen aus Holz und Stahl, der anstatt über den Himmel durch die mit Mais oder Obst bepflanzten Felder flog.

Nachdem sie die Vögel freigelassen hatten, verbargen die Frauen die Käfige unter schweren Tüchern, als trügen sie Trauer. Bis der nächste Vogelhändler kam.

Aber einen Vogel konnte man schlecht in ein Marmeladenglas stecken und mit in die Schule bringen.

Also verbrachte ich die ganze Woche auf der Jagd.

Mit einer Plastiktüte und einer leeren Dose bewaffnet, die meine Mutter mir zur Verfügung gestellt hatte, und in Begleitung meines vierbeinigen Freundes streifte ich durch den Wald.

Doch weder Quetzal noch ich taugten als Jäger.

Mit Begeisterung bei der Sache zu sein konnte in diesem Fall die nötige Geschicklichkeit nicht ersetzen. Jeden Tag kamen wir mit dem gleichen Erfolg nach Hause:

ich mit leeren Händen und Quetzal mit eingeklemmtem Schwanz. Einige Insekten waren schneller als wir, und es gelang uns nicht, sie zu erwischen; andere schlüpften uns durch die Finger wie hindurchrinnendes Wasser, und wieder andere machten uns eine solche Angst, dass wir davonliefen, als wäre der Teufel persönlich hinter uns her. In den meisten Fällen hätten wir sie töten müssen, um sie zu erwischen. Und das machte sowohl mir als auch meinem Hund die Sache unmöglich.

Eines Nachmittags begleitete Chico uns. Während wir durch das Gestrüpp stapften, erzählte er mir Horrorgeschichten von Landarbeitern, die zu lebenden Toten wurden, nachdem sie von einer Spinne gebissen worden waren, die sich neben einer Kartoffelpflanze in der Erde versteckt hatte, oder von einem Onkel, der von dem Staub, den ein paar braune Glühwürmchen abgesondert hatten, blind geworden war. Er erklärte mir auch, dass der Rhinozeroskäfer eine solche Kraft in seinem Horn hätte, dass er es mir, so klein er auch sein mochte, bei einem Angriff tief ins Fleisch stoßen könnte.

An jenem Tag zitterte Quetzal die Schnauze, und er jaulte ununterbrochen. Ich beschloss, die Jagd abzubrechen, bevor ihm etwas passierte. Oder mir. Natürlich wollte ich Don Ernesto nicht enttäuschen, und ich wünschte mir auch, meine Klassenkameraden mit einem besonders respektablen Tier beeindrucken zu können … Aber dass mein Hund oder ich deswegen erblinden sollten oder zum Zombie mutieren, schien mir ein zu hoher Preis.

Mir lief die Zeit davon.

Am nächsten Morgen stand ich sehr früh auf und ging zu dem Weiher, in dem wir im Sommer gebadet hatten. Dort hatte ich kleine Viecher gesehen, die nur einen Kopf und einen langen Schwanz hatten und zu Hunderten dort herumschwammen. Sie waren hässlich und unnütz und auf meine Attacke nicht vorbereitet. Das Schwierige war eher, nur eines zu erwischen: Dumm, wie sie waren, schwammen alle auf einmal in mein Glas. Zufrieden, meine Aufgabe erledigt zu haben, kehrte ich zum Frühstück nach Hause zurück, bevor meine Eltern entdecken würden, dass ich nicht in meinem Zimmer gewesen war.

Ein paar Stunden später, als ich im Klassenraum saß und das langweilige Viech mich durch das Glas hindurch ununterbrochen anstarrte, verfluchte ich den Morgen und meine dumme Idee. Keiner meiner Klassenkameraden beachtete uns. Niemand wollte wissen, um was für ein Tier es sich handelte und wie ich es gefangen hatte. Ich atmete heftig, überrascht von der Wut, die ich dem Tier gegenüber empfand, ohne auch nur seinen Namen zu kennen.

Ich schämte mich dermaßen, dass ich nicht einmal den Blick hob, um den Schmetterling zu betrachten, den Tuerto gefangen hatte und der von allen, einschließlich Don Ernesto, bewundert wurde.

»Ein Monarchfalter!«, rief unser Lehrer aus und hob den Behälter, in dem er sich befand, damit wir alle ihn anschauen konnten.

Das allgemeine staunende »Oh« traf mich wie ein Dolch mitten ins Herz. Ich mochte Tuerto, er war mein bester Freund, aber in diesem Moment wünschte ich mir, dass sein Tier vor den Augen der anderen zu Staub zerfallen würde. Ich schloss die Augen, um zu verhindern, dass mir die Tränen über die Wangen rannen.

Ich fühlte mich elend, weil ich es nicht geschafft hatte, Don Ernesto zu beeindrucken, aber auch wegen Tuerto, der eigentlich meinen Respekt verdient hatte. Sein Insekt war das schönste, das wir seit langer Zeit gesehen hatten: ein ausgewachsenes Exemplar, das mit seinen beachtlichen weißen, schwarzen und orangefarbenen Flügeln schlug.

»Er ist wunderschön, stimmt's?«, bekräftigte unser Lehrer. »Einer der größten Schmetterlinge, die es auf der ganzen Welt gibt.«

Die Antwort war von den Dutzenden Augenpaaren, die das Tier anstarrten, abzulesen.

Don Ernesto erklärte uns, dass die intensiv leuchtenden Farben der Monarchfalter zur Abschreckung für ihre Feinde dienten, dass sie giftig seien und alles andere als gut schmeckten.

»Die Natur hat das äußerst praktisch eingerichtet. Auf diese Art schützt sie dieses wunderbare Tier, das sicher eines ihrer liebsten ist. Die Larven schlüpfen aus sehr kleinen Eiern, die auf Feldern oder in den Pinienwäldern in den Bergen abgelegt werden. Die Raupen wachsen ein paar Wochen lang und verbergen sich dann in einem Kokon, bevor sie zu dem Wunder werden, das ihr euch gerade anseht. Ziemlich viel Aufwand an Kraft und Zeit, wenn man bedenkt, dass der erste Flug einer solchen Schönheit gleichzeitig auch der letzte sein kann, wenn sie einem hungrigen Vogel begegnet!«, erläuterte unser Lehrer lachend. »Aber wisst ihr, warum der Monarchfalter eines *meiner* Lieblingstiere ist? Und das hat nichts mit seiner Schönheit zu tun.« Don Ernesto schüttelte den Kopf. »Auch wenn man es kaum glauben will, haben wir hier einen echten Superhelden unter den Insekten vor uns.«

Die Kinder schwiegen erwartungsvoll.

Es war totenstill im Waggon.

»Warum, glaubt ihr, ist der Monarchfalter ein Superheld?«

»Weil er der Stärkste ist! Er kann einen Bären oder einen Puma töten, oder …«, sagte einer der Kleinen.

»Ja, klar! Und wie? Indem er sie mit seinen Flügeln erschlägt?« Chico, der den Knirps unterbrochen hatte, stand weiter hinten im Raum und lachte sich halbtot.

Verschämt zog der Kleine den Kopf ein. Don Ernesto tätschelte ihm den Scheitel, während er meinem Freund einen warnenden Blick zuwarf.

»Hat sonst noch jemand eine Idee?«, fragte er dann.

»Er kann sich unsichtbar machen«, sagte ein kleines Mädchen.

»Er kann unter Wasser fliegen«, fügte ihre Sitznachbarin hinzu.

Die Vorschläge sprudelten nur so aus uns heraus.

Don Ernesto lächelte. Seine Augen glänzten, und er hörte jedem Kind mit der gleichen Aufmerksamkeit zu, so abwegig die Vorstellungen auch waren.

Ich war furchtbar neugierig auf die Auflösung, wollte aber auf keinen Fall nachfragen. Als es schließlich keine weiteren Ideen mehr gab, ergriff Don Ernesto erneut das Wort.

»Die Monarchfalter, die gegen Ende des Sommers und zu Beginn des Herbstes geboren werden, nennt man auch Methusalemfalter. Wisst ihr, warum. Wer dieser Methusalem war?«

Wieder riefen alle durcheinander, ein Wort gab das andere, eine Idee folgte auf die nächste. Unser Wissen war für Don Ernesto wie ein zu knüpfender Teppich: hier ein Faden, dort ein Faden. Mit viel Geduld entwirrte er das Knäuel, ganz gleich, wie groß der Aufwand war. Niemals beklagte er sich, wenn wir etwas nicht wussten, sondern nur, wenn wir etwas nicht wissen wollten.

An jenem Tag lernten wir, während draußen ein dummer Herbstregen gegen das Holz prasselte, dass Methusalem laut der Bibel der Mann war, der am längsten gelebt hatte. Und dass einige der Schmetterlinge wie der von Tuerto neun Monate alt werden konnten und dass das für Schmetterlinge eine Ewigkeit war!

Wir erfuhren auch, dass das kein Zufall war.

»Diese Schmetterlinge haben einen Auftrag. Einen Spezialauftrag. Sie müssen fünftausend Kilometer zurücklegen!«

Erstaunt rissen wir die Augen auf.

»So weit wie mit dem Zug?«, rief Tuerto aufgeregt.

»Genau! Diese Schmetterlinge reisen von Mexiko in die USA und nach Kanada, und ein paar Monate später kehren sie zurück. Warum, glaubt ihr, tun sie das?«

»Sie wandern aus, weil man dort ein besseres Leben hat«, sagte mein Freund ernst.

Wir alle schwiegen. Beinahe jeder von uns hatte einen Onkel, einen Bruder oder einen Nachbarn, der in den Norden ausgewandert war. Wie die Insekten durchquerten sie die Wüste, stiegen in Züge, die ihr Ziel nicht erreichten, sodass ihre Reise oft irgendwo auf den Strecken, die das Land wie Adern durchzogen, endete, in Orten, deren Namen niemand kannte.

Unser Lehrer sah uns mit traurigen Augen langsam einen nach dem anderen an. Zuletzt fiel sein Blick auf Chico. Später habe ich gedacht, dass er in diesem Moment vielleicht vorausgesehen hat, welche Zukunft ihn erwartete. Dass er sich auf diese Weise von all den Schülern verabschiedete, die sich dem Traum der Monarchfalter anschlossen.

Don Ernesto seufzte, bevor er erklärte:

»Sie vertragen die Kälte nicht. Das Klima bei uns ist milder, sodass sie sich, wenn der Winter kommt … auf den Weg machen. Millionen von ihnen!«

»Millionen?«, rief ich aus, da ich mir eine solche fliegende Prozession nicht vorstellen konnte.

»Ikal! Ich war schon ganz besorgt und habe gedacht, du hättest heute deine Zunge vergessen«, entgegnete Don Ernesto, wobei er mir zuzwinkerte.

Ich errötete und legte das Gesicht auf die Arme, damit mein Lehrer es nicht sah.

Don Ernesto fuhr fort:

»Ja, meine Lieben, Millionen! Ich träume davon, dieses Wunder eines Tages einmal zu sehen. Es muss unglaublich schön sein! Diese Schmetterlinge unternehmen diese Reise – zuerst hin, dann wieder zurück –, und dann sterben sie. Aber wisst ihr, was das Beste ist? Ihre Enkel und Urenkel werden sich ebenfalls auf den Weg machen. Ohne dass irgendjemand es ihnen beigebracht hat.«

Erneut sah er uns an.

»Wenn der Zeitpunkt gekommen ist, fliegen sie einfach los! Von einem inneren Drang getrieben, der in ihre Seele eingeschrieben ist.« Don Ernesto flüsterte nun beinahe und wirkte traurig, als er Tuerto über die Wange strich. »Herzlichen Glückwunsch, Compañero!«

Dann schritt er weiter durch den Waggon.

Völlig überraschend blieb er vor meinem Pult stehen.

»Und was haben wir hier?«

Verschämt versuchte ich, das unförmige, schleimige graue Ding zu verstecken. Doch es war zu spät.

»Ein Monster«, murmelte ich.

»Das, Ikal, sagst du, weil du es dir nicht richtig angesehen hast.« Don Ernesto lächelte mir zu. »Tu mir den Gefallen und schau es dir noch mal genau an. Was siehst du?«

»Was für ein hässliches Viech! Da ist mir ja ein Schlag in den Magen lieber!«, rief einer der älteren Schüler.

Einige begannen zu lachen.

Doch es war nicht nötig, dass unser Lehrer für Ordnung sorgte, da gleich darauf Chicos dunkle Stimme erklang:

»Ach ja? Ich verpass dir einen Schlag in den Magen, und dann schauen wir mal, was dir lieber ist. Oder hältst du lieber deine Klappe, weil niemand dich gefragt hat?«

»Meine Herrschaften, bitte!«, rief Don Ernesto, um die Wogen zu glätten. So nannte uns nur Don Ernesto. Selbst Chico musste ein Kichern unterdrücken.

»Es gibt viele Möglichkeiten, dieses Tier zu betrachten. Als ein Wesen ohne Beine, ein bisschen unförmig, farblos oder … als ein Versprechen.«

»Ein Versprechen?«, fragte Valeria.

»Genau, ein Versprechen. Nehmen wir zum Beispiel Antonio hier: Wenn ich ihn ansehe, sehe ich nicht nur einen Jungen in roten Hosen, der jeden Morgen noch Schlaf in den Augen hat.«

Lachen erfüllte nun den Waggon. Ein Radiergummi flog durch die Luft und traf die erwähnte Schlafmütze am Kopf, die gerade gedankenverloren in der Nase bohrte, als wäre nicht von ihr die Rede.

»Ich sehe einen zukünftigen Landarbeiter oder einen erfahrenen Reiter, vielleicht sogar einen Vorarbeiter, einen guten Tänzer, einen liebevollen Vater …«, fuhr Don Ernesto voller Überzeugung fort.

Dann ging er zu einem anderen Pult hinüber und stützte sich darauf ab.

»Und wenn ich Maria betrachte, sehe ich eine elegante junge Frau, eine Gärtnerin und eine so exzellente Köchin wie ihre Mutter und ihre Großmutter«, sagte er in dem Wissen, dass die Schülerin ein wenig eitel war. »Daher sehe ich in Ikals Tier kein unnützes Monster. Ich sehe einen Molch.«

Ich zuckte mit den Schultern und schwieg, während meine Schulkameraden weiter ihre Witze machten. Auch ein Molch erschien mir nicht gerade glamourös. Erst viel später würde ich herausfinden, dass der Molch ein Tier war, das schon seit Urzeiten existierte, in den USA eine beliebte Comicfigur war und in der griechischen Mythologie sogar einen Meeresgott verkörperte.

Die Großen gingen nun dazu über, sich irgendwelche unmöglichen zukünftigen Schicksale für ihre Klassenkameraden auszudenken, die Mittleren lachten mit und in der Reihe der Kleinen wanderten unter den Pulten die Gläser mit den Tierchen hin und her.

Unser Lehrer wusste, dass es an der Zeit war, das Durcheinander zu beenden.

»Mit euch hat man wirklich keine fünf Minuten Ruhe«, meinte er liebevoll.

Und seufzte.

Dann forderte er uns auf, in einer Reihe den Waggon zu verlassen, um in den Wald zu gehen. Dort würden wir alle Tiere freilassen, womit der Unterricht für heute beendet wäre. Einer nach dem anderen beeilte sich, nach draußen zu kommen, getrieben von der Vorfreude auf ein gutes Fußballspiel oder einem hungrigen Magen.

Nur zwei von uns blieben im Klassenzimmer.

»Valeria?«

Meine Freundin stand vor unserem Lehrer und sah ihn an. Die Worte, die ihr sonst immer so leicht und fröhlich über die Lippen kamen, schienen ihr aus irgendeinem Grund im Hals stecken zu bleiben.

»Valeria, was ist?«

Mit einer Ernsthaftigkeit, wie ich sie bei meiner Freundin nie wieder erleben sollte, fragte sie:

»Wenn Sie mich ansehen, Don Ernesto, was sehen Sie dann? Was wird aus mir werden?«

Unser Lehrer schloss für einen Moment die Augen.

Als er sie wieder öffnete, funkelten sie.

»Valeria, du wirst einmal sein, wer du sein willst.«

Meine Freundin nickte und wandte sich der Tür zu.

Für mich war das keine gute Antwort. Don Ernesto schien doch alles zu wissen: Die einen würden Vorarbeiter werden, andere Köchinnen, Mütter, Väter, Landarbeiter, Schmetterlinge oder Molche … Und über Valeria wusste er nichts zu sagen? Wie ungerecht!

Sie jedoch hatte gerötete Wangen und hörte nicht auf zu lächeln.

In der Tür hielt sie inne, drehte sich um und kam zu mir herüber. Sie gab mir ihre Hand.

»Komm, Kleiner«, sagte sie, ohne dass ihre Stimme spöttisch klang. »Lassen wir deine Kaulquappe frei. Oder willst du, dass die Welt auf einen bedeutenden Molch verzichten muss?«

»Bedeutend?«, fragte ich, während ich ihr folgte und dabei auf ihren Schatten trat.

»Klar! Vielleicht wird er eines Tages der König der Molche sein! Oder ihr Methusalem, der so viele Kinder und Enkel hat, dass er seine Art vor dem Aussterben bewahrt!«

Ich blieb wie angewurzelt stehen.

»Woher weißt du das?«

Ohne innezuhalten oder sich zu mir umzudrehen, sagte sie:

»Woher weißt du, dass es nicht so sein wird?«

Don Ernesto hatte Valeria angesteckt: Nun sah auch sie Versprechen.

Auf dem Weg zum Weiher, mit meinem Freund, dem Molch, in den Händen, fühlte ich mich als das glücklichste Kind auf der Welt.

Was machte es, dass er hässlich und schleimig war und keine Beine hatte? Was machte es, dass er weder fliegen konnte noch strahlende Farben hatte? Wer würde sich später noch an die Klassenkameraden erinnern, die über ihn gelacht hatten?

Valeria und Don Ernesto glaubten, dass mein Molch eines Tages bedeutend sein würde.

Sie hatten in ihm ein Versprechen gesehen.

11

Irgendetwas in Chico war zerbrochen.

Wir wussten nicht was.

Tuerto, Valeria und ich stromerten wie betäubt durch die Gegend, als wäre unsere kleine Welt von einem dichten Nebel eingehüllt. Sogar Quetzal hatte beim Laufen den Schwanz eingezogen.

Alles hatte sich verändert seit dem Tag, an dem wir in die Küche des Gutsbesitzers eingebrochen waren. Kurz nach unserem kleinen Diebstahl hatte Chicos Vater das Silberbesteck unter dem Strohsack entdeckt, auf dem unser Freund schlief. Daraufhin verpasste er seinem Sohn eine Tracht Prügel, von der Chico eine Narbe auf dem Rücken zurückbehielt, die wie ein Joch von der einen zur anderen Seite reichte.

Das verzieh Chico ihm nie.

Die Schläge schmerzten vor allem, weil sie ihm ungerecht erschienen. Chico hatte gedacht, dass das, was er getan hatte, mutig gewesen war. In den Augen seines Vaters aber sah er nichts als Angst, Unterwürfigkeit und Verachtung.

Von da an reagierte unser Freund, wenn wir uns trafen, meistens ziemlich ausweichend. Er verschwieg uns, woher er kam und wohin er ging. Und er prahlte auch nicht mehr mit seinen Heldentaten.

Bei anderen Gelegenheiten war er noch streitlustiger als gewöhnlich, und das Einzige, was ihn besänftigen konnte, war Valerias rätselhaftes Lächeln. Sie flüsterte ihm Worte ins Ohr, woraufhin sich seine gekräuselten Lippen entspannten und sein Gesicht sich zu einer seltsamen Grimasse verzog, ohne dass er jedoch wie früher in Gelächter ausbrach.

Er wollte nicht mehr mit uns über die Gleise balancieren, Steine in den Weiher werfen oder zum Vogelhändler gehen, wenn er mit seinem Wagen angefahren kam. Er trieb sich im Dorf in der Nähe der Bar herum, wo ihn immer mehr Männer mit Namen grüßten, oder er saß schweigend an der Wegkreuzung.

In den meisten Fällen jedoch wussten wir gar nicht, wo er steckte.

Er fehlte unablässig im Unterricht, und inzwischen waren uns die Entschuldigungen für sein Fortbleiben ausgegangen. Wenn wir versuchten, seine Abwesenheit zu erklären, runzelte Don Ernesto die Stirn. Eines Tages war ich am späten Nachmittag noch einmal zur Schule gegangen. Ich hatte mein Hausaufgabenheft vergessen, und meine Mutter hatte mich zurückgeschickt, um es zu holen. Die Tür stand offen, weshalb ich, ohne anzuklopfen, eintrat. Normalerweise blieb unser Lehrer nach Schulschluss immer noch eine Weile im Klassenraum, um aufzuräumen, Aufgaben zu korrigieren und den Unterricht für den nächsten Tag vorzubereiten.

An jenem Tag jedoch hatte Don Ernesto nichts von alledem getan.

Gedankenversunken saß er auf Chicos Platz und strich über eines der Hefte meines Freundes. Schweigend und regungslos verharrte ich in der Tür, da ich es nicht wagte, den Bann zu brechen, der ihn gefangen hielt.

Sein trauriger Blick machte mir klar, dass das, was mit Chico vorging, eine ernste Sache war.

Mutlos und ohne mein Heft stapfte ich wieder nach Hause. Dort zog ich mich in mein Zimmer zurück und legte mich, ohne etwas zu Abend zu essen, ins Bett.

Eine Woche später kam Tuerto zu mir. Er war gerannt und völlig außer Atem. Es war Sonntag, und er wirkte besorgt. Als wir uns weit genug von den neugierigen Ohren meiner Mutter entfernt hatten, erzählte er mir, dass er gehört habe, wie sein Vater mit zwei anderen Mechanikern darüber gesprochen hatte, dass der Gutsbesitzer ein paar Säcke Kartoffeln vermisste.

»Kein Grund zur Aufregung. Was sind für einen wie Don Sebastián schon drei Säcke«, hatte der Vater meines Freundes gesagt. »Und deswegen macht er so einen Aufstand!«

»Du weißt doch, wie dieser Mann ist. Er wurde in seinem Stolz verletzt! Die Säcke wurden aus dem Lager direkt neben seinem Haus gestohlen«, hatte einer der Mechaniker entgegnet. »Das kann er nicht einfach so hinnehmen.«

»Außerdem darfst du nicht vergessen, dass in der letzten Woche während des Gewitters jemand nachts das Schafgehege geöffnet hat«, hatte der andere Kollege ergänzt. »Angeblich ein Zufall, vielleicht eine Nachlässigkeit des Schäfers, aber daran glaubt keiner. Der Schäfer war ein erfahrener Mann.«

»Zwei ausgewachsene Schafe haben die Wölfe gerissen, und drei Lämmer sind erfroren«, hatte der Erste hinzugefügt. »Und es hätte auch noch viel schlimmer kommen können …«

Tuertos Vater hatte schweigend seine Zigarette geraucht.

Das waren keine guten Nachrichten. Zwar unterstanden die Bahnarbeiter nicht dem Befehl des Gutsbesitzers, der ein zorniger und gieriger Mensch war, doch sein Einfluss war groß und die Angst vor seinem Unmut drang auch durch die Ritzen im Holz unserer Waggons.

Die Feldarbeiter gingen in dieselbe Bar wie unsere Väter, ihre Frauen kauften in denselben Geschäften ein wie unsere Mütter, und ihre Kinder gingen in dieselbe Schule wie wir. So wurden wir unmittelbar Zeugen, wenn sie mal wieder unter den Launen des Großgrundbesitzers litten.

Auch wenn die Bahnarbeiter sich gerne solidarisch zeigen wollten, konnten sie nichts ausrichten, wenn der Gutsbesitzer die Schichten der Saisonarbeiter vom einen Tag auf den nächsten verdoppelte, ihnen durch Diebstahl oder Unwetter entstandene Verluste vom ohnehin niedrigen Lohn abzog oder jeden ihrer Schritte von seinen Leuten überwachen lies. Die Nähe zu den Landarbeitern erinnerte die Bahnarbeiter daran, dass auch sie sich tagein, tagaus auf dünnem Eis bewegten. Auch in ihrem Beruf konnte ein Patzer ausreichen, damit sie wieder von Finca zu Finca ziehen mussten, um nach Arbeit zu fragen.

Tuertos Vater hatte genickt.

Wirklich keine guten Nachrichten.

Der Gutsbesitzer wurde wieder einmal nervös.

»Angeblich war es einer seiner Arbeiter, was ihn noch wütender macht«, hatte einer der Bahner erklärt. »Aber unzufriedene Arbeiter gibt es zu Hunderten, und wer wäre so naiv, sich mit Don Sebastián anzulegen?«

»Jemand, der sehr verzweifelt ist«, hatte der Vater meines Freundes geantwortet.

»Vielleicht ein Verrückter oder … ein Kind, da tut sich ja nicht viel«, warf einer der Mechaniker lachend ein.

Mein Herz begann so heftig zu pochen, dass es schien, als wollte es meine Brust zersprengen. Es schrie etwas, das meine Ohren nicht hören wollten.

Ich sah Tuerto an. Er zuckte mit den Schultern. Dann konzentrierte er sich auf einen Stein, der vor seinen Füßen auf dem Boden lag, und trat dagegen. Der Stein flog so weit, wie Tuertos Angst groß war.

Ich sah ihm nach und wusste: Tuerto und ich hatten die gleiche Ahnung.

Inmitten des mit Dickicht überwucherten Felds schlossen wir schweigend einen Pakt: dass wir kein Wort sagen würden. Weder an diesem Morgen noch viele Tage später, als unsere Ahnung sich bewahrheitet hatte, sprachen wir aus, was wir beide wussten.

Chico, der Sohn eines geschundenen Saisonarbeiters, Chico, der gerade mal vierzehn Jahre alt war, hatte dem mächtigen Gutsbesitzer Don Sebstián den Krieg erklärt.

Einen Krieg, den er bereits viele Jahre vor seiner Geburt verloren hatte.

12

»Ich mag die fülligen, die richtig dicken mit den Kurven«, sagte ich, ohne den Blick von der dunklen rebellischen Haarsträhne abzuwenden, die sich aus Valerias Zopf gelöst hatte.

Da ich ihr Schweigen nicht ertrug, beschloss ich, es mit möglichst vielen Worten zu füllen.

»Weil sie aussehen, als könnte man sie leichter festhalten. Am liebsten würde ich mein Gesicht in sie versenken. Hineinbeißen.«

Sie nickte und ein Lächeln legte sich auf ihre Lippen.

Ihre Augen waren geschlossen.

Der Wind streichelte ihr Gesicht, spielte mit ihrem Haar, wiegte ihre geheimsten Gedanken.

Ich empfand eine absurde Eifersucht auf den Wind.

»Wonach die Wolken wohl schmecken?«, fragte sie.

Der Klang ihrer Stimme traf mich unvorbereitet.

»Nach Watte?«, riet ich.

Sie schwieg, versank wieder in ihre Gedanken, von denen ich trotz ihres Lächelns wusste, dass sie traurig waren. An diesem Samstag war Tuerto mit seinem Vater auf der Baustelle. Der Lokomotivführer hatte ihm versprochen, ihn mit auf die Lokomotive zu nehmen.

Und Chico … Chico hatten wir mit einer Gruppe älterer Jungen auf dem Dorfplatz Bier trinken sehen. Sie hatten sich einen Spaß daraus gemacht, die streunenden Hunde mit Steinen zu bewerfen, und über einen Betrunkenen gelacht, der auf einer Bank schlief. Von Weitem hatte er Valeria ein Zeichen gemacht, zu ihm zu kommen.

Sie hatte es ignoriert.

Sie hatte mich angesehen und mich, wie um die Traurigkeit zu verjagen, die sich zwischen uns eingestellt hatte, gefragt, was ich am Nachmittag vorhatte.

Mein Herz hatte einen Sprung gemacht. Ich war hin- und hergerissen zwischen dem Schmerz, zu sehen, wie mein Freund sich von uns entfernte, und der Freude, meinen Rivalen zu verlieren.

Ich würde Valeria ganz für mich allein haben.

Eine halbe Stunde später, als wir Seite an Seite auf dem Rücken lagen und die Wolken zählten, musste ich feststellen, dass ich mich geirrt hatte.

Chicos Schatten war bei uns.

Er lag neben uns im trockenen Gras.

»Nach Zucker?«, ließ ich nicht locker in dem Versuch, Valeria in unser Spiel einzubeziehen.

Als sie die Dringlichkeit in meiner Stimme wahrnahm, murmelte sie:

»Vielleicht.«

»Das ist keine Antwort. Hast du vergessen, wie das Spiel geht?«, protestierte ich gereizt. »Du musst irgendwas sagen! Was du willst: Sahnebaiser? Rasierschaum?«

Ich verstummte, als ich merkte, dass sie sich zu mir umdrehte.

Ein elektrisierendes Kribbeln lief mir den Rücken hinab.

Ihre Hand lag nun so dicht neben meiner … *Wenn jetzt die Erde ein wenig bebt, nur ein kleines bisschen, oder wenn der Wind etwas kräftiger bläst, viel kräftiger,* flehte ich irgendwelche nicht vorhandenen Naturgötter an, … *dann könnte ich sie berühren.*

Es pochte in meinen Schläfen, während ich gegen jede Logik darauf wartete, dass das Wunder geschah.

»Watte?«, entgegnete sie lustlos.

»Hatten wir schon. Das gilt nicht!«, rief ich aus. »Du spielst ja gar nicht mit!«

Eine plötzliche Wut hatte mich erfasst und lag in meiner Stimme.

Valeria riss überrascht die Augen auf.

Wandte mir das Gesicht zu.

»Irgendwann, Ikal, wirst auch du keine Lust mehr auf diese Kinderspiele haben. Dann willst auch du keine Wolken mehr zählen oder dir vorstellen, wonach sie schmecken.«

Ich ballte die Fäuste.

Spürte eine glühende Zunge, die vom Magen aus in meine Kehle stieß. Plötzlich war ich von einer Kraft erfüllt, wie ich sie selbst nicht kannte. Ich rief:

»Ich werde niemals die Lust am Wolkenzählen verlieren, wenn du mit mir spielst! Ich werde immer, hörst du, immer mit dir spielen wollen!«

Valerias dunkle Augen drohten mich zu verschlingen.

Ich spürte, dass sie in diesem Moment all die Geheimnisse entdeckte, die ich seit Wochen in mir barg: all die Male, die ich sie angeblickt hatte, wenn sie es nicht sah, die vielen Träume hinter geschlossenen Lidern, wie ich dem Klang ihres Namens lauschte, wenn ich ihn mir in der Einsamkeit meines Zimmers immer wieder vorsagte. All die Momente stiller Sehnsucht, bis zu jenem Morgen, an dem Don Ernesto von den fünfundachtzig Flüssen Mexikos gesprochen und ihr lockiges Haar sich um mein Herz geschlungen hatte.

Ohne ein weiteres Wort stand sie auf, zupfte sich das hängengebliebene Laub von ihrem Pullover und band sich ohne jede Koketterie ihr Haar, das sich gelöst hatte, wieder zum Zopf.

»Die Tage sind kurz. Es wird schon dunkel.«

Sie setzte sich in Bewegung.

»Komm«, sagte sie leise.

Ich ließ sie gehen.

Ich war nicht wütend. Oder verletzt.

Ich wollte einfach nur zusehen, wie sie davonging, während ich dem guten Gefühl meines soeben entdeckten Mutes nachspürte.

13

Eine Reihe Küken hinter der Glucke.

So mussten wir, die Schüler der Malinalli-Tenepatl-Schule, an jenem Samstagnachmittag ausgesehen haben, während wir darauf warteten, dass unser Lehrer die Eintrittskarten für die Vorstellung des Starlux Circus der Pérez Brothers kaufte. Eine Reihe Küken, das Gefieder ein wenig zerzaust, nicht ganz sauber und ziemlich erschlagen.

Nicht alle hatten mitkommen können: nur diejenigen, deren Eltern die kleine Summe für den Eintritt bezahlt hatten. In letzter Minute kam Chico angerannt – das nötige Geld in der Hand. Wir konnten kaum glauben, dass sein Vater es ihm wirklich gegeben hatte, aber es blieb keine Zeit mehr für Fragen: Die Vorstellung konnte jeden Augenblick beginnen.

»Ob es Löwen geben wird? … oder Tiger?«, fragte ich beunruhigt.

»Hast du Angst, dass sie dich fressen?«, meinte Chico und stieß mich kameradschaftlich in die Seite. »Keine Sorge, Kleiner, die haben einen besseren Geschmack. Du bist ja nur Haut und Knochen!«

Valeria und Tuerto lachten.

»Quatsch, ich habe keine Angst!«, verteidigte ich meine Ehre. »Ich wollte nur schon immer mal einen Löwen oder einen Tiger sehen, das ist alles.«

»Weiß ich doch«, sagte mein Freund versöhnlich.

An diesem Tag war Chico bester Laune. Er hatte uns sogar Schokolade gekauft. Und auch wenn er es nicht zugeben wollte, war er genauso begeistert wie wir.

Tuerto, der als Einziger von uns schon einmal im Zirkus gewesen war, sprach, seit Don Ernesto unseren Zirkusbesuch angekündigt hatte, von nichts anderem mehr. Am meisten hatten es ihm die Trapezkünstler und deren Saltos angetan.

Für Chico, Valeria und mich war es das erste Mal.

»Ich möchte die lebende Kanonenkugel sehen«, sagte Chico und zeigte auf ein Plakat, auf dem eine bärtige blonde Frau zu sehen war, die aus einer Kanone in die Luft geschossen wurde.

Valeria, deren Hand er hielt, lachte begeistert.

»Ich glaube, das Beste ist der Zauberer! Bestimmt zaubert er ein Kaninchen aus seinem Zylinder!«, sagte sie.

»Oder Tauben«, fügte Tuerto hinzu. »Der, den ich gesehen habe, hat eine weiße Taube aus dem Hut gezaubert … Die ihn dann vollgeschissen hat!«

Wir drei Jungen lachten, während unsere Freundin angewidert den Kopf schüttelte. Aber ich wusste, dass sie sich nicht wirklich über uns ärgerte. Nicht an so einem Tag, an dem scheinbar alles wie in alten Zeiten war.

»Geht rein und setzt euch in die beiden ersten Reihen. Ohne euch zu zanken! Es gibt genug Plätze für alle«, befahl Don Ernesto, während er uns einen nach dem anderen in das Zelt einließ und uns dabei äußerst formell unsere Eintrittskarte überreichte.

Drinnen empfing uns eine geheimnisvolle Dunkelheit und eine Geruchsmischung aus Staub, altem Tier und gebranntem Zucker. Gerade mal fünf Bänke waren auf den Lehmboden gestellt worden, um einen roten Kreis, der meinen Blick gefangen hielt.

Eine mystische Stille hüllte uns ein.

Wir spürten die Magie dieses Raums, der, wenn ich mich nach all den Jahren daran zurückerinnere, nicht mehr als eine alte, knittrige Stoffhöhle gewesen sein konnte. Die Nähte, die die schweren Stoffbahnen zusammenhielten, waren an einigen Stellen aufgeplatzt, und Luft und Staub wehten herein, doch wir sahen nichts davon. Genauso wie wir die Flecken und Flicken auf den Tutus der Tänzerinnen nicht sahen, die einen dicken Mann in die Manege schoben, der einen glänzenden Frack und einen tiefschwarzen Zylinder trug.

Ein Tusch und eine Fanfare begleiteten seinen Auftritt. Wir rissen die Köpfe herum: Das Orchester bestand aus drei Kindern, kaum älter als wir, und für einen Moment stellte ich mir vor, wie es wäre, wenn Quetzal und ich zu dieser Truppe gehörten. Wir würden in einem Wohnwagen leben und von Ort zu Ort reisen. Wir würden die unglaublichsten Kunststücke aufführen, und vielleicht würden wir Trompete spielen wie das Indiokind, das an jenem Nachmittag seine Lungen füllte und mit vor Anstrengung geröteten Wangen in sein Instrument blies, um ihm seinen Gesang zu entlocken. Die Mädchen würden uns Blumen zuwerfen und die Großmütter bei unserem Anblick in Tränen ausbrechen. Alle Kinder und Hunde würden uns beneiden. Wir wären Künstler, Artisten, Abenteurer …

Ein Rippenstoß von Chico riss mich aus meinen Gedanken.

»Da hast du deine wilden Tiere«, murmelte er an meinem rechten Ohr.

Vier mit Federn geschmückte Pferde kamen in die Manege.

»Das sind doch nur Pferde …«, wandte ich ein.

»Aber ganz wilde!« Mein Freund lachte hinter vorgehaltener Hand.

Valeria, die an seiner anderen Seite saß, zupfte ihn am Ärmel.

»Pst!«

Chico zwinkerte mir zu.

Die Tänzerinnen stiegen auf die Pferde und begannen im Takt der Musik auf deren Rücken die unwahrscheinlichsten Figuren zu vollführen. Die Pferde trabten schneller, und wir drückten die Daumen, dass die Artistinnen bei ihren waghalsigen Kunststücken nicht abstürzten. Aber wir genossen auch den Nervenkitzel, die Möglichkeit des tragischen Unfalls. Einige schlossen sogar Wetten darüber ab, welche der Tänzerinnen wohl ins Leere treten würde, bis Don Ernesto uns erbost zurechtwies.

»Meine Herrschaften, etwas mehr Respekt bitte! Erinnert euch daran, was ich euch im Unterricht erklärt habe …«

Die Stunde zur jahrtausendealten Geschichte des Zirkus war in der Tat faszinierend gewesen. »Stellt euch mal vor, dass es im alten Ägypten, zweitausend Jahre vor Christus, schon einen Zirkus gab. In einem Grab wurden Zeichnungen gefunden, die das beweisen …«

Doch nicht nur die Ägypter waren gern in den Zirkus gegangen. Auch die alten Griechen und die Römer hatten den Zauber des Zirkus gekannt und geschätzt, ja selbst bei den Azteken hatte es eine gewisse Form öffentlich vorgeführter Fußakrobatik gegeben.

Und nun waren wir hier, die Kinder der Eisenbahner, und sahen uns ein Schauspiel an, wie es vielleicht unsere Vorfahren schon genossen hatten. Das machte mich unglaublich stolz.

Nach den Tänzerinnen trat eine chinesische Familie auf. In seidene Kostüme gekleidete Kinder und Erwachsene warfen alle möglichen Dinge in die Luft, während sie tanzten oder mit ihren Körpern seltsame Figuren formten. Sie füllten die Manege mit hohen Stäben, auf deren Spitzen Teller kreiselten, die drohten, jeden Moment herunterzufallen, um am staubigen Boden in tausend Teile zu zerspringen. Frauen liefen umher, um die Stäbe in Bewegung zu halten. Die restlichen Artisten verharrten bewegungslos wie Statuen.

Diese Vorstellung konnte das Publikum nicht wirklich begeistern. Dafür wurden die als Nächstes auftretenden Trapezkünstler mit einem enthusiastischen Applaus begrüßt. Zwei Paare schwangen durch die Luft und ließen mit ihren Saltos unseren Atem stocken. Die Trommelwirbel, die die schwierigsten Sprünge ankündigten, konnten Tuertos heftigen Herzschlag kaum übertönen. Er saß zu meiner Linken und hatte die Augen weit aufgerissen, um keine Sekunde des Schauspiels zu verpassen. Ich warf einen schnellen Blick hinüber zu Valeria, die sich mit einer Hand den Mund zuhielt und mit der anderen Hand Chicos Arm drückte. Der wandte seine Augen nicht von ihrem Profil ab. Obwohl Tuerto mich ständig in die Rippen stieß, damit ich mir ansah, wie diese vier Menschen für ein paar Pesos ihr Leben riskierten, schaute ich lieber dorthin, wo mein eigenes Leben auf dem Spiel stand. Zumindest kam es mir so vor.

Valeria hatte offenbar entschieden, das, was zwischen uns vorgefallen war, zu ignorieren. Jedenfalls war ihr absolut nicht anzumerken, dass ich ihr mein größtes Geheimnis verraten hatte: meine Liebe zu ihr. Eine Liebe, die mich wahnsinnig machte und von der mich nichts und niemand abbringen konnte.

Ich hatte mein Herz an Valeria geheftet. Mit ihr stand und fiel mein ganzes Glück.

Ich dachte, dass ich mich anstrengen musste, um der Klassenbeste zu sein, um zur Universität zu gehen, einen guten Job zu bekommen und die Welt zu bereisen. Das war der einzige Weg, meinem Leben einen Sinn zu geben. Der einzige Weg, sie dazu zu bringen, mich eines Tages zu erhören.

Missmutig wälzte ich diesen Gedanken, da betrat endlich der Dompteur die Manege. Zum Gipfel allen Unglücks an diesem Samstagnachmittag folgte ihm jedoch weder ein Löwe noch ein Tiger, sondern nur ein trauriger Bär mit einem Metallring in der Nase. Es war ein ziemlich großes Tier, das sich jedoch so schwerfällig bewegte und so viele Narben am Körper trug, dass es eher Mitleid erregte, als Angst und Schrecken zu verbreiten.

»Sie entfernen ihnen die Krallen und die Fangzähne«, flüsterte Tuerto mir zu. »So können sie dem Dompteur nichts tun. Sie sind völlig harmlos.«

»Woher weißt du das?«, fragte ich und versuchte zu erkennen, was sich im Maul des Tieres versteckte.

»Das weiß doch jeder«, entgegnete mein Freund, als wäre es das Selbstverständlichste der Welt.

Der Mann in der Manege steckte seinen Kopf in den Schlund der Bestie, aber nicht einmal die übertriebenen Schreie des Zirkusdirektors konnten mir Angst machen.

Anschließend tanzte der Bär mit einer der Tänzerinnen im Rhythmus zu einer Art Walzer, um dann mit einem Ball zu spielen und auf den Befehl des Dompteurs hin durch die Manege zu kugeln. Er war so dick und müde, dass es ihm danach nicht gelang, wieder aufzustehen. Das Publikum brach in Gelächter aus, während der Zirkusdirektor und der Dompteur mit vereinten Kräften den Bären aus der Manege schoben. Unbeeindruckt saß ich zwischen meinen Freunden.

Eine Gruppe Clowns auf Fahrrädern zog mich wieder in den Bann der Vorführung. Ihre einfachen, tollpatschigen Kunststücke begeisterten uns. Einer von ihnen zerrte schließlich einen Zauberer und dessen Assistentin herein, eine junge Frau in einem Umhang mit Tausenden aufgestickten Sternen. Der Mann trug einen großen Zylinder. Valeria ließ den Hut keinen Moment aus den Augen.

Sehnsüchtig wartete sie auf die Kaninchen. Es interessierte sie kein bisschen, dass der Mann Schwerter aus seinem Mund zog oder seine Assistentin in einen Sarg legte, den er anschließend zersägte. Alle applaudierten – außer meiner Freundin. Auf der Kante der Bank sitzend, hatte sie die Ellbogen auf die Knie gestützt und wandte den Blick nicht von dem Zylinder ab.

Ich hoffte mit ihr auf das Kaninchen.

Was, wenn er nur Tauben aus seinem Hut zauberte? Oder Tücher? Vielleicht war der Zylinder ja auch kaputt, sodass an diesem Nachmittag gar nichts daraus hervorkam.

Ich schloss die Augen. Ich ballte die Fäuste.

Das Orchester spielte eine schnelle Musik.

»Ich fasse es nicht! Er hat einen Ball aus seinem Zylinder gezaubert!«, rief Tuerto fasziniert aus.

»Eine Lampe!«, schrie jemand im Publikum.

Karten, eine Brosche, eine Blume, die der Zauberer seiner Assistentin schenkte …

Die Zuschauer klatschten. Und ich befürchtete das Schlimmste.

»Ein Kaninchen«, murmelte ich.

»Eine Taube!«, rief Chico. »Ich hab's ja gesagt! Eine Taube!«

Ich öffnete die Augen. Der Vogel flog ein paarmal gegen die Zeltwand, als versuchte er, ein Loch hineinzustoßen, durch das er entfliehen konnte. Das Publikum schrie vor Begeisterung. Einige wedelten mit den Armen, um das Tier zum Ausgang zu leiten.

Ich sah Valeria an.

Der Zauberer und seine Assistentin waren im Begriff, hinter dem Vorhang zu verschwinden. Sie folgte ihnen mit dem Blick.

Plötzlich sprang sie auf. Sie sagte nichts. Mitten in der Dunkelheit blieb sie stehen.

Der Zauberer wandte sich um.

Ich weiß nicht, ob er sie sah.

Ich weiß nicht, ob er ihre Gedanken las.

Doch in diesem Moment verbeugte er sich. Er zog sich den Zylinder vom Kopf und ließ ihn in der Manege zurück.

Zwei Paar lange weiße Ohren kündeten von dem Wunder. Und eine Sekunde später hoppelten zwei Kaninchen durch die Manege und suchten, mit ihren Pfoten über den Boden kratzend, nach nicht vorhandenen Möhren.

Der Vorhang fiel.

Die beiden Tiere blieben zurück und kümmerten sich nicht um den Applaus des glücklichsten Mädchens auf der Welt, das flüchtig zu mir herübersah und mir mit einem strahlenden Lächeln zunickte.

Ein Lächeln, das zu einem Wunder gehörte, und sie hatte es mir geschenkt, mir, nicht Chico. Doch er war es, der sie in diesem Moment küsste.

»Ich werde den Zirkus verklagen!«

»Vielleicht ist die Arme ja heute krank«, wandte Tuerto ein, der immer zur Stelle war, unseren Freund zu beruhigen, wenn er sich aufregte.

»Dann will ich mein Geld zurück!«, schimpfte Chico.

Zu dritt liefen wir über die Gleise. Die Zirkusvorstellung war seit einer halben Stunde vorbei, doch Chico hatte uns gedrängt, anstatt nach Hause zu gehen, noch ein wenig herumzulaufen – und zu überlegen, was mit der Kanonenfrau passiert sein konnte.

Es war noch hell.

Ich war das schweigende Schlusslicht unserer Truppe. Es war mir egal, dass die Kanonenfrau nicht aufgetreten war. Auch, dass wir keine Löwen oder Tiger gesehen hatten.

Zwei Kaninchen waren mehrere Minuten lang durch die Manege gehoppelt, bis es den Clowns gelungen war, sie einzufangen. Das genügte mir vollkommen.

»Es gab auch keine Löwen und Tiger, und Ikal beschwert sich auch nicht, stimmt's?« Tuerto warf mir einen auffordernden Blick zu.

Ich schwieg weiter.

»Und ich hab wieder Kopf und Kragen riskiert …«, murmelte Chico.

Seine Worte blieben unkommentiert, verfingen sich in den Ästen der Bäume über uns.

Aus dem Nichts tauchten in der Ferne drei Männer auf. Über die Gleise hinweg starrten sie uns an.

Unser Freund blieb abrupt stehen.

Ich sah, wie sich sein Rücken verkrampfte.

»Junge, dein Vater sucht nach dir!«, rief einer der drei.

Die orangefarbene Sonne, die hinter den Männern unterging, blendete uns.

Trotzdem konnte ich erkennen, dass ihre Kleidung abgetragen und mit Erde beschmutzt war. Zwei von ihnen trugen kaputte Stiefel, die nur noch von Schnüren zusammengehalten wurden, der dritte Gummisandalen. Die Männer waren Saisonarbeiter.

Keiner von ihnen rührte sich.

»Jetzt mach es ihm nicht noch schwerer«, sagte der kleinste der drei. Und dann, lauter: »Der Gutsbesitzer hat nach dir gefragt.«

Tuerto schaute zwischen den Männern und Chico hin und her.

Ich wandte den Blick nicht von den angespannten Schultern meines Freundes.

Ich hatte gespürt, dass etwas passieren würde.

Die Luft war bleischwer, die Zeit stand still, die Sonne klebte am Horizont und verweigerte ihren Untergang. Ein Schwarm Vögel zog krächzend über uns hinweg.

Und dann geschah es.

Chico rannte los.

Verschwand im Gestrüpp links von uns.

Tuerto und mich fixierend hob der Mann, der als Erstes gerufen hatte, den Arm und wies wortlos in Richtung des Gestrüpps, woraufhin die anderen beiden unserem Freund nachstürmten.

Ich fühlte mich unendlich klein.

Vorsichtig streckte ich die Hand aus und berührte Tuerto, der sich zu mir umwandte.

Er stieg von dem Gleis, stellte sich neben mich und legte mir seinen Arm um die Schultern.

Wir gingen zurück in die Richtung, aus der wir gekommen waren, ohne uns auch nur einmal umzublicken.

Ich zitterte am ganzen Körper.

Wir spürten, dass der Mann uns nicht aus den Augen ließ.

Wir hörten Chicos Schreie.

Langsam folgten wir dem toten Gleis, bis die Dunkelheit sich unser erbarmte und uns zudeckte. Die Sonne war doch noch vom Himmel gefallen.

In der Ferne erschienen die Lichter der Eisenbahnwaggons.

Wir dachten an unsere Mütter, an die Schüsseln mit Reis auf dem Tisch, an das Radio, das im Wohnzimmer spielte, und an unsere Betten, auf denen halb gelesene Abenteuerromane lagen.

An unsere Väter, die auf der Türschwelle saßen und zärtlich unsere Namen sagten, zumindest in unserer Vorstellung. Wir rannten zu ihnen, damit uns nicht derselbe Schatten holte wie Chico.

14

»Jetzt legen wir mal alle die Karten auf den Tisch«, sagte der Generaldirektor.

Hugo Valenzuela runzelte die Brauen. *Ist das ein Befehl oder eine Absichtserklärung?*, fragte er sich, während er versuchte, sich von der tiefstehenden Sonne nicht blenden zu lassen.

Seit er die Einladung zum Golfen erhalten hatte, wusste er, dass ihn dieser Ausflug etwas kosten würde. Der oberste Chef der zukünftigen Kommission hatte ihn persönlich angerufen. Derselbe, der nun zusah, wie er einen sicheren Stand suchte, den Schläger in Position brachte und die Welt um sich herum ausblendete, um sich ganz auf das neunte Loch auf dem Rasen zu konzentrieren.

Er schlug und wandte dem Generaldirektor den Blick zu.

Auch ohne dem Ball hinterherzusehen, wusste er, dass er getroffen hatte. Allein wegen Limónez' verärgertem Gesicht. Sein Spiel war schon den ganzen Nachmittag über gut gewesen, deutlich besser als das seiner Kontrahenten.

Ob das reichen würde, um aus dieser Falle wieder herauszukommen?

»Wie ich sehe, sind Ihre Schläge genauso sauber wie Ihre Berichte«, murmelte der Generaldirektor. »Sie haben wohl schon als Kind Golf gespielt?«

Für einen Moment kehrte Hugo in Gedanken in die Welt seiner Kindheit zurück. Er blinzelte, und da sah er es: er vor seinem Haus, schick im Golfdress und umringt von seinen Freunden, die alle eine Golftasche mit Schlägern dabeihatten. Beinahe hätte er laut aufgelacht.

»Sagen wir, dass ich viele Stunden damit verbracht habe, meine Zielgenauigkeit zu trainieren«, sagte er stattdessen.

Kurz spielte er mit dem Gedanken, das Gespräch in Richtung einer fiktiven Kindheit auf dem Golfplatz zu lenken. Ein Vater, der davon träumte, dass sein Sohn ein Golfchampion wurde, eine Verletzung im Teenageralter – Hauptsache, die Sprache würde nicht auf …

»Ähnlich viele Stunden wahrscheinlich, wie Sie sie nun schon der Akte zur Schließung der Öffentlichen Schule Artikel 123 gewidmet haben. Genau das ist es, was uns an Ihnen gefällt.«

Es wäre ja auch zu schön gewesen, dachte Hugo und seufzte still, während er aus den Augenwinkeln Limónez betrachtete, der wie Falschgeld in der Gegend herumstand und sich offensichtlich nicht entscheiden konnte, ob er weiterspielen sollte oder weiter zuhören, um ja nichts zu verpassen.

Sein Kollege war sichtlich nervös, doch nicht nur das versetzte Hugo in Alarmstimmung.

Limónez hatte auch dafür gesorgt, dass die Unterredung ohne Zeugen stattfand, indem er seinen Assistenten, den Chauffeur und sogar die Leibwächter vom Platz geschickt hatte.

»Sie wissen ja, dass ich ein Mensch bin, der das, was ihm aufgetragen wird, zuverlässig erledigt«, erklärte Hugo, um Zeit zu gewinnen, und forderte seinen Mitspieler mit einer Handbewegung zum Schlag auf.

»Na, los, Limónez! Was stehen Sie da so rum? Wir haben nicht den ganzen Tag Zeit!«, blaffte nun auch der Generaldirektor. Dann wandte er sich wieder an Hugo. »Und gehe ich richtig in der Annahme, dass Sie, nun da Sie den Fall ja genauestens studiert haben, inzwischen wie wir der Meinung sind, dass es der einzig richtige Weg ist, diese Eisenbahnschule zu schließen?«

»Diese Schulform ist alt und völlig überholt!«, geiferte Limónez. »Sie lässt unser Land unterentwickelt erscheinen! Das ist keine Schule für das einundzwanzigste Jahrhundert. In einem ausrangierten Waggon, ohne Technik, ohne digitale Medien …«

Er schwang den Golfschläger durch die Luft. Für einen Moment schien es, als wollte er Hugo erschlagen.

»So eindeutig ist das für mich nicht. Diese Schulform hat gute Ergebnisse erzielt«, sagte dieser ruhig. »Sie wurde ins Leben gerufen, um einer Bevölkerungsschicht Zugang zu Bildung zu ermöglichen, die ansonsten zu Unwissenheit und Chancenlosigkeit verdammt gewesen wäre, deren einzige Perspektive die Kriminalität war.«

Er wusste, dass er sich auf gefährliches Terrain wagte. Doch er wollte testen, wie weit er gehen konnte. Herausfinden, was wirklich hinter diesem ganzen Theater steckte.

»Und diese Bevölkerungsschicht gibt es leider immer noch, Herr Direktor«, fügte er hinzu.

»Gute Ergebnisse, Inspektor?«, fuhr ihn der Generaldirektor unvermittelt an. »Welche ›guten Ergebnisse‹?«

»In den 1930er Jahren wurde das Arbeitsschutzgesetz verabschiedet, das alle Arbeitnehmerrechte versammelt und das bis heute gilt. Es enthält einen Artikel, der die Gründung derartiger Eisenbahnschulen vorsieht, um den Arbeiterkindern in diesem Land Zugang zu Bildung zu ermöglichen … Einem Land mit beträchtlichen Ausmaßen, einer mangelhaften Infrastruktur und Gegenden, die vollkommen isoliert sind … In dem es Menschen gibt, die gezwungen sind, von Ort zu Ort zu ziehen: Bahnarbeiter, Saisonarbeiter, Menschen ohne festen Wohnsitz …« Hugo machte eine Kunstpause.

Er war sich bewusst, dass er ein hohes Risiko einging, aber nun musste er die Sache zu Ende bringen.

»In mehr als achtzig Jahren haben viele Kinder in diesen Klassenräumen gesessen und …«

»Ich frage noch einmal: Welche Ergebnisse, Inspektor?« Der Generaldirektor sah ihn herausfordernd an. »Wir wissen alle, dass Sie kein sentimentaler Mensch sind. Also belehren Sie uns jetzt nicht eines Besseren. Wie viele Schüler haben in diesen Klassenräumen gesessen? Wie viele von ihnen haben erfolgreich die Mittelschule abgeschlossen? Wie viele sind zur Universität gegangen und haben einen Abschluss gemacht?«

Es wurde still.

»Zahlen, Inspektor! Sagen Sie mir, wie viele von den ehemaligen Schülern in ihren Städten und Dörfern politisch tätig sind, wie viele sind erfolgreiche Unternehmer geworden oder üben überhaupt irgendeinen anerkannten Beruf aus?«

Wie messen wir Erfolg? Wann hat jemand Anerkennung verdient? Es gibt Menschen, die kämpfen darum, den nächsten Tag zu überleben, dachte Hugo. *Und wenn diese Menschen es schaffen, dabei noch aufrichtig zu bleiben, haben sie mehr erreicht als Sie*, hätte er dem Generaldirektor am liebsten ins Gesicht geschleudert. Aber er wusste natürlich, dass das nicht ging.

In diesem Moment brachte sein Chef den Grund zur Sprache, der ihn endgültig verstummen ließ: die Kommission.

»Wir denken daran, die erste Sitzung der Nationalen Bildungskommission in einem Monat einzuberufen.«

Er beließ es bei diesem Satz und begann im Weitergehen eine Plauderei mit Limónez, als wäre nichts gewesen. Offenbar wollte er Hugo einen Moment Zeit geben, die neue Information sacken zu lassen.

Hugo rang um Fassung. Er folgte den beiden, den Blick aufs Green gerichtet, und fühlte mit einem Mal eine große Müdigkeit.

Dafür habe ich meinen Urlaub abgesagt …, sagte er zu sich und dachte an den Moment, als er Carolina gebeten hatte, das Ticket nach Cancún zu stornieren. »Aber bis dahin sind es doch noch ein paar Wochen, Chef. Sie sollten optimistischer sein!«, hatte seine Sekretärin ihn ermuntert.

»Zu viel Arbeit in Sicht. Ich werde bleiben müssen, das weiß ich jetzt schon. Warum also soll ich noch warten?«, hatte er entgegnet. Nun bereute er seine Entscheidung, denn er würde die gewonnene Zeit damit verbringen, diesem Mistkerl zu liefern, was dieser von ihm verlangte.

»Hast du die Zahlen?«, raunte Limónez ihm zu, während der Generaldirektor sich etwas abseits auf seinen nächsten Schlag vorbereitete.

Hugo sah seinen Kollegen an, doch eigentlich blickte er in ihn hinein, versuchte, die Gedanken zu lesen, die sich in den Windungen seines Gehirns versteckten.

Ich weiß, dass dich die Rechte der Arbeiter völlig kaltlassen. Leute wie du und der Generaldirektor und die Mehrheit der Mitglieder der Regierung, ihr wart alle auf Eliteschulen. Ihr brauchtet keine Eisenbahnwaggons oder Lehrer wie Don Ernesto, um eine Chance zu haben … Aber warum gerade jetzt? Und warum ausgerechnet diese Schule?, fragte er sich.

»Nein, ich habe die Zahlen noch nicht«, antwortete er trocken in Erinnerung daran, dass er Rebeca damit beauftragt, sie sie ihm aber noch nicht geliefert hatte.

»Du und dein Team, ihr habt viel Arbeit auf dem Tisch, stimmt's?«, sagte Limónez freundschaftlich. »Und Rebeca?«

»Was ist mit Rebeca?«, fragte Hugo gereizt, ohne den Generaldirektor aus den Augen zu lassen, der verärgert mit seinem Golfschläger auf den Rasen schlug.

Er hatte den Ball in ein Wasserloch befördert.

»Sie soll sehr effizient arbeiten. Und sie wurde deiner Abteilung zur Entlastung zugeteilt. Macht sich das nicht bemerkbar?«

Plötzlich hatte Hugo Valenzuela einen bitteren Geschmack im Mund: den Geschmack von Verrat. Würde sich sein anfänglicher Verdacht doch noch bewahrheiten? Carolinas Lobeshymnen und die saubere Arbeit, die Rebeca leistete, hatten dafür gesorgt, dass er von seiner Theorie einer Intrige gegen ihn Woche um Woche weiter abgerückt war. *Aber mein Instinkt täuscht mich normalerweise nicht*, dachte er.

»Was weißt du von ihr?«, entgegnete er seinem Kollegen herausfordernd. »Was hat sie dir über unsere Arbeit erzählt?«

Limónez riss erstaunt die Augen auf.

Wich einen Schritt zurück.

»Was soll sie mir denn erzählt haben? Ich habe mit ihr gar nicht über eure Arbeit gesprochen.« Limónez sah Hugo an, bevor er ernst hinzufügte: »Niemals.«

In einigen Metern Entfernung kämpfte der Generaldirektor eine andere Schlacht.

Vorsichtig näherte er sich mit seinem Caddie dem Wasserloch, um den Ball herauszuholen, der offensichtlich einer seiner Glücksbälle war.

Hugo entschied, die Gelegenheit zu nutzen, um sich seinen Kollegen zur Brust zu nehmen.

»Limónez, nehmen wir den Generaldirektor beim Wort und legen wir die Karten auf den Tisch«, sagte er in einem Tonfall, von dem er wusste, dass er das Klatschmaul, das er vor sich hatte, nervös machen würde.

Limónez wand sich.

»Ich weiß nicht, was du meinst …«

»Doch, das weißt du«, bedrängte Hugo seinen Kollegen.

Dem Chefinspektor blieben nur wenige Minuten, um herauszufinden, was hier wirklich gespielt wurde.

»Wir müssen das Bildungssystem modernisieren. Unsere Schulen müssen unser Land repräsentieren …«

Hugo legte Limónez die Hände auf die Schultern. Er beschloss, aufs Ganze zu gehen. Er schluckte den Ekel, den er empfand, herunter.

»Sind wir nun Freunde, oder nicht? Du weißt, dass du dich auf mich verlassen kannst.« Er wartete ab, bis die Worte in das Gehirn seines Gesprächspartners vorgedrungen waren. »Warum ist diese traurige Schule an einem verlassenen Bahnhof im Nirgendwo auf einmal so verdammt wichtig? Wieso interessiert euch dieser alte Lehrer, der kurz vor der Pensionierung steht, und ein paar Schüler, deren Leben schon verpfuscht sind, bevor sie laufen lernen, so sehr?« Er seufzte. »Ich weiß, dass du es für unser Land tust. Man muss die Vergangenheit hinter sich lassen, auf neue Schulen, neue Infrastrukturen setzen …«

Während Hugo sprach, dämmerte ihm etwas.

»Aber der Generaldirektor? Die Kommission? Ich bin sicher, dass vor sechs Monaten keiner von diesen Leuten überhaupt nur von der Existenz dieses Schulgesetzes wusste. Warum ist es also auf einmal so wichtig?«

Limónez sah sich nach allen Seiten um. Dann versuchte er, die Hände seines Kollegen abzuschütteln, was ihm jedoch nicht gelang. Er schluckte.

»Wir haben wirklich nicht gedacht, dass du die Sache so ernst nimmst«, stotterte er dann. »Die Zahlen stimmen nicht. Die Kinder zahlen nicht. Deshalb sprengen die Kosten für den Lehrer und die Unterhaltung der Schule den Rahmen.«

»Die paar Kröten? Das kostet doch nichts …«

»In Wahrheit geht es nicht direkt um die Kosten. Sondern darum, dass die Existenz dieser Schule … wie soll ich sagen, gewisse Einnahmen verhindert …«

»Jetzt verstehen wir uns«, sagte Hugo und zog seine Hände zurück, damit sein Kollege durchatmen konnte.

Das, was Limónez wusste, brannte ihm sichtlich auf der Seele. Er war kurz davor, sich Erleichterung zu verschaffen, sich ihm anzuvertrauen.

»Auf der einen Seite ist da dieses Grundstück.«

»Dieser Bahnhof? Delicias? Da gibt es nur Staub, Pflastersteine und Abfall!«

»Das ist das, was man sieht.«

»Das, was man sieht?«

»Gas«, flüsterte Limónez und schloss die Augen, als habe er sich einer schweren Last entledigt.

Hugo Valenzuela neigte verschwörerisch den Kopf.

»Davon habe ich noch nie etwas gehört.«

»Es gibt Dinge, über die nicht offen gesprochen wird. Gewisse Berichte, die nicht weitergeleitet werden, verstehst du?«, flüsterte Limónez und stellte mit Schrecken fest, dass der Generaldirektor auf sie zukam. »Und dann ist da noch ein Bauprojekt …«

»Ein Bauprojekt?«

Limónez' Stimme war so leise geworden, dass Hugo ihn kaum noch verstand.

»Diese Eisenbahnschule ist die letzte, die noch existiert. Wer würde gegen ihre Schließung protestieren? Der pensionierte Lehrer? Ein paar Nostalgiker? Hippies? Die ehemaligen Schüler sind Bauern oder Arbeiter, die mit ihren täglichen Sorgen genug zu tun haben. Die wollen keinen Ärger. Aber es gibt noch andere Schulen, die von diesem Gesetz betroffen sind. Schulen auf dem Land, in den Vororten … Für die öffentlichen Schulen soll es neue Gesetze geben. Neue Gebäude, neue Einrichtungen … Du weißt ja, dass die Möglichkeit besteht, einen Antrag bei der Regierung zu stellen. Theoretisch wird die Opposition damit nicht durchkommen. Aber es besteht die geringe Möglichkeit, dass doch … Deshalb müssen vorher einige Dinge festgezurrt werden: die Architekten, die die Projekte leiten, die Unternehmen, die das Material liefern …«

»Ich hasse diesen Platz«, schimpfte der Generaldirektor. »Mein Assistent wird einiges zu hören kriegen, dass er ausgerechnet hier reserviert hat. Das wird er büßen.«

Er schnaubte und sah die beiden Beamten an. Valenzuela wirkte abwesend, Limónez besorgt, wie der Generaldirektor überrascht feststellte. Er sagte sich, dass er eingreifen musste, bevor Limónez alles vermasselte, wobei er einmal mehr den Minister verfluchte, der mit Limónez' Tante verheiratet war. Ansonsten hätte man einen Idioten wie ihn niemals in eine solche Sache mit einbezogen. *Er wird alles verderben*, dachte der Generaldirektor seufzend, bevor er beschloss, sich von nun an ernsthafter mit diesem Thema zu beschäftigen. Hier stand die Zukunft des staatlichen Bildungssystems auf dem Spiel, verdammt noch mal! Und Geld, das sich einige wichtige Menschen in die Taschen stecken wollten.

»Wie ich vorhin angedeutet habe, Valenzuela, sollten wir die Karten auf den Tisch legen.«

Ich kenne deine Karten genau, sagte sich Hugo, bevor er automatisch nickte. Noch hatte er das, was er erfahren hatte, nicht verdaut.

»Uns läuft die Zeit davon«, fuhr der Generaldirektor fort. »Es gibt nur einen Ausweg, das wissen Sie genauso gut wie ich: die Schließung. Wir können weiterhin Spielchen spielen, aber was soll das bringen? Schreiben Sie Ihren Bericht, sehen Sie sich die Schule vor Ort an, und Sie werden zu dem gleichen Schluss kommen wie wir.«

»Die Zeit läuft uns davon«, wiederholte Hugo später, während er unter der Dusche stand.

Er sagte es zu sich selbst, aber auch zu einem Lehrer, der kurz vor der Pensionierung stand, zu den Familien in den Hütten, die den Bahnhof umgaben … und zu den Kindern und dem Hund, die ihn jeden Morgen von dem alten abgenutzten Foto auf seinem Schreibtisch aus ansahen.

Er spürte eine riesige Last auf den Schultern.

Eine Last, die er mit niemandem teilen konnte.

Zum ersten Mal nach vielen Jahren fühlte Hugo Valenzuela, dass die Zeit, die gute Zeit, schon lange vorbei war.

15

Ihr siebter Sinn hatte Carolina gesagt: Es war besser, Hugo Velanzuela nicht von diesem Anruf zu erzählen. Sie wusste nicht genau, warum, aber wenn sie mit dem Finger über den Namen und die Telefonnummer auf dem Papier fuhr, war sie sich sicher, dass sie richtig gehandelt hatte.

Sie schloss das Notizbuch.

Stand auf und nahm ihre Tasche.

Es war fast neun Uhr abends – Zeit, nach Hause zu gehen.

Bevor die Aufzugtüren sich komplett schlossen, konnte sie sehen, dass im Büro ihres Chefs noch Licht brannte. Ein paar verlorene Saxophonklänge drangen aus dem Raum. Er hatte Musik angemacht. Sie stellte sich vor, wie er mit einem Glas Wein dort stand und aus dem Fenster sah. Müde.

Es war für uns alle ein langer Tag, dachte Carolina seufzend.

Ein Tag, der mit einem seltsamen Anruf begonnen hatte. Als sie sich, bereits im Bus auf dem Weg nach Hause, noch einmal daran erinnerte, musste sie lächeln.

»Guten Tag, gnädige Frau.«

»Guten Tag, mit wem spreche ich?«

»Ist dort die Generaldirektion für Bildungswesen?«

»Ja. Bitte, mit wem spreche ich?«

»Gnädige Frau, Sie ahnen ja nicht, wie sehr ich mich freue! Endlich! Sie können sich nicht vorstellen, wie viele Nummern ich gewählt und mit wie vielen Maschinen ich gesprochen habe. Sie sind doch ein Mensch, oder?«

Carolina hatte sich auf ihrem Stuhl zurückgelehnt. Sie hatte eine Stunde lang vor dem Bildschirm gesessen und konnte endlich einmal durchatmen. Dieser Anruf versprach, unterhaltsam zu werden.

»Ehrlich gesagt, mein Herr, frage ich mich manchmal tatsächlich, ob ich nicht doch eine Maschine bin.«

»Bitte?«

»Damit will ich sagen, dass ich so viele Stunden an so vielen Kriegsschauplätzen gleichzeitig arbeite, von so viel Technologie umgeben, dass ich daran zu zweifeln beginne, wirklich noch ein Mensch zu sein«, erklärte sie lächelnd mit einem Blick auf ihren Computer, die Telefonanlage, das digitale Diktiergerät und den Scanner …

In den letzten Jahren hatte sich ihr Schreibtisch in einen Roboter-Zoo verwandelt. »Eines Tages werden sie mich durch eine verkabelte Sekretärin aus Titan ersetzen«, hatte sie einmal lächelnd zu Rebeca gesagt. Die junge Frau hatte gelacht und gesagt, dass die Freude an der Arbeit, persönlicher Einsatz und Erfahrung niemals durch Mikrochips ersetzt werden könnten.

»Ich verstehe Sie, gnädige Frau, ich verstehe Sie«, hatte die freundliche Stimme am Telefon gesagt. »Ich habe da mehr Glück gehabt und arbeite derzeit noch immer mit Menschen. Und wie alle Menschen haben sie Namen, und da wir nun wissen, dass Sie auch ein Mensch sind, erlaube ich mir zu fragen, ob Sie mir den Ihren verraten würden.«

Carolina hatte einen Schluck von ihrem Tee getrunken, der neben der Tastatur bereits kalt geworden war. Dabei stellte sie sich ihren Gesprächspartner vor. Einen älteren Herrn mit fester Stimme. Er war höflich. Und sein Akzent verriet, dass er nicht aus Mexiko-Stadt stammte.

»Sie sprechen mit Carolina, ich bin hier die Sekretärin.«

»Was für ein schöner Name! Wissen Sie, woher Ihr Name stammt? Er ist germanischen Ursprungs und bedeutet ›sehr intelligente Frau‹.«

»Meinen Sie nicht, dass Sie ein wenig unhöflich sind?«

»Gnädige Frau, womit bin ich Ihnen zu nahe getreten? Entschuldigen Sie die Vertraulichkeit. Die Gewohnheit sorgt dafür, dass ich die Menschen belehre.«

»Das habe ich nicht gemeint, mein Herr.« Für einen Moment schwieg sie amüsiert. »Sie haben mir Ihren Namen noch nicht gesagt und auch nicht, von wo Sie anrufen.«

»Verzeihung! Sie klingen so nett, und nach all den Computerstimmen und den gestressten jungen Frauen, die mich von einem Anschluss zum nächsten weitergereicht haben, da …« Er schwieg für einen Moment. »Ernesto. Zu Ihren Diensten.«

»Sehr erfreut, Ernesto«, sagte Carolina seufzend.

Dieses Gespräch war auf angenehme Weise surreal. Zum Glück war ihr Chef in einer Sitzung mit sämtlichen Inspektoren aus der Gegend und würde erst in einer Weile zurückkehren.

»Nun sind wir schon ein Stück vorangekommen … Jetzt müssen Sie mir noch sagen, von wo aus Sie anrufen und warum. Und dann sage ich Ihnen, ob ich Ihnen weiterhelfen kann …«

Rebeca machte ihr ein Zeichen. Sie wollte mit Limónez und ein paar anderen Kollegen einen Kaffee trinken gehen.

Carolina lächelte. Nun konnte sie ungestört reden.

»Ich bin Lehrer.« Er zögerte, bevor er weitersprach. »Derzeit bin ich der einzige Lehrer und der Direktor der Malinalli-Tenepatl-Schule Artikel 123.«

Carolina verschluckte sich an ihrem Tee.

Sie begann zu husten.

»Geht es Ihnen gut, gnädige Frau?«, fragte Ernesto besorgt.

Carolina stand auf und klemmte sich das Telefon zwischen Kopf und Schulter. Sie hob einen Arm. Öffnete den Mund, um einmal tief durchzuatmen.

»Gnädige Frau, geht es Ihnen gut?«

Dieser Name, die Schule …

»Ruhig atmen! Stehen Sie auf und gehen Sie ein paar Schritte …«

Die Berichte, die Grafiken, die Akte, um die Schule zu schließen …

»Vor allem müssen Sie ruhig bleiben …«

Die Anrufe des Generaldirektors, das ständige Auftauchen von Limónez, die Gerüchte am Kaffeeautomaten …

»Allmählich mache ich mir ernsthaft Sorgen. Bitte sagen Sie etwas!«, ließ der Lehrer nicht locker.

Carolina sah die grüne Akte auf dem Schreibtisch ihres Chefs und dachte an die Besorgnis in seinem Gesicht, wenn sein Blick darauf fiel. Und das schon seit Wochen.

Nun hatte das Problem eine Stimme.

»Ich habe mich am Tee verschluckt, Ernesto«, murmelte sie und riss sich zusammen.

»Ich sage meinen Schülern immer, dass es nicht gut ist, mehrere Dinge gleichzeitig zu tun«, meinte der Mann am Telefon lachend und fügte hinzu: »Wobei ich zugeben muss, dass Frauen durchaus dazu in der Lage sind, wenn sie es sich vornehmen.«

»Wie Sie sehen, nicht alle«, sagte Carolina erleichtert, dass ihm nichts aufgefallen war. »Bitte, Ernesto, wie kann ich Ihnen helfen?«

Am anderen Ende der Leitung blieb es eine Weile still.

»Carolina, ehrlich gesagt, weiß ich nicht, ob Sie oder irgendjemand anderes uns noch helfen kann …«

Überrascht hörte Carolina die Traurigkeit aus seiner Stimme heraus, die kurz zuvor noch so fröhlich geklungen hatte.

»Versuchen wir es mal, Sie ahnen ja nicht, welche Fähigkeiten einige Sekretärinnen haben«, entgegnete sie, um die Stimmung ein wenig aufzuheitern.

»Wissen Sie, ich werde bald in Pension gehen …«

»Das haben Sie sich sicher verdient. Sie werden merken, wie schön das ist. Sie werden die Zeit mit Ihrer Familie genießen und mit Ihren Hobbys, können jederzeit auf Reisen gehen …«

»Ehrlich gesagt, Carolina, freue ich mich überhaupt nicht darauf, aber die Entscheidung steht fest.«

»Haben Ihre Vorgesetzten dafür gesorgt?«

»Nein, die Natur, die zugelassen hat, dass ich, ohne es zu merken, alt geworden bin«, sagte er seufzend. »Am Ende haben meine Augen mir die Entscheidung abgenommen. Sie können nicht mehr.«

Das mit der Sehschwäche steht gar nicht in den Berichten, dachte Carolina traurig.

»Sie ahnen nicht, wie sehr ich das bedauere …«

»Es geht gar nicht um mich. Ich bin glücklich über das Leben, das ich geführt habe, und über alles, was ich gesehen habe.« Ernesto schwieg einen Moment, bevor er fortfuhr: »Es tut mir leid für meine Schüler und meine Schule. Denn man nimmt meine Pensionierung zum Anlass, mit der Schließung zu drohen. Wie ich eben gesagt habe, bin ich der einzige Lehrer.«

»Wie ist das möglich? Was ist das denn für eine Schule?«, verstellte sich Carolina.

Ernestos Stimme klang plötzlich enthusiastisch:

»Wir sind die letzte Eisenbahnschule. In Delicias, einem verlassenen Bahnhof.« Stolz atmete er durch. »Wir sind die Erben einer fast hundert Jahre alten Tradition. Wussten Sie, dass es überall im Land Schulen wie meine gab, wo die Kinder der Feldarbeiter und Bahner unterrichtet wurden?«

Carolina schloss die Augen. Sie stellte sich das, was sie hörte, bildlich vor.

»Hunderte Schüler haben in den hölzernen Waggons Lesen und Schreiben gelernt. So viele Jungen und

Mädchen haben an den alten Pulten gesessen … sogar ein Hund!«

»Ein Hund?«, fragte Carolina überrascht.

»Er hieß Quetzal und war ein Schuljahr lang in meiner Klasse. Ich kann Ihnen versichern, dass er mir aufmerksamer zugehört hat als so mancher meiner Schüler«, erklärte der Lehrer. »Ich habe ihm sogar ein Zeugnis ausgestellt, das ich ihm am letzten Tag, an dem er in der Schule war, überreicht habe. Das hatte er sich verdient.«

Carolina und Ernesto steckten sich gegenseitig mit ihrem Lachen an.

»Und nun soll meine Pensionierung als Vorwand dienen, um die Schule zu schließen. Können Sie das glauben?«

Zum ersten Mal seit Beginn des Gesprächs lag Empörung in der Stimme des Mannes. Carolina spürte, wie sich sein Ärger auf sie übertrug.

»Haben Sie denn noch Schüler?«

»Aber natürlich! Früher sind wir mehrere Monate im Jahr mit den Eisenbahnarbeitern mitgereist. Heute nicht mehr. Mein Waggon steht nun für immer am Bahnhof von Delicias. Die Räder sind verrostet, aber …« Er hustete, bevor er fortfuhr: »Wissen Sie, wie viele Familien hier in der Nähe des Bahnhofs in baufälligen Hütten leben? Einige arbeiten auf den Feldern, andere halten sich mit Gelegenheitsjobs über Wasser … Wo sollen ihre Kinder zukünftig zur Schule gehen? Es gibt keine andere Schule in der Nähe. Die nächste ist viele Kilometer entfernt. Und wenn es eine gäbe, womit sollten sie sie bezahlen?«

»Ihre Schule darf nicht geschlossen werden!«, sagte Carolina entschieden.

Für einen Moment erschreckte sie ihre eigene Entschlossenheit, bis sie wieder die freundliche Stimme hörte.

»Ich wusste ja, dass Sie keine Maschine sind! Sie haben ein Herz, gnädige Frau«, meinte Ernesto. »Deshalb habe ich angerufen. Der Schulinspektor, der für diese Gegend verantwortlich ist, hat mir gesagt, dass nun alles in den Händen der Generaldirektion liegt. Dass es eine Akte gibt und sie sich in der Hauptstadt gerade mit dem Fall befassen. Dass noch nichts entschieden ist. Und ich habe mir gedacht, dass vielleicht jemand herkommen möchte, um uns kennenzulernen, mit mir zu reden, mit den Familien, den Schülern …«

Carolina seufzte. *Wenn der arme Mann wüsste, dass im Grunde alles bereits entschieden ist*, überlegte sie. Dann dachte sie an ihren Chef, der in den letzten Wochen ein anderer Mensch zu sein schien. Die Akte lag noch immer aufgeschlagen auf seinem Schreibtisch. Dabei war Hugo Valenzuela dafür bekannt, schnelle Entscheidungen zu treffen. Doch aus irgendeinem ihr unbekannten Grund, wehrte er sich dagegen, den Fall »Öffentliche Schule Artikel 123« abzuschließen. Er verbrachte Stunden allein im Büro. Ständig bat er sie und Rebeca um irgendwelche Unterlagen und durchforstete die Papiere, die sie ihm gaben, als ob er darin eine versteckte Zauberformel suchte.

Carolina lächelte.

Vielleicht war noch nicht alles verloren. Vielleicht konnte dieser alte Lehrer doch noch beruhigt in Pension gehen, weil seine Schüler weiterhin unterrichtet wurden.

Sie spürte, dass Ernesto und sein Waggon noch eine Chance hatten. Wenn auch eine minimale, äußerst geringe, aber eine Chance.

Sie beschloss, Ernestos Verbündete zu werden und mit allen Mitteln dafür zu kämpfen, dass diese Chance genutzt wurde.

»Sie haben die richtige Nummer gewählt, mein Herr«, sagte sie zufrieden. »Diese Akte liegt auf dem Schreibtisch meines Chefs.«

»Ist das wahr? Gnädige Frau, ich habe Sie gerade erst kennengelernt und Sie bescheren mir nichts als Freude. Dann sind wir also in guten Händen. Wenn Sie sich in der Nähe unserer Akte befinden, werden Sie darauf aufpassen.«

Carolina lachte geschmeichelt.

»Ich werde es versuchen.«

»An wen muss ich mich wenden?«

Carolina schluckte. Die Aufzugtüren öffneten sich. Sie sah Hugo Valenzuelas düstere Miene und wusste, dass es keine gute Idee wäre, ihm diesen Anruf durchzustellen.

»An mich persönlich. Mein Chef ist im Moment nicht im Büro«, log sie, während sie sah, dass dieser sie mit einer Geste aufforderte, ihm in sein Büro zu folgen.

»Gut, gut … Dann ist also alles bestens?«, fragte Ernesto hoffnungsvoll. »Werden Sie Ihrem Chef sagen, dass ich angerufen und ihn eingeladen habe, uns zu besuchen? Ich denke, das ist angemessen, wenn es um eine für uns so wichtige Entscheidung geht.«

Carolina nickte schweigend.

»Die Sache ist in vollem Gange. Jeden Tag kann eine Entscheidung gefällt werden. Ernesto, ich will ehrlich zu Ihnen sein. Ich verspreche, meinem Chef das mit dem Besuch auszurichten. Und jetzt muss ich unser Gespräch leider beenden ...«

»Natürlich. Ich habe Ihnen schon viel zu viel Zeit gestohlen! Entschuldigen Sie ...« Unsicher wagte der alte Lehrer eine letzte Frage: »Darf ich Sie anrufen, um zu erfahren, wie die Dinge stehen?«

»Wann immer Sie wollen«, antwortete Carolina von Herzen.

Don Ernesto, Sie haben nun eine Verbündete, auch wenn Sie es nicht wissen, sagte sie sich, während sie ihrem Chef gegenüber Platz nahm, unter dessen Augen das erste Mal, seit sie ihn kannte, dunkle Schatten lagen.

Sie musste die Akte gar nicht erst zur Sprache bringen.

Hugo Valenzuela kam sofort zum Thema, und ihm war anzumerken, wie dringend die Sache war. In einem Anflug von Vertraulichkeit erzählte er seiner Sekretärin, wie sehr er unter Druck gesetzt wurde, die Sache eilig abzuschließen.

»Sicher haben Sie gemerkt, dass es mir in diesem Fall sehr schwerfällt, eine Entscheidung zu treffen«, sagte er verlegen und in dem Bemühen, das Ganze herunterzuspielen. »Ich habe zu viele Dinge im Kopf, das fehlende Personal ...«

»Erlauben Sie mir, Don Hugo, Ihnen zu sagen, dass ich Sie absolut verstehe.«

Carolina schluckte, als sie das überraschte Gesicht ihres Chefs sah. Noch nie hatte sie es gewagt, ihm etwas Derartiges mitzuteilen. Unter dem Eindruck des Gesprächs mit dem alten Lehrer stehend, hatte sie gar nicht über ihre Worte nachgedacht.

Für den Bruchteil einer Sekunde fürchtete sie, dass er ihre Vertraulichkeit zum Anlass nehmen könnte, sie in den vorgezogenen Ruhestand zu schicken. Doch einmal mehr überraschte er sie.

»Da wir gerade so offen zueinander sind und angesichts der Tatsache, dass Sie Zugang zu den Berichten hatten …« Er schwieg für einen Moment, »… was denken Sie in der Sache, Carolina?«

»Dass diese Kinder eine Chance verdient haben!«

Einmal mehr zuckte Carolina zusammen, als sie den Nachdruck in ihrer eigenen Stimme hörte.

Hugo nahm das Foto vom Schreibtisch und hielt es ihr hin.

»Meinen Sie diese Kinder?«, fragte er.

Carolina lächelte. *Das also ist Don Ernesto! Und hier haben wir auch den Hund!*, dachte sie, während sie mit dem Finger über das Bild strich.

»Warum?«, fragte Hugo Valenzuela, wobei es Carolina so vorkam, als stelle er die Frage eher sich selbst als ihr.

Sie beschloss, die Frage stehen zu lassen.

Sie hatte ihrem Chef bereits mitgeteilt, was er wissen sollte: dass er, falls er die Entscheidung traf, für diese Schule zu kämpfen, auf sie zählen konnte. Sie war bereit, so viele Überstunden zu machen, wie er verlangte, sich etwas einfallen zu lassen, zu suchen, Archive zu durchforsten, Berichte aufzusetzen … Alles, was nötig war.

Die beiden sahen sich an, ohne ein Wort zu sagen.

Hugo Valenzuela hatte all das genau verstanden und noch viel mehr. Er wollte gerade etwas sagen, als es an der Tür klopfte.

»Ja? Bitte.«

Rebeca streckte den Kopf durch die Tür.

»Darf ich reinkommen?«

Für den Bruchteil einer Sekunde verhärteten sich Hugos Züge. Der jungen Frau fiel es nicht auf, die erfahrene Carolina jedoch merkte es sofort.

Da niemand etwas sagte, trat Rebeca ein.

»Hier sind die Angaben, um die Sie mich gebeten haben. Wie viele Kinder die Grundschule und wie viele Kinder die Mittelschule beendet haben. Und wie viele zur Universität gegangen sind.« Sie schluckte. »Außerdem habe ich mir erlaubt, in Lokalzeitungen, Jahrbüchern und Ähnlichem zu recherchieren, um herauszufinden, was aus dem einen oder anderen geworden ist.«

Der Chefinspektor streckte die Hand aus, um ein Bündel Papier, das mit einem blauen Gummiband zusammengehalten wurde, entgegenzunehmen.

»Das wurde auch Zeit.«

»Es war nicht leicht, weil …«

»Ich habe gesagt, dass diese Sache Vorrang hat. Haben Sie sich vielleicht noch mit anderen Dingen beschäftigt?« Er klang verärgert.

Rebeca reagierte überrascht auf den Angriff.

»Nein, Chef. Sie haben ja gesagt, dass ich alles andere liegen lassen und mich nur auf diesen Fall konzentrieren soll. Und das habe ich gemacht.«

»Ich habe den Eindruck, dass Sie sich auch gerne mal ablenken lassen. Kaffee trinken, Kollegen aus anderen Abteilungen treffen …« Letzteres betonte er besonders, bevor er hinzufügte: »Bleiben Sie auf Kurs.«

Carolina sah ihren Chef an. Sie wusste, dass er niemandem leichtfertig Vorwürfe machte. Da musste mehr dahinterstecken.

»Vielleicht sollten Sie eine kleine Reise in den Süden machen.«

»In den Süden?«, fragte seine neue Assistentin neugierig.

»Um sich vor Ort ein Bild zu machen«, erklärte er. »Oder hat man Ihnen das in der Eliteuniversität nicht beigebracht? Sich ein eigenes Bild zu machen?«

Rebeca nickte erleichtert. Es würde ihr guttun, ein wenig Distanz zu diesem eiskalten, misstrauischen Chef zu gewinnen. Carolina lächelte. Auch sie freute sich über die Entscheidung, die bedeutete, dass Don Ernestos Chancen stiegen, oder zumindest, dass sie Zeit gewannen, um eine eigene Strategie zu entwickeln.

Hugo Valenzuela war ebenfalls zufrieden. Seit dem Golfspiel mit dem Generaldirektor hatte er Rebeca beobachtet. Sie verbrachte viel Zeit am Telefon, um mit Leuten aus anderen Abteilungen zu reden. Er wusste sogar, dass der stellvertretende Direktor sie ein paarmal in sein Büro gebeten hatte. Dabei hatte Limónez sie begleitet.

Im Prinzip hatte er nichts gegen sie, aber dass sie mit Limónez zu tun hatte, hatte sein Misstrauen geweckt.

In dieser Schlangengrube war es überlebenswichtig, die Zeichen zu deuten und zu handeln. *Es ist besser, sie weit von hier wegzuschicken*, überlegte er. Aber das war nicht der einzige Grund für seine Entscheidung. Er war wirklich der Meinung, dass bestimmte Beschlüsse voraussetzten, dass jemand aus seiner Abteilung sich die Situation vor Ort ansah. *Während sie unterwegs ist, kann ich hier weitermachen*, sagte er sich. Auch er war davon überzeugt, dass diese Kinder eine Chance verdient hatten. Allerdings war er nicht bereit, dass dies auf Kosten der Chance ging, für die er sein Leben lang gearbeitet hatte. *Es muss einen Mittelweg geben*, dachte er, bereit, alles zu tun, um eine Lösung zu finden.

Carolina, die im Begriff war, sich nach diesem langen und aufregenden Tag neben ihren Ehemann ins Bett zu legen, hatte von den strategischen Erwägungen ihres Chefs keine Ahnung.

Sie wusste nur, dass sie zum ersten Mal in ihrer beruflichen Laufbahn zu einem Team gehörte und dass sie ein Projekt vor sich hatten, das jede Mühe wert war: die Rettung der Malinalli-Tenepatl-Schule.

16

Es war sieben Uhr morgens an einem Freitag, der mit diesigem Wetter begann.

Hugo hatte es schon immer gemocht, um diese Zeit mit der Arbeit anzufangen, wenn er das Büro noch für sich allein hatte.

Mit einer Tasse Kaffee in der Hand, an die Rückenlehne seines Bürosessels gelehnt, blickte er finster auf die Unterlagen, die Rebeca ihm am Vortag übergegeben hatte. Eine Schachtel mit Donuts in allen Farben warf ihren Schatten darauf.

Er überlegte, ob er einen Donut mit Schokolade oder mit Cremefüllung essen sollte, und entschied sich schließlich für den mit Schokolade, in dem Bewusstsein, dass er sich eigentlich mit den Unterlagen beschäftigen müsste.

Er hatte noch keine Zeit gefunden, das blaue Gummiband abzustreifen und sich den Zahlen zu widmen, die sich in den Papieren verbargen: Prozentzahlen zu bestandenen und nicht bestandenen Abschlussprüfungen, Grafiken dazu, wie viele ehemalige Schüler die Universität besucht hatten, Lebensläufe und ein paar Zeitungsausschnitte. Würden die Zahlen hergeben, was er sich erhoffte?

Immer wieder strich er über den Rand des Papierstapels.

Bis er sah, dass an der Spitze eines seiner Finger ein Tropfen Blut hing. Gedankenverloren schob er sich den Finger in den Mund. Am Vortag war er bis nach zweiundzwanzig Uhr im Büro geblieben und hatte mit seinen Kontaktpersonen in der Partei telefoniert. Er hatte wissen wollen, wem außer ihm noch zugesagt worden war, Mitglied der Kommission zu werden, und wer von der Akte über die Schließung der Schule wusste, die seit mehr als einem Monat seinen Arbeitsalltag bestimmte.

Er hatte nicht viel Konkretes herausgefunden, aber er würde nicht so leicht aufgeben und weiter nachforschen.

Plötzlich hörte er ein Geräusch.

Überrascht streckte er den Kopf aus der Tür seines Büros. Da machte sich jemand im Archiv der Abteilung zu schaffen. Verwundert stellte er fest, dass Rebeca, die am Vorabend erst gegen einundzwanzig Uhr gegangen war, anscheinend bereits wieder arbeitete. Er griff sich die Donut-Schachtel und ging zu ihr.

»Haben Sie mich erschreckt!«

»Was machen Sie denn schon so früh hier?«, fragte er, ohne den Blick von der Schachtel abzuwenden, die er in den Händen hielt.

Er kam sich lächerlich vor.

»Ich wollte ein paar Dokumente zurück ins Archiv bringen. Gestern bin ich nicht mehr dazu gekommen.«

Hugo sah auf.

Ihr Anblick überraschte ihn.

Seit er sie kannte, war dies das erste Mal, dass sie eine einfache Jeans trug, dazu einen weiten marineblauen Pullover und Turnschuhe. Sie war nicht geschminkt und hatte ihr Haar zu einem Pferdeschwanz zusammengebunden.

Sie sah jünger aus.

Er dachte daran, wie sehr ihr Aussehen ihn am ersten Tag beeindruckt hatte, was ihn verwirrte.

Ohne es zu merken, zerdrückte er die Schachtel, die er in den Händen hielt.

»Ich wusste nicht, dass Sie so früh schon hier sind, Chef … Entschuldigen Sie, wenn ich Sie mit dem Lärm erschreckt habe.« Sie seufzte und wies auf einen Berg Akten, die verstreut auf dem Boden lagen. »Ich wollte das erledigt haben, bevor Sie kommen, und bin mit zu vielen Akten im Arm auf die Leiter gestiegen. Und das ist das Ergebnis …«

Hugo nickte.

»Aber keine Sorge, ich werde das sofort wieder aufräumen«, meinte sie lächelnd, während sie sich bückte, um mit gesenktem Kopf einen Stoß Papier zusammenzuschieben.

Hugo betrachtete die zarte Rundung ihres Nackens und ließ den Blick ihren Rücken hinunterwandern. Dann schüttelte er den Kopf, atmete tief durch und stellte die Donut-Schachtel auf den Tisch, der ihnen am nächsten stand.

»Ich helfe Ihnen, Rebeca.« Um seine plötzliche Freundlichkeit zu rechtfertigen, fügte er hinzu: »Ich möchte nicht, dass Carolina das hier so vorfindet. Sie hat gestern bis spätabends aufgeräumt.«

Rebeca nickte erschöpft.

»Sie hat mir gestern gesagt, dass ich die Unterlagen auf ihren Schreibtisch legen soll und dass sie sie zurück ins Archiv bringen würde, aber sie hat mir so leidgetan. Sie arbeitet den ganzen Tag ohne Pause und wirkte sehr müde … Deswegen wollte ich das noch schnell selbst erledigen, bevor ich losmuss.«

Hugo sah sie fragend an.

»Meine Reise in den Süden, Chef, Sie erinnern sich?«

Er musste lächeln. Nun verstand er, warum seine Kollegin so leger angezogen war. Sie würde mehr als zwölf Stunden im Auto sitzen.

»Und nur deswegen kommen Sie um sieben Uhr früh hierher?«, fragte er überrascht.

»Natürlich. Ich werde erst in einigen Tagen wieder hier sein … Die ganze Zeit über wird Carolina sich allein um alles kümmern müssen.«

»Sie meinen Carolina und ich«, sagte er ernst.

Rebeca errötete.

Sie sah ihn an, suchte nach den richtigen Worten, doch da begann Hugo zu lachen.

»Ja, ich weiß schon, dass ich mehr Arbeit mache, als ich erledige. Ich nehme an, das gehört zu den Aufgaben eines Chefs.«

»Verstehen Sie mich nicht falsch. Sie sind einer der fleißigsten Chefs, die ich je hatte«, entgegnete sie aufrichtig. »Aber Sie sind immer so beschäftigt und besorgt, dass Carolina und ich versuchen, Ihnen keine Arbeit zu machen.«

Hugo sah die junge Frau an, die gerade ein paar Akten ins unterste Regal stellte. Es war deutlich herauszuhören, dass ihr Kommentar nicht böse gemeint war und sie keine Hintergedanken hatte.

»Die Öffentliche Schule Artikel 123 …«

»Ja?« Hugo Valenzuela horchte auf.

»Ist eine ziemlich wichtige Angelegenheit, stimmt's?« Sie sah ihn offen an, während sie ihm eine Kiste reichte, damit er sie aufs oberste Regal stellte.

Hugo nickte.

Rebeca bückte sich wieder, um ein paar aus den Akten gefallene Papiere aufzuheben. Nun, da ihr Chef ihr Gesicht nicht sehen konnte, nahm sie all ihren Mut zusammen und sagte:

»Ich möchte, dass Sie wissen, dass der stellvertretende Direktor mich mehrmals in sein Büro gebeten hat. Er kennt meinen Vater, weil sie in demselben Tennisclub sind«, fügte sie verlegen hinzu. »Angeblich wollte er wissen, wie es mir mit der neuen Stelle geht. Aber natürlich war das ein Vorwand.«

»Ein Vorwand?«

Rebeca nickte, während sie sich wiederaufrichtete.

»In Wirklichkeit wollte er mich über die Akte ausfragen. Aber keine Sorge …«

Für einen Moment war es still. Rebeca wandte sich um, um ihrem Chef weitere Papiere zu reichen. Überrascht stellte sie fest, dass er sie unverwandt ansah.

»Sie wissen ja, was einige Männer bei einer hübschen Blondine denken. Ich habe ihm gesagt, dass ich nichts weiß, dass Sie die Akte bearbeiten, aber dass ich nicht wirklich verstehe, worum es geht. Dass die Sache ziemlich kompliziert zu sein scheint und ich mich lieber mit einfacheren Dingen beschäftige …« Sie lächelte wie ein Mädchen, das bei einem Streich erwischt wurde. »Ich wollte, dass Sie das wissen.«

Er sah sie an, als sähe er sie zum ersten Mal.

»Hübsche Blondine?«, fragte er mit einem koketten Lächeln.

Rebeca zuckte mit den Schultern.

»Nicht?«

Hugo musste lachen.

Genau das war es, was ihn bei ihrem ersten Gespräch fasziniert hatte: die langen Beine und diese entwaffnende Selbstsicherheit.

»Nehmen Sie ein paar Donuts für unterwegs mit. Sie haben eine lange Fahrt vor sich. Halten Sie mich auf dem Laufenden über alles, was Sie tun. Ich erwarte Ihren ersten Bericht morgen Nachmittag«

Er verabschiedete sich mit einem Wangenkuss.

Ging wieder zurück zu seinem Büro.

Bevor er eintrat, hörte er, wie Rebeca sich räusperte. Er drehte sich um.

»Ja?«

»Ich weiß nicht, warum, aber einer Sache bin ich mir absolut sicher: Für Sie und Carolina ist dieses Projekt ungemein wichtig.« Sie atmete tief durch. »Und deshalb auch für mich.«

Hinter seiner geschlossenen Bürotür hörte Hugo nicht mehr, wie Rebeca ging.

Er saß wieder an seinem Schreibtisch.

Der Kaffee war kalt geworden, aber er trank ihn trotzdem. Jede Entschuldigung war recht, um den Moment hinauszuzögern, in dem er sich den Dokumenten mit dem blauen Gummiband widmete.

Vielleicht können wir damit und mit dem, was Rebeca dort im Süden vorfindet, einen stichhaltigen Bericht erarbeiten, der die Schließung der Schule verhindert, dachte er. Aber er wusste, dass er nicht die Schule und sich selbst retten konnte. Wenn kein Wunder geschah, würde er den alten Lehrer und seine Eisenbahnschule fallen lassen müssen. *Und das werden sie zum Anlass nehmen, das Arbeitsschutzgesetz zu demontieren,* sagte er sich besorgt.

Erneut fiel ihm die Verteidigung seiner Examensarbeit ein.

Der Saal war voll gewesen.

Zu jener Zeit war Hugo Valenzuela ein Mann mit vielen Freunden und wechselnden Freundinnen gewesen. Sie waren alle dabei, als der beste Student seines Jahrgangs im Studiengang Bildungswesen über die Revolution sprach, die zur Anerkennung des Rechts auf Bildung der Arbeiterkinder geführt hatte. Doch er hatte nur Augen für eine Person im Saal gehabt: seine Mutter. Sie hatte ihm von der ersten Reihe aus zugesehen. Ganz in Schwarz gekleidet wie immer seit dem Tod seines Vaters. Ihr graues Haar hatte sie zu einem Pferdeschwanz zusammengebunden, und sie hatte ein Lächeln im Gesicht gehabt, das von vielen kleinen Falten umgeben war. Die verschränkten Hände in ihrem Schoß wirkten wie im Gebet.

»Mama«, sagte Hugo Valenzuela leise.

Er blickte sich um und begutachtete jedes Detail in seinem geräumigen, aufgeräumten Büro. Ob sie auf all das, was ihr Sohn erreicht hatte, stolz wäre? Würde sie ihm genauso zulächeln wie an dem Tag, an dem er für seine Examensarbeit die beste Note bekam?

Wie gern er sie danach fragen würde!

Zu jener Zeit hatte seine Mutter den Kampf gegen den Krebs bereits verloren. Und kurz darauf hatte sie ihn allein zurückgelassen. Der Schmerz war ihm nicht unbekannt: Sein Vater war gestorben, als er noch ein Kind gewesen war. Gemeinsam mit seiner Mutter hatte er einen Weg gefunden, mit der Erinnerung an ihn zu leben. Eine Erinnerung, die mit der Zeit und ohne den Eifer seiner Mutter in seinem Bewusstsein und seinem Herzen immer blasser geworden war. Solange sie gelebt hatte, war sein Vater bei ihm gewesen.

Damit er studieren konnte, hatte sie kaum geschlafen und rund um die Uhr gearbeitet, als Näherin, Putzfrau und Kosmetikvertreterin. Gemeinsam waren sie in die Hauptstadt gezogen, damit er zur Universität gehen konnte. Sie hatten zu zweit in einem Zimmer gelebt, das sie in der Wohnung eines entfernten Cousins gemietet hatten. Dieser war mit einer Frau verheiratet, die drei Kinder aus erster Ehe hatte. In der Wohnung wurde ununterbrochen gestritten. Hugo hatte sich daran gewöhnt, eingeschlossen in ihrem Zimmer mit eingeschaltetem Radio zu lernen, während seine Mutter auf dem Bett saß und nähte.

Er hatte sich so an ihre Gegenwart gewöhnt, dass es ihm nach ihrem Tod unmöglich war, mit jemand anderem zusammenzuleben. Daher konzentrierte er sich auf seine berufliche Karriere. Seine Freunde heirateten und bekamen Kinder. Irgendwann brach der Kontakt ab, und er bemühte sich nicht, neue Freunde zu finden. Hin und wieder traf er sich mit den zwei oder drei Freunden, die wie er keine Familie hatten. Ab und zu verreisten sie zusammen, trafen sich zum Golfspielen oder zum gemeinsamen Abendessen.

Er hatte mehrere Freundinnen, doch sobald eine von ihnen sich ernsthaft binden wollte, beendete er die Beziehung. Keine von ihnen war die Richtige. *Ich bin nicht grundsätzlich dagegen zu heiraten, aber wenn, dann soll es für das ganze Leben sein. Ich habe genug davon, Menschen zu verlieren*, rechtfertigte er sich vor sich selbst, *deshalb muss es jemand ganz Besonderes sein.* Und manchmal, wenn er sich dies sagte, kehrte aus der Vergangenheit der Name einer Frau zurück, der ihm dann zwei oder drei Tage über nicht mehr aus dem Kopf ging.

Hugo fühlte sich angemessen glücklich. Er vermisste nichts, was zu erlangen in seiner Macht stand. Und das, was ihm fehlte, hatte er vor allzu langer Zeit verloren. Es lag nicht in seinen Händen, es zurückzuerlangen.

Er hatte sich vorgenommen, Karriere zu machen, und es war ihm gelungen.

Sein Blick verdüsterte sich, als er zum x-ten Mal an den Scheideweg dachte, an dem er nun stand: Die Rettung der Öffentlichen Schule Artikel 123 würde das Ende seines beruflichen Aufstiegs bedeuten, für den er auf so vieles verzichtet hatte.

Erneut blickte er auf den Papierstapel, den Rebeca ihm gegeben hatte.

»Guten Morgen, Carolina, bitte kommen Sie in mein Büro und leiten Sie alle Anrufe um.« Er schwieg einen Moment. »Wir werden den ganzen Vormittag beschäftigt sein.«

Er legte den Telefonhörer auf. Seufzend entfernte er endlich das blaue Gummiband, das die Unterlagen zusammenhielt.

17

An jenem Tag erfuhr Chico, dass er niemanden hatte.

Oder, besser gesagt, beinahe niemanden. Denn er hatte Tuerto, Valeria und mich. Aber was hätten wir drei Kinder und ein struppiger Hund gegen einen mächtigen Gutsbesitzer, eine Schar Polizisten und einen betrunkenen Vater ausrichten sollen?

Ich erwachte völlig erschöpft, weil ich die ganze Nacht nicht richtig geschlafen hatte.

Ein zäher, immer wiederkehrender Albtraum hatte mich nicht losgelassen. Drei Wesen mit Bärenköpfen, Löwenklauen und menschlichen Körpern hatten Chico über die Gleise gezerrt. Sie hatten ihn an den Haaren gezogen, und mein Freund hatte verzweifelt meinen Namen gerufen. Ich hatte ihn gehört. Ich hatte ihn gesehen. Aber ich konnte mich nicht bewegen.

Als meine Mutter in mein Zimmer kam, fand sie mich auf dem Bett sitzend vor. Ich war schweißgebadet und zitterte gleichzeitig vor Kälte. Für einen Moment dachte sie, dass ich Fieber hätte. Meine Zähne klapperten, und ich war nicht in der Lage aufzustehen. Doch gleich darauf hatte sie den Schatten der Angst in meinen Augen gesehen.

Ich schmiegte mich in ihre Arme, und dank ihrer unendlichen Geduld holte sie mich in die Realität und unseren von der Sonne erhellten Waggon zurück.

Dann erzählte ich ihr, was am Tag zuvor, nachdem wir den Zirkus verlassen hatten, geschehen war. Sie schüttelte den Kopf und murmelte: »Das musste ja so kommen. Der arme Kerl.«

Sie bat mich, mich anzuziehen und rasch zu frühstücken. Dann begleitete sie mich zur Schule. Unterwegs begegneten wir Tuerto und seiner Mutter.

Auch sie hatte an jenem Morgen ihren Sohn nicht allein gehen lassen. Wer mochten die Männer sein, die unseren Freund mitgenommen hatten? Wo waren sie jetzt?

Sicher wussten sie, wo sie uns finden konnten. *Würden sie wiederkommen, um uns zu holen*, fragten sich unsere Mütter.

Ich wusste, dass das nicht passieren würde.

Weder Tuerto noch ich hatten Probleme mit dem Gutsbesitzer.

Weder in Tuertos noch in meinem Leben gab es überhaupt einen Gutsbesitzer.

Aber unsere Mütter waren an dem Tag nicht dabei gewesen, als Chico stolz das Silberbesteck hochgehalten und gesagt hatte, dass er es diesem Leuteschinder endlich mal gegeben hatte. Sie wussten nichts von den Wölfen, welche die Schafe gerissen hatten, oder von dem gestohlenen Geld für den Zirkus.

Sie wussten nur, dass uns nichts passieren sollte.

Als wir am Schulwaggon ankamen, stellten wir überrascht fest, dass die Tür verschlossen war. Ratlos standen die Kinder davor und schienen unentschieden, ob sie sich über den freien Tag freuen oder Bestürzung heucheln sollten.

Es war das erste Mal, seit ich zur Schule ging, dass Don Ernesto nicht da war.

Es war ein beunruhigender Tag.

Chico und unser Lehrer waren verschwunden. Und auch Quetzal war nirgendwo zu finden, so lange ich auch in der Gegend um die Schule nach ihm suchte. Ich verbrachte den Tag zu Hause unter dem aufmerksamen Blick meiner Mutter, die ängstlich auf die Rückkehr meines Vaters wartete.

Auch sie befürchtete angesichts Chicos und Don Ernestos Abwesenheit das Schlimmste.

In meiner Erinnerung ist dieser Tag einer der längsten meines Lebens.

Es war bereits dunkel, als wir die Stimme meines Vaters hörten. Er sprach vor dem Waggon mit jemandem.

Wir beugten uns aus dem Fenster.

»Ich komme vom Polizeirevier. Ich habe den Jungen gesehen und mit ihm gesprochen. Er ist sehr verängstigt.«

»Was können wir tun, Don Ernesto?«

»Wir können jedenfalls nicht tatenlos zusehen, Tomás. Das ist Wahnsinn!«, hatte unser Lehrer gesagt. »Die Strafe ist völlig übertrieben, denken Sie nicht? Der Junge ist gerade mal vierzehn Jahre alt. Und sie haben ihn zusammen mit Betrunkenen und Verbrechern in eine Zelle gesperrt, die doppelt so alt sind wie er! Er wird jetzt schon die zweite Nacht dort verbringen … Und wer weiß, wie viele noch. Don Sebastián hat gut gezahlt.«

»Es spielt keine Rolle, wie wir darüber denken«, entgegnete nun Tuertos Vater.

»Er ist ein Freund Ihrer Söhne!«

»Ich habe Ikal oft genug gewarnt, dass das passieren wird«, meinte mein Vater seufzend. »Meine Frau findet es überhaupt nicht gut, wenn die beiden zusammen sind.«

»Er ist kein übler Kerl. Und sein Leben ist hart. Können Sie sich vorstellen, dass sein eigener Vater ihn ausgeliefert hat! Ich habe gehört, dass er ihn gestern Abend durch das halbe Dorf geprügelt hat!«, rief Don Ernesto wütend aus. »Jeder hat eine zweite Chance verdient! Stellen Sie sich vor, es wäre Ihr Sohn …!«

»Unmöglich!«, fiel ihm Tuertos Vater ins Wort. »Ich kümmere mich schon darum, dass das nicht passiert.«

»Verstehen Sie uns nicht falsch. Wir wünschen dem Jungen nichts Schlechtes«, wandte mein Vater ein, »aber es gefällt uns nicht, dass unsere Söhne in diese Sache verwickelt sind …«

»Deswegen wende ich mich an Sie und nicht an Ihre Söhne. Ich weiß, dass sie sofort mit mir gekommen wären. Es wäre gar nicht nötig, sie darum zu bitten«, forderte Don Ernesto seine Gesprächspartner heraus. »Aber natürlich werde ich die Jungen nicht mit zu Don Sebastián nehmen! Begleiten Sie mich. Zu dritt …«

Im Halbdunkel konnte ich erahnen, dass mein Vater und Tuertos Vater sich ansahen.

»Wir wollen keinen Ärger«, sagte der Vater meines Freundes. »Sie sind ein guter Mensch, Don Ernesto, aber es reicht uns, dass wir unsere Söhne im Auge behalten und für sie geradestehen müssen.«

»Wir sind nur vorübergehend hier, Don Ernesto«, fügte mein Vater hinzu. »Besser, wir mischen uns nicht in die Streitereien im Dorf ein …«

Beide Eisenbahnarbeiter schlugen unserem Lehrer kameradschaftlich auf die Schulter, dann ging jeder zu seinem Waggon. Sie hatten das Gespräch für beendet erklärt.

Ich griff nach der Hand meiner Mutter. Sie drückte sie, zog mich zu sich heran und gab mir einen Kuss aufs Haar. Fest umarmt warteten wir darauf, dass mein Vater hereinkam. Er sah uns an, lächelte traurig und mutlos und setzte sich zum Essen an den Tisch. Seinen Blick konzentrierte er auf irgendeinen nicht existierenden Punkt auf der Tischdecke. Meine Mutter ging in die Küche, um nach der Suppe zu sehen.

Ich blickte wieder aus dem Fenster.

Don Ernesto hatte sich nicht von der Stelle gerührt.

Er schaute in den Himmel, dann machte er eine Geste mit der Hand.

Erst da fiel mir auf, dass er nicht allein war.

»Quetzal, dieser Junge hat nur uns. Und wir werden ihn nicht im Stich lassen«, hörte ich unseren Lehrer sagen.

Ich ging in mein Zimmer.

Nach und nach betrachtete ich alles, was ich besaß. Dann versuchte ich mir vorzustellen, was ich vermissen würde, wenn ich eine Nacht in einer Gefängniszelle verbringen müsste. Mein Kissen? Meinen Pullover? Meinen Ball? Meine Zahnbürste?

Eilig griff ich nach meinem wertvollsten Besitz und rannte aus dem Waggon.

Ich holte Don Ernesto und Quetzal ein, als sie gerade den letzten Waggon hinter sich ließen. Mit hängenden Köpfen gingen sie einer Schlacht entgegen, die bereits verloren war.

Als er mich erblickte, kam mein Hund schwanzwedelnd auf mich zu. Er wirkte beschämt, so als täte es ihm leid, dass er mich an diesem Abend versetzt hatte. Ich streichelte ihn mit einer Hand, während ich die andere in Don Ernestos Richtung ausstreckte.

»Könnten Sie ihm das von mir geben?«

Er lächelte mich an, während er den Superman-Comic entgegennahm und, einmal gefaltet, in die Innentasche seiner Jacke steckte.

Dann lächelte er. Seine Augen glänzten.

Ich gab ihm nur die Hand zum Abschied. Denn die Worte waren mir wie spitze Pfeile in der Kehle stecken geblieben.

Mein Hund schien zu zögern. Ich gab ihm ein Zeichen, dass er Don Ernesto folgen sollte. Denn ich wollte nicht, dass auch er Chico im Stich ließ.

»Maestro.« Eine Stimme hinter mir überraschte mich, bevor ich mich umdrehen konnte. »Glauben Sie, dass man Sie ihm das geben lässt? Ein ganzer Tag ohne Essen, Sie wissen ja, in diesem Alter …«

Meine Mutter war mir gefolgt. Sie hatte einen dampfenden Topf Suppe in der Hand und ein Stück Brot. Ich war unglaublich stolz, als sie den Arm um meine Schultern legte, während wir unseren beiden Botschaftern nachsahen. Und vielleicht bildete ich es mir nur ein, aber ich hatte den Eindruck, dass sie mit ihren Schätzen siegessicher voranschritten.

Wenn ich heute sagen sollte, in welchem Moment meine Kindheit zu Ende war, würde ich diesen wählen. Aber damals, als ich an der Hand meiner Mutter nach Hause zurückkehrte, ahnte ich noch nicht, dass die Schatten auch auf mich lauerten.

Nur eine Woche später sollten sie mich verschlingen.

18

»Ein Fotograf? Morgen?«, fragten wir im Chor.

Don Ernesto nickte zufrieden.

Die Nachricht löste einen regelrechten Tumult im Schulwaggon aus.

Für einige von uns war es das erste Mal, dass sie fotografiert wurden. Für andere war es ein fester Brauch, dass die ganze Familie an Weihnachten ins Fotostudio ging. Ein gestellter Hintergrund, das Kind frisch gekämmt, die Eltern steif und mit geraden Rücken … Und eine Woche später erhielten die Großeltern, die Hunderte Kilometer entfernt lebten, die Bilder!

So konnte die Verwandtschaft sehen, wie sehr wir in der Ferne gewachsen waren.

Aber dieses Foto war anders.

»Das Ministerium hat uns darum gebeten«, sagte unser Lehrer ernst. »Kommt bitte mit sauberer Kleidung und gekämmten Haaren.«

Don Ernesto musterte uns wie ein General seine Truppe. Stumm betrachtete er einen nach dem anderen: Einige von uns hatten Schuhe an, andere nicht, die Mehrheit war ungekämmt, jedem von uns fehlte irgendwo ein Knopf, dafür hatten wir alle Flecken auf der Kleidung.

Er schüttelte den Kopf. Die Mission war unerfüllbar.

Doch ungewöhnliche Probleme erfordern kreative Lösungen.

Mein Lehrer war ein Mann der Tat, sodass am nächsten Tag drei zu diesem Zweck rekrutierte Mütter, eine Handvoll Kämme und eine umherwandernde Flasche Eau de Cologne den Fotografen in den Wahnsinn trieben.

»Meine Damen, ich habe nicht den ganzen Tag Zeit!« Der Künstler schnaubte wie ein Stier. »Schließlich sind Sie nicht allein auf der Welt! Ich muss heute Morgen noch zu zwei anderen Schulen!«

Der Fotograf war ein groß gewachsener Mann mit Glatze, der komplett in Schwarz gekleidet war.

Uns Kinder hatte er mit seinem Auftritt eingeschüchtert. Die Kleinen versteckten sich hinter den Röcken der Mütter. Wir Mittleren saßen auf unseren Stühlen und wagten nicht, uns zu rühren. Die Großen halfen Don Ernesto, für Ordnung zu sorgen. Quetzal knurrte den Fotografen an, dem er offensichtlich nicht traute. Sein ungeduldiger, nervöser Tonfall, wenn er sprach, gefiel ihm ganz und gar nicht.

Schließlich hatten die Erwachsenen alles, was möglich war, aus uns herausgeholt. Steif und mit ordentlichen Scheiteln starrten wir unter den drohenden Blicken der drei Mütter stumm in Richtung Tafel.

Es war so still, dass man unseren Atem hören konnte.

Der Fotograf machte das Bild, dann ein zweites und ein drittes.

Anschließend legte er die Kamera auf das Lehrerpult und sah uns unzufrieden an.

»Ihr seid so starr wie Wachsfiguren!«, rief er verärgert aus.

Er kam auf mich zu. Bevor ich irgendwie reagieren konnte, verwuschelte er mit den Fingern meinen Pony. Ich versuchte den Schaden wieder in Ordnung zu bringen, doch mit einem strengen Blick gab der Fotograf mir zu verstehen, dass es besser war, es sein zu lassen. Meine Klassenkameraden in den ersten Reihen ereilte das gleiche Schicksal. Dann griff der wütende Mann nach ein paar Büchern und warf sie auf den Boden. Dazu ein paar Rucksäcke und einen Ball. Anschließend verschob er einige Pulte und Bänke. Der entstehende Lärm sorgte bei uns für Gelächter.

Quetzal jaulte hinter der Tür.

Der Glatzkopf hatte Don Ernesto gezwungen, den Hund nach draußen zu verbannen. Und wie es aussah, gefiel das Quetzal gar nicht.

Ich konnte diesem gefühllosen Klotz nur raten, nach dem Fototermin möglichst schnell in sein Auto zu hechten, wenn er nicht ein paar Hundebisse zum Andenken mit nach Hause nehmen wollte.

»Das arme Tier ist es gewohnt, hier bei uns im Klassenraum zu sein ... Der Hund gehört zu uns und ist ganz brav. Was halten Sie davon, wenn wir ihn doch reinholen?«, sagte unser Lehrer mit einem Lächeln, doch ein eisiger Blick des Fotografen gab ihm zu verstehen, dass er lieber den Mund halten sollte.

Der Mann trat ein paar Schritte zurück. Betrachtete sein Kunstwerk und nickte.

Dann begab er sich wieder zu seiner Kamera. Es schien, als hätte er uns wie ein Zauberer mit einem Bann belegt: Es war totenstill, wir reckten unsere Hälse, legten die Köpfe schief und versuchten, möglichst ernst zu gucken. Nicht ein Lächeln.

Der Fotograf machte erneut seine Bilder.

»Können die nicht etwas natürlicher sein?«, beschwerte er sich bei unserem Lehrer.

Der erkundigte sich resigniert:

»Was genau meinen Sie mit ›natürlicher‹?«

»Sie sind der Experte. Ich möchte, dass sie wie Kinder wirken …«

Unser Lehrer lachte.

»Sie können nicht wie Kinder wirken, weil sie Kinder sind, mein Herr.«

»Machen Sie sich nicht über mich lustig, die stehen doch da wie die Ölgötzen!«, entgegnete der Fotograf unwirsch.

»Ich versichere Ihnen, dass Sie, wenn sie sich wie Kinder verhalten … Sie werden kein einziges Bild machen können«, erklärte Don Ernesto ruhig. »Meine Schüler halten niemals still … Nicht mal ihre Bücher! Der Einzige, der Ruhe hält, während ich zum Beispiel etwas diktiere, ist Quetzal, der unter meinem Pult vor sich hinschlummert. Und den haben Sie rausgeworfen.«

Der Fotograf ignorierte die Ironie.

»Alle raus!«, sagte er beleidigt.

Überrascht sahen wir uns an. Keiner machte Anstalten, dem Befehl zu folgen.

»Nach draußen, habe ich gesagt!«

Wir waren verwirrt.

»Wir machen das Foto draußen«, erklärte der Mann, während er auf die Tür zuschritt.

Don Ernesto nickte, und wir beeilten uns, vor die Tür zu kommen. Ein paar Stühle wurden umgerissen, einer der Kleinen begann zu weinen, weil jemand ihn getreten hatte, und in der Tür bildete sich der übliche Stau. Niemand wollte der Letzte sein!

Der Fotograf befahl, dass die Kleinsten sich auf die oberste Stufe stellen sollten. Tuerto und ich fanden unseren Platz auf der zweiten Stufe. Chico streckte die Hand nach Valeria aus und stellte sich neben uns, obwohl die Großen sich auf den Boden hocken sollten.

»Das Mädchen mit den dunklen Haaren und der große Junge … Habt ihr mich nicht verstanden? Ihr sollt nach vorne gehen! Runter von der Treppe!«

Valeria machte Anstalten zu gehorchen, aber Chico hielt sie mit einer herausfordernden Geste zurück.

Ich flüsterte ihm zu:

»Chico, der große Junge bist du …«

Mein Freund zwinkerte mir zu.

Anstatt dem Fotografen zu gehorchen, machte er Quetzal, der sich im Schatten zur Ruhe gelegt hatte, ein Zeichen, zu uns zu kommen.

Mein Hund erhob sich, lief jedoch nicht zu uns herüber. Er schien abzuwarten, wie das Ganze weitergehen würde.

»Na, los, ihr zwei!« Wütend trat der Fotograf auf Chico und Valeria zu. »Ihr sollt hierhin!«

Er zog Valeria am Ärmel, die ihm gerade folgen wollte, als sie erneut zurückgehalten wurde.

Chico hatte seine dunkle, raue Hand auf den Arm des Fotografen gelegt. Seine Finger drückten fest zu, und ein Ausdruck des Schmerzes erschien auf dem Gesicht des Mannes, was außer mir jedoch niemand bemerkte.

»Wir bleiben hier bei unseren Freunden«, zischte Chico, ohne den Griff seiner Hand zu lösen.

Hilfesuchend wandte der Fotograf sich zu unserem Lehrer, der sich zu Quetzal gehockt hatte.

»Die beiden hier sagen, dass sie bei den Kleinen bleiben wollen, aber …«

Don Ernesto sah zu Chico hinüber, dann kam er auf uns zu. Chicos Finger entspannten sich. Er zog seine Hand zurück und sah auf seine Stiefelspitzen.

Unser Lehrer legte dem Fotografen einen Arm um die Schulter und geleitete ihn freundlich vor die Gruppe.

»Sagten Sie nicht, dass Sie noch in ein paar anderen Schulen erwartet werden? Dann ist es doch besser, mit uns nicht noch mehr Zeit zu verlieren …«

Mein vierbeiniger Freund nutzte die Gelegenheit und lief zu mir herüber.

Der Fotograf seufzte, wollte aber nicht noch einmal von vorn anfangen. Als er fertig war, packte er seine Kamera, die Objektive und das Stativ ein und machte sich, ohne sich von irgendjemandem zu verabschieden, auf den Weg.

An diesem Abend schlief ich glücklich ein.

Wenn unser Zug weiterfahren und Valeria und Chico hinter sich lassen würde, hatte ich nun ein Andenken an diese wunderbare Schulklasse. Auf eine besondere Art würden sie so immer in unserer Eisenbahnschule bei mir sein und bei Tuerto, Quetzal und Don Ernesto …

Wie wir es uns so oft geschworen hatten, würden wir uns niemals trennen. Auch wenn es nur ein Stück Papier war, was uns zusammenhielt.

19

Wenn ich zurückblicke, sind die Tage meiner Kindheit sich alle sehr ähnlich.

Sie begannen und endeten auf die gleiche Art, auch wenn in den Stunden dazwischen tausend verschiedene Dinge geschahen. Jeder einzelne Tag bot tausend Variablen derselben strahlenden Wirklichkeit. Und ich verschwendete die Stunden, die sich aus ihnen ergaben, ohne mir bewusst zu sein, dass diese Zeit jeden Augenblick zu Ende gehen konnte, dass das gesammelte Glück jener frühen Jahre von einer einzigen heftigen Böe verweht und für immer verloren gehen konnte, ohne eine Spur zu hinterlassen. Ich ahnte nicht, dass der Rest meines Lebens im Schatten jener wenigen Erinnerungen ablaufen würde, in dem sehnsüchtigen Wunsch, in jene Zeit zurückzukehren.

All die Tage meiner Kindheit waren in Wirklichkeit die Pflastersteine auf dem Weg zu jenem Dienstag, an dem ich vollends in eine schmerzhafte, traurige Jugendlichkeit katapultiert wurde. An diesem Tag lief alles zusammen.

Am Morgen, als ich beim Frühstück saß, konnte ich es noch nicht wissen.

Mein Vater las konzentriert die Zeitung, und meine Mutter ermahnte ihn, dass wir zu spät kommen würden, wenn wir uns nicht beeilten. Er lächelte, während er die

Zeitung zusammenfaltete und aufs Sofa warf. Dann stand er auf und machte mir ein Zeichen, ihm zu folgen. Besorgt blickte ich auf das Müsli auf meinem Teller. Doch ein aufmunternder Klaps meiner Mutter machte mir klar, dass es unangenehmer für mich werden würde, weiter zu essen, als diesen Rest zurückzulassen. Meine Eltern gaben sich einen flüchtigen Kuss, und die letzte Berührung zwischen ihnen an jenem Morgen fand statt, als meine Mutter meinem Vater die Brotdose gab.

Quetzal erwartete uns vor der Tür unseres Waggons. Als er uns herauskommen sah, wedelte er mit dem Schwanz. Ich lief zu ihm, um ihn zu streicheln, während mein Vater einen Moment stehen blieb und in den grauen Himmel sah.

»Sieht nach Gewitter aus, Ikal«, sagte er besorgt. »Dieser Himmel gefällt mir gar nicht. Komm nach der Schule gleich nach Hause. Bummel nicht noch irgendwo rum.«

Er legte mir den Arm um die Schultern, und wir gingen los. Rechts von mir pfiff mein Vater vor sich hin, und links von mir tänzelte Quetzal über den Weg. Aus den anderen Waggons, die wir nach und nach hinter uns ließen, stiegen andere Eisenbahnarbeiter, ein paar Frauen, die sich beeilten, die zum Trocknen aufgehängte Wäsche abzunehmen, und Kinder, die wie ich zur Schule gingen.

In Gedanken versunken, nahm ich all das gar nicht wahr. Ich sah Valeria vor mir, die die Namen der fünf größten Flüsse des Landes an die Tafel schrieb, Chico, der mir zuzwinkerte, während er dem glatzköpfigen Fotografen die Stirn bot, Tuerto, der mit ausgebreiteten Armen über die Bahngleise balancierte, Don Ernesto, der mit dem Fuß den unter seinem Pult schlafenden Quetzal streichelte … Der Norden, der Süden, der Westen und der Osten meiner Kindheit: meine Familie, meine Freunde, mein Zuhause und die Schule.

Zwei einzelne Regentropfen berührten mein Gesicht.

Eine Sekunde später drei weitere.

»Wie ich gesagt habe, Ikal«, wiederholte mein Vater, während er mir zärtlich durchs Haar fuhr, das meine Mutter so mühevoll gebändigt hatte: »Komm nach der Schule gleich nach Hause. Ich warte dort auf dich.«

Quetzal und ich liefen Don Ernesto entgegen, der gerade die Tür des Waggons schloss. Eine Sekunde, bevor ich eintrat, wandte ich mich noch einmal um, um mich von meinem Vater zu verabschieden, doch der schaute mit besorgtem Blick zum Himmel.

Ein Blitz schoss aus dem Bauch einer dicken dunklen Wolke hervor.

Mein Vater nahm seine Mütze aus der hinteren Hosentasche, setzte sie auf und machte sich auf den Weg.

Die Zahlen an der Tafel, die Regentropfen, Papierflugzeuge, Don Ernesto, der um Ruhe bittet, die Namen der Helden des Vaterlands, Valerias Lachen, der Donner, der an den Holzwänden widerhallt, die Striche im Diktat, Quetzals Bellen, all das vermischt sich in meinem Kopf, wenn ich wieder und wieder an jenen Morgen denke. Was war zuerst? Mathematik oder Rechtschreibung? Die Pause oder das Gewitter?

Oder die Tür des Klassenraums, die geöffnet wurde.

Tuertos Vater und der Maschinenleiter im Türrahmen, die Don Ernesto ein Zeichen machen. Flüstern der Erwachsenen. Das immer bleicher werdende Gesicht unseres Lehrers, sein in die Ferne gerichteter Blick. Sein starres Lächeln wie das der Statuen in unserem Geschichtsbuch.

»Kinder, der Unterricht ist vorbei.«

Das Scharren der Füße auf dem Boden.

»Ikal, kannst du noch einen Moment hierbleiben?«

Das Schlagen der Uhr in meinem Kopf.

Don Ernesto verabschiedete alle meine Klassenkameraden und die beiden Arbeiter, die gekommen waren. Er setzte sich mir gegenüber, und bevor er etwas sagen konnte, schrie ich:

»Nein!«

Er sah mich überrascht an. Griff nach meinen Händen.

»Nein!«

Ich machte mich von ihm los. Rannte davon.

»Nein!«, rief ich ihm von der Tür aus noch einmal zu.

Ich spürte den Regen in meinem Gesicht, auf meinen Armen, auf meinen Beinen.

Tausende kleine Schläge, die meinen verzweifelten Lauf nicht stoppen konnten.

Ich hatte nur noch die Stimme meines Vaters im Ohr: »Komm nach der Schule gleich nach Hause. Ich warte dort auf dich.«

»Papa!«, rief ich, als ich unser Zuhause sehen konnte.

Ich schrie noch, als ich die Stufen hinaufrannte, in den Waggon stürmte und überall nachsah. Mein Hund begleitete mich laut bellend.

Ich ließ mich auf den Boden fallen.

Tränen überschwemmten mein Gesicht, meinen Hals, mein Hemd.

Quetzal leckte sie fort.

Immer wieder rief ich nach meinem Vater, mit immer heiserer Stimme. In meinem Kopf wiederholte er ständig jene beiden Sätze: »Komm nach der Schule gleich nach Hause. Ich warte dort auf dich.«

Ein Blitz, der in die elektrischen Leitungen eingeschlagen war, hatte dafür gesorgt, dass der Eisenbahnarbeiter Tomás Machuca, Ehemann von Esperanza und Vater von Ikal, zum ersten Mal in seinem Leben ein Versprechen nicht halten konnte.

20

Dieses Stück Papier konnte das Ende sein!

Er blickte auf seine geballte Faust. Schlug damit gegen sein Bürofenster. Lehnte dann die Stirn an die kühle Scheibe und konzentrierte sich darauf, wie das Unwohlsein nach und nach seinen ganzen Körper erfasste.

Er hatte es sich nicht eingebildet, sondern es war ein absolut reales Gefühl.

Seine gerötete Haut brannte.

Die Tinte färbte seine Finger und rann wie schwarzes Blut daran herunter.

Und dennoch weigerte sich Hugo Valenzuela, das Blatt aus der Hand zu legen.

Dieser Schmerz war die ihm auferlegte Buße. Nun musste er mit Zinsen für sein Glück bezahlen: für seine Eigentumswohnung, das Cabrio, die Luxusreisen, die Golfschläger, seine Träume und Wünsche.

Das war die Rechnung, die ihm das Leben präsentierte. Für das, was er immer verdrängt hatte.

Er spürte, dass er zum ersten Mal in seinem Leben zu spät kam.

Wie üblich um diese Zeit war er allein im Büro. Ein paar gedämpfte Geräusche erinnerten ihn daran, dass es auf der Welt noch andere Menschen gab: das Hupen der Autos auf der Avenida Central, die rauf- und runterfahrenden

Aufzüge, während die Sicherheitsleute auf den verschiedenen Etagen ihre Runden machten, das Geräusch des Staubsaugers irgendwo im Gebäude.

Es war über eine Stunde her, dass Carolina trauriger als sonst nach Hause gegangen war. Rebeca hatte aus dem Süden angerufen. Sie war an ihrem Ziel angekommen, würde aber erst am nächsten Tag zum Bahnhof Delicias fahren, um Don Ernesto kennenzulernen und sich die Schule anzusehen.

Hugo Valenzuela bereute, nicht mitgefahren zu sein.

Er war sich nicht sicher, warum.

Hätte es etwas geändert?

»Was?«, fragte er sich. »Es ist sowieso zu spät …«, murmelte er, während er sich auf seinen Schreibtischsessel sinken ließ.

Er schloss die Augen, aber das verdammte blaue Gummiband hatte sich ihm in die Netzhaut eingebrannt. Er wusste, dass die Dokumente noch auf seinem Schreibtisch verstreut lagen.

Und das schlimmste von allen, hielt er zerknittert in der Hand: ein Zeitungsausschnitt, in dem es um einen Überfall ging, an den sich wahrscheinlich niemand mehr erinnerte. Eine Nachricht, die fünfundzwanzig Jahre lang im Archiv geschlummert hatte. Doch der Hall der Schüsse, der Geruch des vergossenen Blutes waren in diesem Moment in einem Büro im zwanzigsten Stockwerk eines Gebäudes in Mexiko-Stadt klar und deutlich wahrzunehmen.

Hugo war kurz davor durchzudrehen.

Überfall auf ein Landgut endet für jungen Täter tödlich

Pedro Cúndez, besser bekannt als Chico, und seine Familie arbeiteten als Saisonarbeiter für den Gutsbesitzer Don Sebastián Aguirre.

In der Nacht vom Sonntag verschaffte sich eine fünfköpfige Verbrecherbande ungesehen Zugang zum Landgut der Familie Aguirre. Der Jüngste der Bande, der fünfzehnjährige Pedro Cúndez alias Chico, kannte sich auf dem Gut bestens aus, weshalb davon auszugehen ist, dass er seine Verbrecherkomplizen zu den Scheunen und Lagergebäuden führte.

Sie konnten nicht damit rechnen, dass Don Sebastián und einer seiner Männer, bis zu den Zähnen bewaffnet, einen Schaden an der Lüftungsanlage reparierten, der die gerade eingefahrene Ernte zu verderben drohte. Als die beiden die unbekannten maskierten Männer entdeckten, entbrannte ein heftiger Schusswechsel. Die Schüsse waren im Haus zu hören und weckten die gesamte Familie Aguirre und das Personal. Die Ehefrau Aguirres, María Clara Soledad Domínguez, rief die Polizei.

Die Sirenen der herankommenden Polizeiautos alarmierten die Täter, die vom Tatort flohen und die Leiche des jüngsten Bandenmitglieds zurückließen. Der minderjährige Chico hatte drei Schüsse abbekommen, wobei laut der Aussage der Gerichtsmedizin der Schuss in die Stirn seinen Tod zur Folge hatte.

Nach unseren Informationen hatten die beiden anderen Kugeln jeweils eine seiner Hände durchschlagen. Wie wir von einem Mitglied der medizinischen Einheit vor Ort, das anonym bleiben möchte, erfahren haben, waren die Einschüsse zu sym-

metrisch und zu gezielt, um im Gefecht entstanden zu sein. »Als ich den blutüberströmten leblosen Körper vor mir sah, der mit ausgebreiteten Armen auf einem Haufen Baumwolle lag, erinnerte er mich an Jesus Christus. Ich war überrascht festzustellen, dass das Einzige, was der Junge bei sich hatte, die Maske einer bärtigen Frau war. Weder einen Rucksack noch eine Tasche ...«

Chicos Familie hat sich geweigert, den Leichnam zu identifizieren. Sebastián Aguirres Anwalt teilte in dessen Namen mit, dass der Junge sich schon vor einiger Zeit von seiner Familie, ehrenhafte, fleißige Menschen, losgesagt hatte. Der Anwalt bestätigte, dass Chico den Gutsbesitzer bereits mehrmals zuvor bestohlen und öffentlich bekundet hatte, dies so lange zu tun, bis Aguirre am Ende sei.

Don Ernesto Platas, Lehrer in der Malinalli-Tenepatl-Schule, die Chico besuchte, übernahm die schwere Aufgabe, in die Leichenhalle zu gehen und offiziell zu bestätigen, was alle bereits wussten. Anschließend kümmerte sich der Lehrer gemeinsam mit den Eltern anderer Schüler um das Begräbnis des tragisch verstorbenen Minderjährigen, nachdem dessen Familie sich geweigert hatte, den Leichnam abzuholen.

Da niemand festgenommen wurde, liegt das Motiv des Verbrechens im Dunkeln. Allerdings wurde neben Chico eine Schachtel Streichhölzer gefunden. Dazu äußerte der Anwalt des Gutsbesitzers: »Dies ist ein eindeutiges Zeichen dafür, dass der Junge vorhatte, die Ernte zu verbrennen, die unsere Arbeiter, zu denen seine eigenen Familienangehörigen zählen, so viel Schweiß und Mühe gekostet hat. Die Folgen für seine Familie oder Don Sebastián waren ihm dabei egal. Diese

Art Verbrecher, die die Hand beißen, die sie füttert, sind die schlimmsten. Es war nicht das erste Mal, dass er uns schaden wollte. Don Sebastián hat aus Respekt vor dem Vater und dem Großvater des Jungen, die beide für ihn arbeiteten, stets eine versöhnliche Haltung eingenommen. Doch schließlich hat die Gerechtigkeit gesiegt: Wer mit dem Schwert kämpft, wird durch das Schwert sterben.« Allerdings sind die polizeilichen Ermittlungen noch nicht abgeschlossen. Der örtliche Polizeichef, Arturo Pérez, bestätigte, dass die Familie Aguirre viel für die Bewohner der Gegend getan hat und von ihnen respektiert wird. Er geht davon aus, die Ermittlungen in wenigen Wochen beenden zu können: »Mit der Hilfe der Bundesbehörden hoffen wir, die anderen Bandenmitglieder zu fassen, bevor sie die Grenze überqueren, um sie zu befragen und für Gerechtigkeit zu sorgen. Bis dahin können wir offiziell keine weitere Aussage machen und werden schweigen.«

Schweigen – so wie Pedro Cúndez, alias Chico, der in seinem ärmlichen und traurigen Grab auf dem Gemeindefriedhof für immer schweigen wird.

Doch für den Journalisten, der hier berichtet, was er mit eigenen Augen gesehen hat und was er daraus geschlossen hat, ist dieser Fall längst nicht so simpel wie eine Rechenaufgabe in der Grundschule. Hier lässt sich nicht eins und eins zusammenzählen, auch wenn man uns glauben machen will, dass es so einfach ist.

Nachdem ich eine Woche lang die Beteiligten an diesem letzten Akt des Klassenkampfes hier im Süden interviewt habe, bin ich auf viele Fragen und auf keine dazu passende Antwort gestoßen. Was uns der örtliche Polizeichef Arturo Pérez, der

Anwalt der Familie Aguirre und Don Sebastián selbst glauben machen wollen, erscheint uns nicht wirklich schlüssig.

Denn der Junge hatte keine Schusswaffe, nicht einmal ein Messer bei sich.

Er hatte keine Schmauchspuren an den Fingern, was bedeutet, dass er keine Waffe abgefeuert hat, die andere möglicherweise haben verschwinden lassen.

Ist eine Schachtel Streichhölzer eine Waffe? Sie kann eine sein. Was kann man damit bewirken? Drei Scheunen mit Tonnen von Kartoffeln und Baumwolle niederbrennen? Zwei Lagergebäude voller Äpfel, Pfirsiche und Trauben, drei Lastwagen und zwei Traktoren? Selbst ein Bauer ohne Schulabschluss weiß, dass es ziemlich schwierig ist, das hinzukriegen, wenn die betreffenden Räume mit Feuermeldern, Alarmanlagen und feuersicheren Wänden ausgerüstet sind.

Komplizen? Der Junge wurde nie mit anderen Freunden gesehen als mit Gleichaltrigen. Cousins, Schulkameraden, Saisonarbeiter wie er selbst ... Wo hätte er erwachsene Kriminelle finden sollen, die unter seiner Führung einen Brand legen, der ihnen absolut nichts einbringt? Jeder weiß, dass, solange die Lager noch voll sind, solange die Ernte noch nicht verkauft ist, die Kasse leer ist.

Chico hatte sich mehrfach mit Don Sebastián angelegt und öffentlich schlecht über ihn geredet. Er hat ihn lächerlich gemacht. Hat ihm drei Silberbestecke gestohlen und ein paar Empanadas aus seiner Küche mitgehen lassen. Er hat eine Stalltür nicht richtig geschlossen, woraufhin unglücklicherweise in der Nacht ein paar Schafe von Wölfen gerissen worden sind, hat Geld aus der Kasse gestohlen, um mit seinen Schulkameraden in den Zirkus gehen zu können ... Verlangen diese Vergehen die Todesstrafe? Urteilen Sie selbst.

War Chico wirklich ein Krimineller?

Oder nur ein ausgebeutetes, misshandeltes, hungriges, beschimpftes, gequältes Kind ohne Zukunft? Sohn und Enkel einer ausgebeuteten Familie, der selbst ebenfalls für Don Sebastián gearbeitet hat und wegen diesem bereits einige Nächte auf dem Polizeirevier, im Wald und auf der Straße verbracht hatte.

Die Menschen hier haben Angst vor Don Sebastián, der für seine Härte, seinen Hochmut, seine Reizbarkeit berüchtigt ist. Doch ist der Gutsbesitzer wirklich in der Lage, Selbstjustiz zu verüben?

Was ist in dieser Nacht wirklich geschehen?

Liebe Leserinnen und Leser, ich fürchte, dass es wie so oft mehrere Wahrheiten gibt.

21

»Carolina! Ich rufe schon die ganze Zeit nach Ihnen.«

Die Sekretärin hob den Blick.

Hugo Valenzuela stand mit verschränkten Armen vor ihr und sah sie fragend an.

»Entschuldigen Sie, es ist nur …« Sie versuchte auf die Schnelle eine Entschuldigung zu finden. »Mein Mann ist krank und …«

»Schon gut, Sie brauchen sich nicht zu entschuldigen«, schnaubte ihr Chef. »Beenden Sie das Gespräch und kommen Sie zu mir.«

Sie nickte und wartete darauf, dass Hugo Valenzuela in seinem Büro verschwand, um das unterbrochene Telefonat wieder aufzunehmen.

»Wie ich merke, liegt ein Gewitter in der Luft.«

»Wir sind alle ein wenig angespannt«, erklärte Carolina seufzend. »Aber das ist eigentlich ein gutes Zeichen …«

»Meinen Sie?«

»Ja. Denn es bedeutet, dass der Fall noch läuft.«

»Stimmt.«

»Nun erzählen Sie, schnell: Haben Sie Rebeca schon getroffen?«

»Wir sehen uns heute Nachmittag.«

»Perfekt. Sie werden sehen, sie ist ein guter Mensch. Sehr gewissenhaft.«

»Aber ist sie auf unserer Seite?«

Gute Frage, sagte sich Carolina. Sie hatte ihrer Kollegin noch nichts von der Telefonfreundschaft erzählt, die sie und Ernesto miteinander verband, aber sie hatte ihr gegenüber mehrfach kundgetan, dass sie die Schließung der Schule nicht für die richtige Lösung hielt.

Sie seufzte.

»Rebeca wird auf unserer Seite sein«, meinte sie dann lächelnd beim Gedanken an ihre Kollegin. »Ganz sicher. Wenn sie Sie erst kennenlernt, die Kinder und die Schule sieht … wird sie auf unserer Seite sein.«

»Das heißt, es liegt heute an mir. Welche Pralinen mag sie am liebsten?«, fragte der alte Lehrer lachend.

»Alle. Aber machen Sie ihr nicht zu sehr den Hof!«

»Ein alter Mann wie ich? Ist sie verheiratet?«

»Nein.«

»Hat sie einen Freund?«

Carolina senkte die Stimme.

»Ich verrate Ihnen ein Geheimnis.«

»Noch eins?«

»Noch eins: Ich glaube, sie ist verliebt.«

»Das soll ein Geheimnis sein? Alle verlieben sich doch ständig. Als ich jung war …«

»Ja, schon, aber sie ist in unseren Chef verliebt! Glaube ich. Nehme ich an. Ich weiß nicht, ob es ein Happy End geben wird, aber …«

»In Don Perfecto Valenzuela?«

Als Carolina wenig später ihrem Chef gegenübersaß, musste sie beim Gedanken an den Spitznamen, den der

Lehrer ihm gegeben hatte, schmunzeln. Sie und Don Ernesto telefonierten nun regelmäßig, ihr erster guter Eindruck von ihm hatte sie nicht getrogen: Der alte Lehrer und sie waren Freunde geworden.

»Ich verstehe nicht, was so witzig ist. Grienen Sie immer so in sich hinein, wenn Ihr Mann krank ist?«, schimpfte Hugo Valenzuela.

»Entschuldigen Sie, nein, es ist …«

»Also, Carolina, ich habe den ganzen Morgen über in Konferenzen gesessen. Ich bin müde und brauche Ihre Unterstützung. Helfen Sie mir?«, fragte ihr Chef, während er ununterbrochen mit den Fingern auf den Papierstapel mit dem blauen Gummiband trommelte.

Seit er die Dokumente gelesen hatte, hatte er sich verändert.

Es ist, als wäre er … traurig, stellte sie überrascht fest. Die dunklen Schatten unter seinen Augen verrieten, dass er nicht gut schlief, und sie hatte ihn mehrfach dabei ertappt, wie er mit hängenden Schultern und verlorenem Blick am Fenster gestanden hatte.

Diese Akte macht uns fertig, dachte sie, bevor sie schließlich fragte:

»Bitte, was kann ich für Sie tun? Wenn Sie möchten, mache ich gern ein paar Überstunden oder nehme Arbeit mit nach Hause. Ich weiß, dass wir in einer schwierigen Lage sind.«

Pascual würde noch länger fehlen. Eine Infektion hatte den Kollegen für mehrere Monate arbeitsunfähig gemacht. Und Martínez war aus heiterem Himmel versetzt worden, sodass seine vorübergehende Abwesenheit zum Dauerzustand geworden war.

»Machen Sie sich keine Sorgen«, beruhigte ihr Chef sie mit einem müden Lächeln.

Er hatte mit Carolina wirklich großes Glück gehabt.

»Haben Sie etwas von Rebeca gehört?«, fragte er zögernd. »Hat sie sich bereits mit dem Lehrer getroffen? Sie ist nun schon seit zwei Tagen im Süden. Gestern sollte der Lehrer sie im Hotel treffen, aber er hat wegen ein bisschen Nebel abgesagt …«

»Weil für ihn ein bisschen Nebel viel ist«, verteidigte Carolina ihren neuen Freund.

»Ein bisschen ist für alle ein bisschen, Carolina, und viel ist viel. Nebel ist für alle gleich.«

»Ja, wenn man jung ist und gute Augen hat«, murmelte seine Sekretärin.

»Wie bitte?«

»Don Ernesto, der Direktor der Schule ist praktisch blind. Sein Weg von zu Hause zur Schule ist seit vielen Jahren derselbe, deswegen kann er jeden Tag zur Arbeit gehen. Eine ehemalige Schülerin hilft ihm beim Korrigieren der Klassenarbeiten und den Berichten für das Ministerium. Ansonsten …«

Ein unbequemes Schweigen stellte sich zwischen Carolina und ihrem Chef ein.

Hugo Valenzuela durchbohrte sie mit dem Blick, den er keinen Moment von ihr abwandte.

Carolina befürchtete, dass er sie fragen würde, woher sie all diese Dinge wusste oder warum sie nicht früher etwas gesagt hatte oder was zum Teufel sie sich eigentlich einbildete, dass …

»Kaufen Sie ein Zugticket für mich und reservieren Sie mir ein Zimmer in dem Hotel, in dem Rebeca abgestiegen ist.«

22

Es war das erste Mal, dass ich in einen Zug stieg, der nicht unser Zug war.

Meine Mutter, Quetzal und ich waren mit unseren Truhen und Taschen die ersten Passagiere in dem langen Wurm aus Metall. Es war der erste Moment von vielen, an denen ich Tuerto vermisste: Wenn er bei mir gewesen wäre, hätte er mir erklärt, was für eine Lokomotive uns ziehen würde, woraus sie gebaut war, wie schnell sie fuhr … Mit Tuerto war kein Zug einem fremd.

Die Erinnerung an meinen Freund beruhigte mich ein wenig, während ich es mir auf meinem Platz am Fenster bequem machte. Quetzal legte sich zu meinen Füßen und sah mich schwanzwedelnd an. Dann gab er ein kurzes tiefes Bellen von sich, als ob er uns sagen wollte, dass alles in Ordnung sei. Eine Minute später war er eingeschlafen.

»Hier, mein Junge.«

Meine Mutter gab mir etwas, was ich nicht sofort erkannte.

Ich strich über das Päckchen, das in ein buntes Stück Stoff eingeschlagen und mit einer Schnur zusammengebunden war. Mit den Fingerspitzen erahnte ich, was darin war.

Ich sah sie überrascht an.

Sie nickte.

Ich ließ das Päckchen auf meinem Schoß liegen. Mir blieben mehr als zwölf Stunden Zeit, um mir anzusehen, was darin war.

Ich schloss die Augen, als ob ich so hinter meinen Lidern bewahren könnte, was in den letzten Tagen geschehen war. Denn ich wollte nicht ein einziges Detail davon vergessen, so schmerzhaft es auch war.

Von dem Moment an, als Tuertos Vater und der Maschinenleiter in die Schule gekommen waren, bis zu dem, als der Stationschef nervös über den Bahnsteig ging, war mein Leben wie ein Wirbelsturm gewesen.

Einen Gedanken jedoch hatte ich in all dem Wirrwarr klar erfasst: Ich würde meinen Vater niemals mehr wiedersehen.

Am Anfang hatte ich das ständig für mich wiederholt. Doch was diese Worte wirklich bedeuteten, hatte ich erst begriffen, als vier seiner Kollegen den Sarg in das Loch in der Erde hinabgelassen hatten.

»Tomás, geliebter Ehemann und Vater, ein guter Freund, ein ehrenhafter Arbeiter und ein guter Christ ...«, hatte ein Priester gepredigt, den ich nicht kannte. »Ruhe in Frieden.«

Ich sollte als Erster eine Schaufel mit Erde hinabwerfen.

Ich ging auf das Loch zu.

Der Totengräber gab mir die Schaufel. Ich hielt sie mit beiden Händen und wandte den Blick nicht von meinen Fingern ab, die mir noch nie so klein erschienen waren. Ich betrachtete meine Handgelenke ... Die so zart waren! Und mir wurde bewusst, dass das Leben mir und ihnen eine Aufgabe stellte, die wir nicht bewältigen konnten. Dieses Loch war zu dunkel und tief, diese Schaufel länger als ich, und all diese Menschen waren zu viele Menschen. Der Priester räusperte sich ungeduldig. An jenem Abend waren mehrere Kinder an Typhus gestorben. Ihre Leichen lagen nicht weit entfernt. Er hatte noch viel zu tun.

Zitternd hatte ich den Blick gehoben und in die Augen des Totengräbers gesehen. Eines Mannes über sechzig, kräftig und mit sonnengegerbter Haut. Ich nahm mein Spiegelbild in seinen Augen wahr. Ein Ausdruck des Mitleids war von ihnen abzulesen. Er legte mir eine Hand auf die Schulter, und mit der anderen dirigierte er die Bewegungen der Schaufel, die ich hielt. Zusammen luden wir ein wenig Erde auf die Schaufel und warfen sie in das Grab. Das dumpfe Geräusch der auf den Sarg fallenden Erde berührte mein Trommelfell. Ich war kurz davor zu schreien, doch die körperliche Nähe dieses Fremden hielt mich davon ab.

Der Chef meines Vaters kam auf mich zu. Er lächelte mich an. Dann nahm er mir die Schaufel aus den Händen und warf ebenfalls ein wenig Erde hinein. Und so ging es weiter, einer nach dem anderen traten sie heran, seine Kollegen, unsere Nachbarn …

Ein langer, hoher Pfeifton erklang. Es war der erste Hinweis, dass der Zug bald abfahren würde.

Mit dem dritten würde sich der Zug in Bewegung setzen, und am Bahnsteig würde meine Kindheit zurückbleiben.

Mein Vater, unter einem Grabstein beerdigt:

Tomás Machuca
1905–1940
Er reist mit leichtem Gepäck und lässt Hunger, Leid und Ängste hinter sich, aber er reist nicht allein, sondern mit unseren Herzen. Am nächsten Bahnhof werden wir uns wiedersehen.

Mein Zuhause, in das der Arbeiter, der meinen Vater ersetzen sollte, mit seiner Familie einzog. Mein Pult in der Schule, das ein anderer kleiner Schüler benutzen würde. Sowie meine Bleistifte, die dort zurückgeblieben sind. Und mein Lehrer? Meine Freunde? Wann würden sie mich durch einen anderen ersetzen?

Ich hielt eine Träne zurück, die meine Wange hinabzulaufen drohte.

»Jetzt bist du der Mann im Haus, Ikal, du darfst nicht weinen, sonst muss auch ich weinen und wir werden in unseren Tränen ertrinken. Meine Freude ist deine Freude«, sagte meine Mutter zu mir. Ich wollte nicht, dass sie leiden musste. Nun hatten wir beide nur noch uns.

Und Quetzal.

Don Ernesto hatte angeboten, dass er in der Schule bleiben könne. Ihm war klar, dass wir ihn in die Stadt, in die Wohnung meiner Großeltern, nicht so einfach mitnehmen konnten.

»Ich verspreche, dass ich mich gut um ihn kümmern werde, fast so gut wie du«, hatte mein Lehrer einen Tag nach der Beerdigung zu mir gesagt. »Ich werde von dir erzählen, damit er dich nicht vergisst. Er wird jeden Tag mit Valeria, Tuerto und Chico spielen … Und vielleicht kannst du schon bald herkommen und ihn abholen.«

Ich hatte keinen Zweifel daran, dass Don Ernesto Wort halten würde. Er war Quetzals zweitbestes Herrchen. Und ich wusste, dass mein Hund auch ohne mich weiterleben konnte. Er war ein Überlebenskünstler, seine Pfoten waren schon weite Strecken gelaufen, und nach einigen Monaten würde ich nur ein Herrchen mehr in der Reihe von Herrchen sein, die er bereits gehabt hatte. Und ich? Ich würde es ohne ihn nicht ertragen.

Dieses Unwetter nahm mir nach und nach alles …

Zwei Tage lang lag ich mit hohem Fieber im Bett, während meine Mutter sich von den Nachbarn verabschiedete, den Papierkram mit der Eisenbahngesellschaft erledigte, die Fahrkarten besorgte und die wenigen Möbel, die wir besaßen, verkaufte, damit wir etwas Geld hatten … All die Zeit über war Quetzal an meiner Seite geblieben. Und meine Mutter brachte es nicht über sich, ihn mir wegzunehmen.

Meine anderen Freunde blieben zurück in einem Leben, das mir bald schon nicht mehr als das meine erscheinen würde.

Der zweite Signalton erklang. Ich reckte mich und öffnete die Augen.

Meine Mutter sah mich aufmerksam an, während sie unablässig ein Foto meines Vaters streichelte.

»In den Momenten, in denen alles um dich herum zu wanken beginnt, wenn du glaubst, dass du den Boden unter den Füßen verlierst, ist es gut, sich an denen festzuhalten, von denen man geliebt wird«, sagte meine Mutter leise, wobei sie mit dem Kinn auf das Päckchen wies, das sie mir gegeben hatte.

Ich nickte.

Und begann ungeschickt, das Band aufzuknoten.

Dann drückte ich das Heft an mein Herz. Dort waren sie alle: der Lehrer, die Kleinen, die Mittleren, die Großen. Ihre Zeichnungen, ihre Worte, ihre Spuren …

Einen Tag zuvor war ich zum letzten Mal in der Schule gewesen.

Don Ernesto hatte eine Abschiedsfeier organisiert und die Abschlusszeugnisse überreicht, obwohl das Schuljahr erst in mehreren Monaten zu Ende sein würde. Der Klassenraum war mit Luftballons und einigen unserer Bilder geschmückt, und in einer Ecke stand ein Tisch mit Saftflaschen. »Um auf die wunderbare Zukunft anzustoßen, die Sie erwartet, meine Herrschaften«, hatte unser Lehrer lächelnd gesagt.

Es war für uns alle eine Überraschung gewesen. Genauso wie die Tatsache, dass er uns einen nach dem anderen aufrief, um uns die Zeugnisse zu überreichen.

»Ikal Machuca.«

Ich schob den Stuhl nach hinten und stand auf.

Langsam und mit eingezogenen Schultern ging ich unter dem Applaus meiner Schulkameraden nach vorn zur Tafel.

Ich hörte, wie Tuerto und Valeria meinen Namen riefen.

Ich vermisste Chico. Seit Don Ernesto ihn vom Polizeirevier abgeholt hatte, war er nicht mehr zum Unterricht erschienen.

Zunächst hatte ich gedacht, dass er sich schämte. Wir, seine Freunde, hatten ein paarmal versucht, ihn zu überzeugen, wiederzukommen. Er brauchte sich keine Sorgen zu machen, denn unser Lehrer hatte die Sache längst vergessen, und wir waren immer noch seine Freunde. »Wenn man jemanden bestiehlt, der einen bestohlen hat, ist man dann ein schlechter Mensch?«, hatten wir Don Ernesto schon vor Wochen gefragt. »Nicht, wenn man die Tat bereut, um Entschuldigung bittet und es nicht wieder tut«, hatte er lächelnd geantwortet. Doch als wir das Chico gesagt hatten, war er wütend geworden. »Ich sterbe lieber, als um Entschuldigung zu bitten«, hatte er geschrien und war davongelaufen.

Danach hatten wir ihn nur noch selten gesehen, doch erst an dem Tag, als es die Abschlusszeugnisse gab, wurde mir bewusst, wie sehr er mir fehlte. An meinem letzten Schultag. *Ob er sich nicht von mir verabschieden will?*, dachte ich, während ich zwischen den Pulten nach vorn ging.

Don Ernesto schüttelte mir die Hand, um mich zu beglückwünschen, dass ich auch in diesem Schuljahr einer seiner besten Schüler gewesen war. Dann überreichte er mir zwei Zeugnisse.

Ich hatte ihn überrascht angesehen, während er so tat, als fiele es ihm nicht auf.

»Quetzal Machuca?«

Alle fingen an zu lachen.

Don Ernesto hatte etwas lauter wiederholt:

»Quetzal Machuca?«

Hinter der Tür war ein unverwechselbares Bellen zu hören. Unser Lehrer machte ein Zeichen, und einer meiner Klassenkameraden öffnete sie. Mein Hund tänzelte herein, als wüsste er, was vor sich ging. Schnurstracks lief er auf Don Ernesto zu, der ihm den Kopf tätschelte.

»Vergiss nicht, Ikal, dass es viele Arten gibt, das Leben zu sehen. Sieh es immer als ein Versprechen«, hatte Don Ernesto gesagt, und natürlich musste ich an meine Kaulquappe denken, die längst der schönste Molch im ganzen Weiher war.

Ohne dass ich es gemerkt hatte, war Valeria zu mir gekommen, in den Händen hielt sie ein großes Heft.

Das Gesicht meiner Freundin zeigte alle möglichen Gefühle. Sie versuchte zu lächeln, während Quetzal um sie herumsprang, um ihre Hände abzulecken. Sie weinte, und mein Hund konnte es nicht ertragen, wenn ein Freund weinte. Stumm und mit hängendem Kopf überreichte sie mir das Heft. Erst als sie wieder an ihrem Platz saß, brachte sie den Mut auf, mir ins Gesicht zu sehen. Ihre Augen sagten mir all die Worte, die sie nicht über die Lippen brachte. Ich meinte in ihnen zu lesen, dass sie mich gernhatte, dass sie mich sehr gernhatte und mich niemals vergessen würde, dass das Leben ohne mich nicht mehr das gleiche sein würde, dass sie mich genauso gern küssen würde, wie ich sie küssen wollte. Dass sie auf mich warten würde, dass ich zurückkehren würde.

Ich hatte sie nicht gefragt, ob ich recht hatte.

Ich wollte sie an dem Morgen fragen, an dem ich in den Zug stieg.

Tuerto und sie hatten an der Tür unseres Waggons auf mich gewartet, um sich zu verabschieden. Doch die Tränen liefen uns in Strömen übers Gesicht und versiegelten unsere Lippen, sodass keiner von uns dreien etwas sagen konnte. In den Armen meiner Freunde erinnerte ich mich an den Tag, an dem wir am Wegrand unseren ersten Toten gefunden hatten. An jenem Tag hatten Chico, Tuerto und Valeria mich in ihre Gruppe aufgenommen, mich, einen der Kleinen. Und es war der erste Tag mit Quetzal gewesen, dem struppigen Hund, der uns seitdem begleitet hatte.

Meine Mutter hatte die Hand nach mir ausgestreckt. Wir mussten los. Ein paar Kollegen meines Vaters hatten unsere Koffer im Lieferwagen der Eisenbahngesellschaft verstaut. Sie warteten, um uns zum Bahnhof zu bringen.

Während meine Freunde in dem von den Rädern aufgewirbelten Staub langsam verschwanden, spürte ich, dass auch für sie in diesem Moment die Kindheit irgendwie zu Ende ging. Nachdem Chico nicht mehr bei uns war und ich und Quetzal fortgingen, war alles kaputt. Doch es tröstete mich, dass wir zumindest im Schmerz vereint waren.

Der dritte Signalton brachte mich zurück in die Wirklichkeit.

Schreie auf dem Bahnsteig. Die letzten Pakete wurden verladen.

Ich betrachtete das erste Bild in meinem Heft: Es war ein riesiger schwarz, weiß und orangefarbener Schmetterling. Er schien zu fliegen. Ich musste mir nicht erst die Unterschrift ansehen, um zu wissen, wer es gemalt hatte. Ich fuhr die Linien mit der Fingerspitze nach, während ich durchs Fenster sah, dass der Bahnhofsvorsteher seine rote Fahne schwenkte.

Ein Ruck ging durch den Waggon. Ich hörte das metallische Stöhnen des Zuges.

Dann betrachtete ich das zweite Bild: ein grüner Eisenbahnwaggon, auf dem der Name meiner Schule stand. Schnell blätterte ich weiter und entdeckte ein paar Kinder beim Ballspiel.

Ich dachte, dass, wenn ich den Blick nicht von diesen Seiten abwandte, alles beim Alten bleiben würde. Don Ernesto, der die Namen der Flüsse an die Tafel schrieb. Die Felder mit den Obstbäumen. Und …

Der Zug setzte sich langsam in Bewegung.

Ich ließ das Heft auf den Boden fallen.

Dann kletterte ich auf den Sitz und streckte meinen Kopf aus dem Fenster: Ich musste noch einmal die Luft atmen, alles hören, um es mir ins Gedächtnis einzuprägen. Schon bald würden die Felder zu sehen sein, die Arbeiter, die das Nebengleis bauten, der Weiher …

In diesem Moment entdeckte ich ihn.

Am Ende des Bahnsteigs, an die letzte Säule gelehnt, halb im Schatten, halb in der Sonne. Er schien zwischen den Grenzen verloren.

Als der Zug an ihm vorbeifuhr, trafen sich unsere Blicke.

Seine Augen waren hart, dunkel und glänzend.

Meine erschreckt.

Ihm war kein Lächeln mehr geblieben, daher konnte er mir keines schenken.

Ich wusste, dass es keine Worte gab, die uns trösten konnten, weshalb ich ihm keines zurief.

Er hob den linken Arm mit geballter Faust. Stieß sie immer wieder in den Himmel. Und hörte nicht damit auf, solange ich ihn sehen konnte.

»Halt durch!«, meinte ich seine Stimme zu hören, obwohl sein Mund geschlossen war.

»Chico!«, rief ich so laut ich konnte.

Und wusste, dass es das letzte Mal sein würde, dass ich seinen Namen aussprach.

23

»Ich habe es gehört und wieder vergessen, es gesehen und verstanden, es getan und es gelernt.

Der Schüler Ikal Machuca hat mit Erfolg die sechste Klasse der Malinalli-Tenepatl-Schule bestanden. Wir gratulieren ihm herzlich und wünschen ihm großes Wissen und viel Verantwortungsbewusstsein.«

ERNESTO PLATAS, DIREKTOR

Dreißig Jahre später saß er mit genau diesem Zeugnis in den Händen im Zug. Die Felder, an denen er vorbeifuhr, schienen seit Hunderten von Kilometern dieselben zu sein.

Ein ganzes Leben hatte die Rückreise auf sich warten lassen.

Weder an dem alten Zeugnis noch an ihm war die Zeit spurlos vorübergegangen. Er betrachtete sein Spiegelbild im Zugfenster in der ersten Klasse: An den Schläfen waren ein paar graue Haare zu sehen, und ein dunkler Schatten am Kinn erinnerte ihn daran, dass er sich alle zwei, drei Tage rasieren musste. Er trug einen perfekt geschnittenen Anzug, und seine Koffer waren von einem italienischen Markenhersteller.

Er schloss die Augen und rief sich das Bild des dünnen Jungen in Erinnerung, der er einmal gewesen war, mit gebräunter Haut vom Spielen in der Sonne.

Das war er: Ikal Machuca, den er in Begleitung eines hässlichen Hundes wiedergefunden hatte.

Den Kopf noch immer zur Scheibe gewandt, öffnete er die Augen.

Das war er: Hugo Valenzuela, der es mit viel Fleiß zu viel Erfolg im Beruf gebracht hatte.

Zwischen den beiden lagen der Blitz, der das Leben eines Eisenbahnarbeiters beendet hatte, eine Zugfahrt in die große Stadt, ein herausragendes Abitur, ein Stipendium für die beste Universität des Landes, ein Namenswechsel, um die Spuren zu verwischen, eine berufliche Karriere, einige Tausend Pesos auf dem Konto und …

Das Heimweh hatte ihn kalt erwischt.

Diesmal begleiteten ihn weder seine Mutter noch Quetzal auf der Reise.

Überrascht dachte er daran, dass sie es sicher gern tun würden und vermutlich oft mit dem Gedanken gespielt hatten. Beide waren mit der Sehnsucht nach jener Zeit gestorben. Nur er, der gar nicht mehr darauf gehofft hatte, kehrte nun zurück.

Für seinen Hund war die Großstadt kein angenehmer Ort gewesen. Von dem Tag an, an dem sie in der Wohnung seiner Großeltern angekommen waren, war Quetzal zu einem traurigen, einsamen Tier geworden. Sobald sein Herrchen sich verabschiedet hatte, um zur Schule zu gehen, hatte er sich unter dem Bett versteckt. Dort hatte er den ganzen Tag verbracht, ohne etwas zu essen oder zu trinken, bis Ikal zurückgekommen war. Dann schien er für eine Weile wieder der Alte zu sein.

Niemals hatte Quetzal sich daran gewöhnt, ein Halsband zu tragen und an der Leine zu laufen. Ihn vor die Tür zu bekommen, war beinahe unmöglich gewesen. Er hatte sich gewunden, in die Leine gebissen, war einfach stehen geblieben oder davongerannt. Er hatte jedes Auto angebellt und verzweifelt über den Asphalt gescharrt, als hätte er geglaubt, dass sich unter diesem seltsamen grauen Teppich seine Wiesen, der Weiher und die Feldwege versteckten.

Mehrfach hatte Ikal seine Mutter dabei überrascht, wie sie, während sie seine Schuluniform bügelte, mit einem gleichzeitig liebevollen und eindringlichen Ton auf den Hund eingeredet hatte: »Quetzal, die alten Zeiten kehren nicht wieder. Entweder gewöhnst du dich an dein neues Leben, oder du wirst vor Kummer sterben.« Ikal hatte niemals erfahren, ob sie damit nicht auch sich selbst hatte überzeugen wollen.

»Du vermisst sie auch, stimmt's?«, hatte er seinem Hund zugeflüstert, bevor er mit ihm im Arm eingeschlafen war. Nur in der Welt der Träume waren sie wieder alle zusammen, wenn sie mit ausgebreiteten Armen unter dem endlosen Blau des Himmels über die Gleise liefen, ohne Eile, ohne Furcht … ohne den Schmerz zu spüren.

Wie sollte man Quetzal zum Vorwurf machen, dass er sich danach sehnte, wieder unter Don Ernestos Pult zu liegen und jedes Mal zu bellen, wenn Chico oder Tuerto nach vorn zur Tafel gingen? Wie konnte man es ihm verübeln, dass er davon träumte, um Valeria herumzuspringen und nach dem Saum ihres Rockes zu schnappen?

An Regentagen hatten sie, gefangen in ihrem kleinen Zimmer, zugesehen, wie die Tropfen auf den Asphalt und ans Fenster schlugen. Das Geräusch hatte nichts mit dem beruhigenden, sanften Trommeln der Regentropfen auf den Blättern der Bäume und dem Holz ihres Eisenbahnwaggons gemein. Der Regen in der Stadt war kalt, leblos, deprimierend. Damals hatte Ikal seinem Hund versprochen, dass sie bald wieder nach Hause zurückkehren würden. »Sobald ich achtzehn werde, nehme ich eine Anstellung bei der Eisenbahngesellschaft an, ganz bestimmt. Ich werde Eisenbahnarbeiter wie mein Vater. Und dann werden du, Mama und ich wieder in einem Zug leben und durch das ganze Land fahren.« Ein Versprechen, ein Wunsch wie ein Samenkorn, das Ikal tief in sein jugendliches Herz gepflanzt hatte. Mit der Zeit begann das Samenkorn zu keimen. Der Wunsch wurde zu einem in einem Notizbuch aufgeschriebenen Plan, welches er unter seinem Kissen versteckte: das Datum, seine Ersparnisse, was zu tun war … Doch irgendwann verdorrte das zarte Pflänzchen. An dem Tag, an dem Quetzal aufgab.

In wenigen Monaten hatte der Hund das Laufen verlernt. Er ging für fünf Minuten nach draußen, gerade lange genug, um sein Geschäft zu machen, und zog dann verzweifelt an der Leine, um nach Hause zurückzukehren. Seine Augen wurden trüb, und er döste die meiste Zeit des Tages vor sich hin. »Der Kummer lässt ihn schneller altern«, hatte seine Mutter gesagt. Doch Ikal war nicht bereit gewesen aufzugeben.

Er hatte Freunde befragt, die auch einen Hund hatten, hatte sich aus der Bibliothek Handbücher über Tierkrankheiten ausgeliehen und seine Mutter angefleht, mit ihm zum Tierarzt zu gehen.

Seine Mutter tat ihm den Gefallen, auch wenn sie davon überzeugt war, dass man nichts machen konnte, wenn ein Tier beschlossen hatte, nicht mehr leben zu wollen. Der Experte konnte ihnen verschreiben, was er wollte, sich irgendeinen englischen Namen ausdenken, für das, was vor sich ging, aber … »Niemand kann ihn dazu zwingen weiterzuleben.«

Und genau so war es: Trotz aller Bemühungen war Quetzal eines Tages verloschen wie eine Kerze.

»Er hat mich um Verzeihung gebeten«, sagte sich Hugo Valenzuela seufzend in dem Gedanken an jene Nacht, als das zitternde Tier ihm in die Augen gesehen hatte. Während der Hund mit dem Tod rang, hatte Ikal sämtliche Gefühle durchgemacht.

Er hatte wütend seinen Vater beschimpft, dass er sie alleingelassen hatte, hatte Quetzal ein ganzes Universum versprochen, damit er nicht ging, hatte in unendlicher Trauer geweint … Auf dem Hügel, wo sie Quetzal begruben, hatte Ikal in dem Stoffbeutel, in dem sie seinen Hund beerdigt hatten, auch das Versprechen zurückgelassen, das er ihm und sich gegeben hatte.

Alle hatten ihn verlassen.

Sein Herz war in tausend Teile zerbrochen. Er hatte es, so gut er konnte, wieder zusammengesetzt und entschieden, nie wieder zu leiden.

Nach und nach hatte er den Bahnhof Delicias, Don Ernesto und die Schule, Valerias schwarzes Haar, Tuertos Eisenbahnträume und Chicos emporgereckte Faust aus seinem Leben verbannt …

Der finale Schlag war der Tod seiner Mutter gewesen: Mit ihr hatte er auch seinen Namen begraben. Er ließ Ikal aus allen offiziellen Dokumenten streichen und wählte den Namen Hugo, der ihm schon immer gefallen hatte. Und zu Ehren seiner Mutter begann er ihren Mädchennamen zu benutzen.

Er hatte studiert und unermüdlich gearbeitet, um zu dem zu werden, der er war: der beste Chefinspektor in der Generaldirektion für Bildungswesen und das zukünftig jüngste Mitglied der Kommission, die das Unterrichtsmodell verabschieden würde, nach dem die nächsten Schülergenerationen lernen sollten.

Mit jedem Schritt hatte er sich weiter von dem sonnengebräunten Kind entfernt, dem Sohn eines Eisenbahnarbeiters und einer Hausfrau, von seinen Freunden auf dem Land und seinem Pult in einem Eisenbahnwaggon.

Zumindest hatte er das geglaubt.

Dabei hat mich in Wahrheit jeder Schritt dem Tag nähergebracht, an dem Carolina mit der verdammten Akte zur Schließung der Malinalli-Tenepatl-Schule in mein Büro gekommen ist, sagte er sich, während er den Kaffee trank, den eine Zugbegleiterin ihm serviert hatte.

Er betrachtete den Luxus, den der Waggon bot: edel bezogene Sitze, Zeitschriften zur freien Verfügung, den gebohnerten Fußboden. Dann lächelte er den anderen Passagieren zu, von denen die meisten wahrscheinlich Angestellte irgendeiner Firma waren, die auf die Tastatur ihres Laptops eintippten.

Ich bin so weit gekommen, nur um zum Ausgangspunkt zurückzukehren, dachte er in Erinnerung an die Ritzen im Schulwaggon, durch die im Winter der Wind hereingeweht war. Er würde ihn unter Millionen Waggons wiederfinden. So sehr hatte er diesen Ort und die Menschen darin geliebt …

Er reiste in seine Vergangenheit, aber dort gab es nur noch einen gealterten, blinden Don Ernesto. Alles andere lag in Trümmern. Sogar die Schule würde es bald nicht mehr geben! Was wohl aus Tuerto und Valeria geworden war? Ob sie ein ähnliches Schicksal erlitten hatten wie Chico? Er wünschte sich inständig, dass es nicht so war. Vielleicht konnte Don Ernesto es ihm sagen. Auch wenn es ihm schwerfiel, es sich einzugestehen, war dies der Hauptgrund, warum er in den Süden fuhr.

Nachdem er die Nachricht über den gewaltsamen Tod seines Freundes gelesen hatte, hatte er das dringende Bedürfnis verspürt herauszufinden, was aus seinen anderen beiden Schulkameraden geworden war. Zuerst hatte er nicht gewagt, die Reise anzutreten, aus Furcht, dass Don Ernesto ihn wiedererkennen könnte. *Das ist so gut wie unmöglich*, hatte er sich eingeredet, *so wie ich mich verändert habe und bei all den Kindern, die er in den ganzen Jahren unterrichtet hat*. Doch nun war er sich nicht mehr so sicher. *Es sei denn, er kann wirklich nicht mehr sehen*, beruhigte er sich schließlich.

Er durfte nicht zulassen, dass diese Reise seine Entscheidung beeinflusste, aber wie sollte er der letzten Chance widerstehen, in seine Vergangenheit zurückzukehren? Seit die grüne Akte auf seinem Schreibtisch gelandet war, war nichts mehr wie zuvor. Die Unterlagen, die sie enthielt, schienen etwas von ihm zu fordern. Sie drängten ihn. Sie stellten mehr Fragen, als welche zu beantworten.

Er erschauderte: Wenn es die Malinalli-Tenepatl-Schule nicht mehr gab, würde mit ihr auch Ikal Machuca für immer verschwinden. Nichts würde von ihm bleiben, weil er sich in den letzten zwanzig Jahren darum bemüht hatte, ihn auszulöschen. Er stellte sich den Waggon als ein altes, verwittertes Schiff vor, das im Meer versank. Dort, auf dem Meeresgrund, würden seine alten Hefte für immer in Schwerelosigkeit schlafen, das Lehrerpult, die Bilder, die seine Klassenkameraden gemalt hatten … War er darauf vorbereitet?

Hugo hatte einen Kloß im Hals.

Ikal Machuca verdiente einen ehrenhaften Abgang. Genauso wie Tomás Machuca in seinem einsamen Grab in der Nähe des Bahnhofs Delicias. Er war ein guter Vater gewesen. Wenn auch nicht sehr lange. Groll regte sich in ihm. Wie war das möglich? *Das Unwetter! Das Unwetter war schuld. Er hat mir versprochen, dass er nach der Schule zu Hause auf mich wartet. Aber er hat sein Versprechen nicht gehalten*, dachte er, während sich seine seit vielen Jahren trockenen Tränenkanäle regten.

Don Ernesto, Tuerto, Valeria, Chico … Auch sie hatten einen ehrenhaften Abgang verdient.

Sie alle hatte er mitleidlos beerdigt, Vergessen und Ausreden auf ihre Särge geschaufelt. Er hatte es getan, um eine Zukunft haben zu können. Doch nun lehrte ihn das Leben, dass es keine Zukunft ohne Vergangenheit gab.

So unmöglich es Hugo Valenzuela auch schien, kehrte er einsamer zum Bahnhof Delicias zurück, als er gegangen war.

Eine Stimme riss ihn aus seinen Gedanken.

»Nächster Halt: Campos Verdes. Endstation.«

»Und von dort sind es zum Bahnhof Delicias nur zehn Minuten mit dem Taxi«, murmelte er vor sich hin.

Der Zug verringerte die Geschwindigkeit, während er die letzten Felder durchquerte, bevor er in den kleinen Bahnhof einfuhr, den einzigen, den es in dieser Gegend noch gab. Gruppen von Landarbeitern und Kindern gingen neben den Schienen, die sein Vater und der von Tuerto gelegt hatten und die ihn nun zu seinem einstigen Zuhause zurückbrachten.

Er dachte dies nicht ohne Stolz, denn es waren stabile Schienen, die Tausende Züge, Unwetter, das ein oder andere Erdbeben und sogar ein terroristisches Attentat überstanden hatten. *Ein Band aus Stahl, das Tausende von Menschen nach Hause gebracht hat, das Familien vereint hat und Träume hat Wirklichkeit werden lassen. Und niemand ist sich bewusst, wie viel Blut und Schweiß daran klebt*, sagte er sich seufzend.

Er stand auf, um seinen Koffer von der Ablage zu nehmen. Er streckte die Arme nach oben – und ließ sie wieder sinken.

Er hatte sie gesehen. Aus dem Augenwinkel und verschwommen, inmitten einer Gruppe junger Leute, die Körbe mit Blumen und Obst trugen.

Es konnte nur sie gewesen sein!

So fest er konnte, drückte er die Wange an die Scheibe, um zurückzuschauen.

Dort war sie. Sie musste es sein!

Einer jener Punkte, den der davonstrebende Zug hinter sich ließ, hatte das schönste schwarze Haar, das er jemals gesehen hatte.

Es fiel in Wellen herab wie ein Fluss. Er schüttelte den Kopf. »Reiß dich zusammen, Hugo! Die Zeit ist auch an ihr nicht spurlos vorbeigegangen. Sie kann nicht mehr so aussehen wie früher …«, murmelte er.

Wie konnte es sein, dass er auch nach all den Jahren dieses Stück Erde sofort mit Valeria in Verbindung brachte?

24

»Was für eine Überraschung! Ich hätte niemals damit gerechnet, dass du herkommst«, sagte Rebeca und hob ihr Glas, als wolle sie darauf anstoßen. Während des angenehmen Essens zu zweit hatte ihr Chef ihr das Du angeboten.

Hugo lehnte sich in seinem Sessel zurück. Auch er hob sein Glas, nahm einen Schluck und lächelte. Dann hielt er das Glas ins Licht. Die Farbe des Weins sprach für seinen Geschmack: Er war kräftig und hatte Persönlichkeit. *Wie dieses Stück Erde hier*, dachte er, während sich sein Blick zwischen den Restauranttischen verlor. Seine Eltern oder die Eltern seiner Freunde hätten im Traum nicht daran gedacht, dass es eines Tages nur wenige Meter von ihren Waggons entfernt einen Ort wie diesen geben könnte. Genauso wenig wie Ikal Machuca. Hugo Valenzuela jedoch hatte bereits vor seiner Ankunft in Campos Verdes einen Tisch in dem angesagten Lokal reserviert. Ein französischer Sternekoch hatte sich auf der Suche nach Originalität und Authentizität für begrenzte Zeit an dem abgelegenen Ort niedergelassen. *Um neue Energie zu tanken, zu experimentieren, den Anschluss nicht zu verlieren und gestärkt zurückzukehren*, hatte er seinen Fans auf seiner Webseite verkündet. *Vielleicht bin ich ja aus den gleichen Gründen hier*, sagte sich Hugo.

»Also?« Der drängende Ton in Rebecas Stimme erinnerte ihn daran, dass er nicht allein war.

»Also was? Es tut mir leid, ich bin nach der Reise wohl ein wenig müde«, entschuldigte er sich.

»Warum hast du dich entschieden herzukommen?«

Hugo trank noch einen Schluck Wein. Mit einem neckenden Unterton in der Stimme, der seine Worte Lügen strafte, erklärte er:

»Weil ich einer Anfängerin wie dir nicht traue.«

Rebeca verzog schelmisch das Gesicht.

»Das würde ich an deiner Stelle auch nicht tun.« Sie schwieg einen Moment, bevor sie hinzufügte: »Ich hätte dich auch nicht allein herkommen lassen. Denn wer würde einem Großstädter eine solche Entscheidung überlassen? Sei ehrlich: Wann hast du zuletzt auf einem Rasen gestanden, der nicht zu einem Golfplatz gehörte?«

»Touché«, entgegnete Hugo, der seine Doppelrolle genoss. »Auch wenn ich mir nicht sicher bin, ob ausgerechnet du …«

Rebeca sah ihren Chef herausfordernd an.

»Alle vierzehn Tage. Meine Großeltern leben auf einem großen Gutshof ein paar Stunden von Mexiko-Stadt entfernt. Meine Familie hat ihr Geld in der Parfümindustrie verdient. Und mein Großvater, der beinahe genauso fordernd und misstrauisch war wie du, hat irgendwann beschlossen, sich in der Nähe seines Schatzes niederzulassen.«

»Seines Schatzes?«, fragte Hugo Valenzuela überrascht.

»Seine erfolgreichsten Duftkreationen basieren auf Blütendüften.«

»Dein Großvater hat auf dem Land gelebt?«

»Im Laboratorium«, erklärte Rebeca lachend. »Er hasste Insekten, Würmer, sich mit Erde die Finger schmutzig zu machen …, weshalb er sich die Blumen bereits geschnitten an einen keimfreien Ort voller Pipetten und Chemikalien liefern ließ. Dort verbrachte er Tage und Nächte. Was für ein Widerspruch, stimmt's?«

»So sind wir Menschen eben«, entgegnete ihr Hugo, mehr an sich selbst als an sie gewandt, bevor er den Nachtisch probierte.

Das Abendessen war wie im Flug vergangen. Und er musste zugeben, dass ihn, als sie ihn am Nachmittag am Bahnhof abgeholt hatte, ein seltsames Gefühl überkommen hatte. *So blond, so verführerisch, so elegant, so … deplatziert.*

Er war aus dem Zug gestiegen und hatte sie überschwänglich umarmt.

Die Geste schien sie zu verunsichern. Während der anschließenden Autofahrt hatte sie sich sehr reserviert verhalten.

Im Restaurant aber war sie schnell zu ihrer entspannten und freundlichen Art zurückgekehrt. Sie hatten darüber gesprochen, was sie in der vergangenen Woche getan hatte. Über die beiden Gespräche mit Don Ernesto. »Das erste im Hotel, damit es offiziell wirkte, und das zweite außerhalb des Unterrichts im Waggon. Dort konnte ich dann auch mit ein paar Eltern und einigen ehemaligen Schülern reden«, erklärte sie und gestand ihm, dass sie keinen der Namen der Leute behalten hatte.

»In den Berichten habe ich sie aufgeschrieben. Wenn du möchtest, gebe ich sie dir gleich, damit du sie heute Abend noch lesen kannst.«

Rebeca hatte dem Lehrer auch von dem Besuch des Chefinspektors erzählt. Don Ernesto hatte bewegt angeboten, sie am nächsten Morgen während des Unterrichts zu empfangen. »Damit Sie sich einen Überblick verschaffen können, was wir so machen und warum es so wichtig ist, dass die Schule erhalten bleibt. Dann können Sie uns in Aktion sehen«, hatte er lächelnd gesagt.

»Ich denke, wir sollten hingehen«, meinte Rebeca, während sie ihren Chef unauffällig musterte. *Wie ist es möglich, dass sich seine Augen im Bruchteil einer Sekunde derart verdüstern?*, fragte sie sich.

Was sie nicht wissen konnte, war, dass Hugo Valenzuela, als er ihre Worte vernahm, aufhörte zu denken. Er konzentrierte sich auf die Reaktionen seines Körpers: An den Händen brach ihm der kalte Schweiß aus, er hatte ein Gefühl der Leere im Magen, und eine Ader an seinem Kopf fühlte sich an, als würde sie im nächsten Moment platzen.

Er stellte sich vor, wie das Blut auf das Tischtuch spritzte, auf Rebecas Spitzenbluse und den Smoking des Kellners, der mit entschiedenem Schritt zu ihnen herüberkam. Zwei Sätze nahmen ihm die Luft, ohne dass er sie wirklich wahrgenommen hatte: Die Schule besuchen, Don Ernesto sehen …

Hugo war nicht bewusst, dass er in diesem Moment eine Panikattacke erlitt. Die erste in seinem Leben.

Dass in diesem Augenblick die Rechnung kam, rettete ihn. Nach seiner Brieftasche zu suchen, die Kreditkarte herauszunehmen und den Beleg zu unterschreiben waren ihm vertraute Handlungen, die ihn entspannten. Sie verließen das Lokal, und die kühle, frische Luft gab ihm seine übliche Gelassenheit zurück. Zumindest beinahe.

Es war kurz vor Mitternacht.

Vom Balkon seines Hotelzimmers aus blickte er auf die noch immer belebten Straßen von Campos Verdes. Dieser Ort hatte nichts mehr mit dem zu tun, den er kennengelernt hatte: »Mehr Asphalt, mehr Neonschilder, mehr Verkehr, mehr Geschäfte … mehr Menschen«, murmelte er. Nachdem sie das Restaurant verlassen hatten, hatte er Rebeca vorgeschlagen, eine Runde durch den Ort zu drehen, um sich die Sehenswürdigkeiten anzuschauen. »Um diese Zeit? Hier gibt es doch nichts«, hatte sie überrascht gesagt.

»Na, komm, irgendetwas wird es schon geben …«, hatte er entgegnet, während er die Straße entlangging, die, wenn ihn sein Gedächtnis nicht trog, zum ehemaligen Dorfplatz führte.

»Ich habe vor der Reise extra gegoogelt … Nichts!«, protestierte sie hinter ihm, doch als sie sah, wie er um eine Ecke bog, beschloss sie, ihm zu folgen.

Er fand den Platz.

Die Bar, in der Chico so oft gewesen war und die ihn von seinen Freunden entfernt hatte, gab es nicht mehr. Stattdessen empfing sie das dunkle Schaufenster eines Handyladens. Und die Bank, auf der die Betrunkenen gesessen und die Hunde mit Steinen beworfen hatten, war einem Altglascontainer gewichen.

Sie verloren sich in den Straßen und entdeckten überall halb fertig gebaute Häuser, neu eröffnete Geschäfte und Cafés, die Tag für Tag ein Stück mehr des ehemaligen Dorfes verdeckten, das wohl nur noch wenige Menschen kannten.

Nach einer Weile wurde Hugo klar, dass er an diesem verwirrenden Ort nicht finden würde, wonach er suchte. Er willigte ein, ins Hotel zurückzukehren, was Rebeca, die sich unter dem Vorwand, dass ihr in den hohen Schuhen die Füße wehtaten, an seinen Arm gehängt hatte, nur recht war.

Hier ist nichts mehr von uns übrig, dachte er, während er spürte, wie Rebeca sich erschrocken an ihn drückte, als in einem Hauseingang ein Hund bellte.

Bevor Hugo schlafen ging, blickte er auf seine Schuhe neben dem Bett, die sogar in der Dunkelheit noch glänzten, und musste an die vielfach ausgebesserten Stiefel denken, die er jeden Winter getragen hatte. Schon seit Jahren kaufte er sich zu jeder Jahreszeit ein Paar neue Schuhe. Sobald das Leder dünn wurde, warf er sie in den Müll. Denn es lohnte sich nicht, Zeit und Geld mit der Reparatur zu verschwenden.

Als er sich das Hemd auszog, nahm er den Duft von Rebecas Parfüm wahr und spürte noch einmal die glatte Haut ihrer Hand, die er geschüttelt hatte, um ihr eine gute Nacht zu wünschen. Dabei hatte er sich an die unendlich vielen kleinen Risse in Valerias Kinderhänden erinnert, die stets nach Erde gerochen hatten. Er erschauderte, als er sich vorstellte, wie faltig und rau diese Hände nach all den Jahren harter Arbeit wohl inzwischen aussahen.

Er hätte mit seiner Assistentin ins Bett gehen können. Das hatte ihm ihr Körper zu verstehen gegeben. Doch er hatte es vorgezogen, die Nacht mit seinen Erinnerungen zu verbringen, wobei er sich als Wächter des Andenkens all der Menschen fühlte, die die vielen Monate seiner Kindheit bevölkerten, eines Andenkens, das die Jahre auszulöschen drohten.

Das war er sich schuldig.

Zwischen seidenen Kissen und Laken in seinem Bett sitzend, füllte er die schlaflose Nacht mit Gesichtern, Tagen, Worten, die im Schein der Straßenlaterne, der von draußen in sein Zimmer fiel, lebendig wurden.

Vielleicht leiste auch ich morgen meinen Beitrag zum allgemeinen Vergessen, sagte er sich seufzend, als er sich vorstellte, wie Don Ernesto, blind und tieftraurig, das Papier unterzeichnete, mit dem er einwilligte, in Pension zu gehen, ohne zu ahnen, dass er, Ikal Machuca, ihn dazu gedrängt hatte.

25

»Ich muss zugeben, dass diese Schule wirklich besonders liebenswert ist. Wirst du ja gleich sehen«, meinte Rebeca. »Dieses Viertel dagegen …«

Es war gegen neun Uhr morgens, und die beiden gingen einen Weg voller Schlaglöcher und Müll entlang. Obwohl es noch so früh war, schien die Sonne bereits unangenehm heiß auf die ärmlichen Hütten um sie herum. Rebeca wirkte verunsichert, sie setzte ihre Füße so vorsichtig voreinander, als könnte jeder Schritt ihr letzter sein.

Jede Bewegung, jedes Geräusch ließ sie zusammenfahren. In jedem Hund ohne Halsband, jedem rauchenden Mann und jedem Jugendlichen, der einfach so herumstand, sah sie eine mögliche Gefahr.

Sie ist so eine Umgebung einfach nicht gewohnt, sagte sich Hugo und bot ihr seinen Arm an, um ihr ein Gefühl von Sicherheit zu geben.

Auch er fühlte sich nicht wohl, aber aus einem anderen Grund.

Die ganze Nacht über war er kaum zur Ruhe gekommen.

Immer wieder hatten sich die Bilder und die Stimmen aus einer Vergangenheit, die lange tief und fest geschlafen hatte, in sein Bewusstsein gedrängt. Doch anders als er immer befürchtet hatte, hatten diese Stunden eine angenehme Wirkung auf ihn gehabt.

Die Erinnerung an die Namen der Orte, durch die der Zug seiner Kindheit gefahren war, und an seinen Vater, der sie ihm auf der Landkarte gezeigt hatte, an die Geranien und Vögel seiner Mutter, wenn sie sich an einem neuen Ort niederließen, an die feuchte Luft im Waggon an Regentagen, an die Gesichter seiner Schulkameraden hatte ihn in einem glücklichen Halbschlaf vor sich hin dämmern lassen.

Das Klingeln des Telefons hatte ihn schließlich in die Gegenwart zurückgeholt.

Er war gerade aus der Dusche gekommen, als Límonez' Stimme Hugo abrupt ins Gedächtnis gerufen hatte, wer er war und warum er hier war. Er war nicht mehr Ikal Machuca, der Sohn des Eisenbahnarbeiters, und er war auch nicht mehr sieben, neun oder elf Jahre alt.

»Guten Tag, Valenzuela!«

Bisher war es wirklich ein guter Tag …, dachte Hugo, während er sich um einen Tonfall bemühte, dem seine Gereiztheit nicht anzumerken war.

Doch das war gar nicht nötig. Sein Gesprächspartner wollte gehört werden, nicht hören.

»Der Chefinspektor höchstpersönlich ist also in den Süden gereist! Ich war gestern in deinem Büro, um ein wenig zu plaudern, und habe die Neuigkeit von Carolina erfahren.«

Er hielt für einen Moment inne, um dann fortzufahren: »Schließt du den Fall also endlich ab?«

»Wie kommst du darauf?«, fragte Hugo genervt.

»Na, hör mal! Rebeca ist schon seit einigen Tagen vor Ort. Sie hat Gespräche geführt, Informationen gesammelt. Und jetzt bist du ihr hinterhergefahren, um den Sack zuzumachen. Oder nicht?« Plötzlich wünschte sich Limónez, lieber den Mund gehalten zu haben, denn am anderen Ende der Leitung stellte sich eine unangenehme Stille ein.

Die beiden Kontrahenten wägten ab. Limónez versuchte herauszufinden, ob Hugo seine letzten Worte überhaupt verstanden hatte, und Hugo wartete ab, um herauszufinden, was sein Kollege sonst noch wusste.

»Bist du noch da? Hörst du mich?«

»Absolut«, sagte Hugo.

»Carolina hat mir auch das von Rebeca erzählt und ...«, versuchte sich Limónez zu rechtfertigen.

»Aha«, entgegnete Hugo, der wusste, dass seine Sekretärin, so sehr er sie schätzte, nichts für sich behalten konnte – was überhaupt der Grund gewesen war, sie einzuweihen. Alles andere musste der Kollege von Rebeca erfahren haben.

Selbst hier im Nirgendwo hatten die Chefs der Generaldirektion ihre Augen. Und Límonez rief an, um ihn daran zu erinnern.

Hugo wurde wütend.

»Ich bin hier, weil ich mir gern selbst ein Bild von einer Sache mache, bevor ich wichtige Entscheidungen treffe.«

»Wichtig? Das ist eine Schule mit dreißig Rotznasen und einem alten Lehrer an einem verlassenen Bahnhof!«

»Ja, wie ich gesagt habe: wichtig«, entgegnete Hugo mit einem derart drohenden Unterton in der Stimme, dass er seinen Kollegen für einen Moment nicht einmal mehr atmen hörte.

Der Rest des Gesprächs drehte sich um die Veränderungen, die im Ministerium bevorstanden, und wie sie die zukünftige Kommission beeinflussen würden.

»Du musst dich mit der Schließung dieser Schule wirklich beeilen. Was ist das Problem dabei? Der Fall ist doch eindeutig, oder nicht?«, fragte Limónez drängend.

Die verdammte Kommission! Immer die verdammte Kommission! Ob die sich nicht schämen, dass ihr Erpressungsversuch derart auffällig ist?, dachte Hugo. Doch seit dem Tag auf dem Golfplatz lagen die Karten offen auf dem Tisch, und sein Kollege bemühte sich erst gar nicht mehr, sich zu verstellen.

»Der stellvertretende Direktor ist nervös, und das hilft uns nicht gerade weiter. Du weißt schon … Er benennt zwei Kandidaten für die Kommission«, ließ Limónez nicht locker.

»Und der eine Kandidat bist du?«, fragte Hugo überrascht.

»Nein, nein … Das überlasse ich euch Strebern! Den Leuten, die ohne Arbeit nicht leben können.« Limónez lachte leise.

»Was hast du dann von der ganzen Sache?«

»Du weißt doch. Ich will …«

»Ja, ja … einen modernen Staat, der dem einundzwanzigsten Jahrhundert angemessen ist, mit einem Bildungssystem, das …« Hugo wurde lauter: »Hör auf, mich zu verarschen! Was verdienst du daran, was ich hier tue? Was schuldest du mir, wenn ich endlich diesen verdammten Bericht schreibe und damit die Eisenbahnschulen nach Artikel 123 des Arbeitsschutzgesetzes abschaffe?«

Hugo dachte, dass er damit zu weit gegangen war.

Dieses Klatschmaul hielt sich am liebsten im Schutz dunkler Flure auf, in bequemen Nestern auf den flauschigen Teppichen der großen Büros. Direkte Konfrontationen und Auftritte im Rampenlicht mied er.

Doch einmal mehr erlebte Hugo eine Überraschung.

»Ich habe gedacht, du hättest verstanden«, sagte sein Kollege mit gesenkter Stimme. »Grundstücksverkäufe, Bauausschreibungen, Modernisierung der Infrastruktur … Geld, Valenzuela, es geht um Geld. Und ich bin verdammt nah dran, an diesem Geld.«

Der ist wirklich verzweifelt, wenn er so weit geht, sagte sich Hugo. Jemand, der so unter Druck steht, ist ein gefährlicher Gegner.

Das Gespräch war so gut wie beendet.

Die Botschaft war klar: Sie ließen ihn nicht aus den Augen, selbst wenn er mit dem Zug durchs halbe Land gefahren war. Selbst wenn er in die Vergangenheit reiste.

Hugo blieb abrupt stehen.

Rang nach Luft.

»Was ist los?«, fragte Rebeca besorgt. »Du siehst nicht gut aus, Chef. Was mich nicht wundert …« Sie sah sich beunruhigt um. »Aber keine Sorge, wir sind fast da. Gleich da vorn …«

… befindet sich der Bahnhof Delicias und dort … Doch bevor Hugo den Gedanken zu Ende führen konnte, fügte Rebeca hinzu:

»… ist die Malinalli-Tenepatl-Schule, die Öffentliche Schule Artikel 123.«

Er hörte Kinder, die das kleine Einmaleins übten.

Hugo erstarrte.

Obwohl die Stimmen äußerst real geklungen hatten, wusste er nur zu gut, dass sie nicht von diesem kalten Morgen stammten, sondern von einem warmen, lange vergangenen Tag.

26

Auf den ersten Blick sah die Eisenbahnschule genauso aus, wie er sie in Erinnerung hatte.

Als er genauer hinsah, stellte er fest, dass sie doch in die Jahre gekommen war. Die Räder, die auf den morschen Holzbohlen standen, waren verrostet. Zwischen ihnen war Gras emporgewachsen. Der grüne Anstrich war verwittert.

Ein Lächeln erschien auf seinem Gesicht, als er die Worte *Malinalli Tenepatl* entdeckte, die mit kindlicher Hand geschrieben worden waren.

Sein Blick wanderte zum Bahnhofsschild auf der Wand oberhalb des Fahrkartenschalters. Ein paar Ziegel waren herausgebrochen, das Fenster des Schalters war mit Holzbrettern verbarrikadiert.

»Fahrkartenverkauf von Montag bis Freitag zwischen sechs und zwanzig Uhr«, las er leise.

»Auf welchen Montag sich das wohl bezieht?«, meinte Rebeca seufzend, während sie gegen eine rostige Schiene trat.

Hugo zuckte mit den Schultern.

»Ich denke, du stimmst mir zu, wenn ich sage, dass das nicht unbedingt der geeignete Ort für spielende Kinder ist«, sagte Rebeca und deutete auf einen Stapel zurückgelassener Kabel gegenüber dem baufälligen Bahnhofslager. »Zu einer Schule gehört nicht nur der Klassenraum, sondern auch ein Bereich für die Pause, ein Sportplatz …«

Hugo stampfte auf den Boden.

Hier drunter also liegt das verdammte Gas, dachte er wütend. Das desolate Erscheinungsbild, das der Bahnhof bot, passte so gar nicht zu seiner Erinnerung. Rebeca hatte recht: Dieser Ort war alles andere als kindgerecht.

»Alles okay?«

»Warum?«

»Du bist so ernst …« Sie blickte auf ihre schmutzigen Schuhe.

»Ich bin eben ein ernster Mensch«, versuchte er die Sache herunterzuspielen. »Ich finde, du hast recht. So, wie der Bahnhof heute aussieht, ist er keine passende Umgebung.«

»So, wie er heute aussieht?«, fragte Rebeca überrascht.

Hugo ging nicht auf ihre Frage ein.

»Natürlich muss hier etwas getan werden. Genügend Platz gibt es ja. Da, wo das alte Lager ist, könnten Sportanlagen entstehen. Auf dem alten Vorplatz ein Fußballfeld, und da drüben …«

Rebeca traute ihren Ohren nicht.

»Das Schulgebäude ist ein alter Eisenbahnwaggon! Da drin muss es eiskalt sein. Die armen Kinder! Ganz zu schweigen davon, dass alle Jahrgänge gemeinsam unterrichtet werden …«

»Dann muss eben noch mehr getan werden«, insistierte Hugo.

»Wovon sprichst du? Willst du hier einen Parkplatz für Eisenbahnwaggons einrichten? Einen für jeden Jahrgang, einen als Bibliothek, einen als Labor?«

Sie sah ihn mit großen Augen an.

»Hast du meinen Bericht gelesen?«

Hugo lächelte.

»Noch nicht. Ich wollte mir erst meine eigene Meinung bilden, um nachher gemeinsam abzuwägen«, log er. »Deshalb sind wir doch hier, oder?«

»Willst du damit sagen, dass du diese Schule nicht schließen willst? Dass du sie für kindgerecht hältst?«

»Das habe ich nicht gesagt«, antwortete er ironisch. »Ich denke nur, dass es wichtig ist, sich auszutauschen. Du kennst mich doch inzwischen.«

Rebeca sah ihn verständnislos an. Sie wollte gerade etwas sagen, als die Waggontür geöffnet wurde.

»Da sind Sie ja endlich! Wir erwarten Sie schon.«

Obwohl Hugo sich seit Tagen auf diesen Moment vorbereitet hatte, erwischte die Stimme ihn unvorbereitet, traf ihn mitten ins Herz. Er spürte, wie ihm schwindelig wurde. Er fürchtete, dass seiner Assistentin auffallen könnte, wie sehr er zitterte, doch Rebeca lief bereits lächelnd auf den Waggon zu.

»Don Ernesto, guten Tag! Entschuldigen Sie die Verspätung, wir haben uns noch ein wenig umgeschaut.«

»Nein, nein … Welche Verspätung? So hatten wir wenigstens genügend Zeit, um einen angemessenen Empfang für Ihren Chef vorzubereiten. Oder sind Sie jetzt doch allein gekommen?«

»Das ist mein Vorgesetzter. Don Ernesto, darf ich Ihnen vorstellen: Chefinspektor Hugo Valenzuela.«

Hugo ging langsam auf die ihm entgegengestreckte Hand zu.

Einen Moment sah er sie nur an.

Sie wirkte klein und steif.

Diese Hand hatte ihn einmal geleitet?

Dann drückte er sie.

»Sehr erfreut. Es ist uns eine Ehre, Sie hier zu haben, Don Hugo.«

»Einfach nur Hugo.«

Don Ernesto zögerte, und Hugo schien es, als hätte sein alter Lehrer ihn an diesen drei Worten erkannt. An nur drei Worten!

»Dann bestehe ich darauf, von Ihnen auch nur Ernesto genannt zu werden. Vergessen wir also den Don … Überlassen wir das meinen Schülern!« Ein unergründliches Lächeln zeigte sich auf dem Gesicht des Lehrers.

Hugo spürte, dass Ernestos trübe Augen auf ihm ruhten, während er ihn hereinbat. Hier gab es nichts mehr, was ihn an seine Kindheit erinnerte, und dennoch fühlte er, dass sie in irgendeiner dunklen Ecke des Waggons auf ihn lauerte.

Die Wände hatten eine andere Farbe. Die Bilder waren andere: Dort, wo früher eine Landkarte von Mexiko gehangen hatte, befand sich nun eine Weltkarte; und die Schilder mit den Namen von Obst- und Gemüsesorten aus der Region waren durch Ratschläge zum Umgang mit Videospielen ersetzt worden. An der Decke hing ein Beamer, der eine weiße Tafel erhellte.

Plötzlich und ohne zu wissen, warum, sehnte er sich nach Kreidestaub an seinen Fingern.

Hugo wollte seine Lungen mit dem Duft nach trockenem Holz füllen, nahm aber nur den Geruch von Plastik und Metall wahr, den die neuen Tische, Stühle, Rucksäcke und die modernen Turnschuhe der Kinder verströmten.

Dann sah er in die Gesichter der Schüler, die schweigend an ihren Plätzen saßen, während Don Ernesto ihnen den unbekannten Gast vorstellte. Sie schienen sich der Bedeutung des Besuchs durchaus bewusst zu sein und bemühten sich, einen guten Eindruck zu machen. Mit einem schüchternen Lächeln auf den Lippen kamen sie der Reihe nach zum Pult des Lehrers, um Hugo und Rebeca zu begrüßen.

Während derjenige, der dran war, erklärte, was ihm an der Schule besonders gefiel oder was er einmal werden wollte, warteten die anderen schweigend ab.

»Ich werde mal eine eigene Firma haben.« »Ich möchte Informatiker werden.« »Ich hoffe auf ein Stipendium, um im Ausland zu studieren.« »Ich will Schauspielerin werden.« Don Ernesto verstand es noch immer, die Augen der Kinder zum Strahlen zu bringen, wenn sie von ihren Träumen berichteten. Als würde allein die Tatsache, sie auszusprechen, bereits dazu beitragen, dass sie sich erfüllten.

Ist ihm nicht bewusst, dass die Hälfte der Kinder es niemals schaffen wird? Warum ermutigt er sie auch noch? Warum betrügt er sich selbst und seine Schüler?, dachte Hugo in Erinnerung an die Statistiken in den Berichten, die er nur allzu gut kannte. Die meisten von ihnen würden als Fabrikarbeiter enden, würden einen Kredit nach dem anderen aufnehmen müssen, während die nächste Krise bereits in Sicht war. Einige würden eine Anstellung in einem Geschäft oder einem kleinen Unternehmen finden, wo sie in ihren besten Jahren Geld verdienen würden, das sich andere in die Tasche steckten. Das alles in der ständigen Angst, ihre Familien nicht ernähren zu können.

Wie viele würden wohl zur Universität gehen? Vier? Fünf?

Wie viele würden ihr eigener Chef sein? Zwei? Drei?

Wie viele würden den Aufstieg schaffen, in ein anderes Viertel ziehen, ins Ausland reisen?

Hugo fiel wieder ein, dass Valeria davon geträumt hatte, auf dem Feld zu arbeiten, und Tuerto davon, Züge zu bauen. Er dachte an einen seiner kleinen Klassenkameraden, der Häuser bauen wollte, und einen anderen, der viele Kühe und Schweine besitzen wollte. Er sah Ikal Machuca vor sich, der seiner Mutter sagte, dass er einmal wie Don Ernesto Lehrer sein würde. Und sie, wie sie ihn immer wieder ermunterte, damit er es schaffte.

Hugo blickte den alten Mann liebevoll an: Er schien die Hoffnung, die ihn schon damals erfüllt hatte, nicht verloren zu haben. Wie konnte das sein, nachdem er mehr als vierzig Jahre lang immer das Gleiche gehört und gesagt hatte und dann zusehen musste, wie einer nach dem anderen scheiterte. Als ob das Elend da draußen nicht existierte, als ob sich hier, in diesem Raum, alles entscheiden würde. *Ob er wirklich denkt, dass sie es schaffen können?*, fragte er sich überrascht.

»Die Zukunft, von der ihr träumt, beginnt heute und genau hier«, sagte Don Ernesto feierlich.

Plötzlich kam ihm Chico in den Sinn: an ebendiesem Bahnhof mit erhobener Faust, die er in den Himmel reckte. Hugo erschauderte, als er daran dachte, dass Chico schon damals keine Träume mehr gehabt hatte. *Nicht einmal er selbst hat geglaubt, dass er eine Zukunft hätte*, sagte sich Hugo traurig.

Er versuchte in den kleinen Schülern die Augen oder die Form des Gesichts eines seiner Klassenkameraden wiederzuentdecken, vielleicht eine typische Geste oder ein geerbtes Grübchen.

Waren das vielleicht ihre Kinder? Unauffällig musterte er ihre Hände, um zu sehen, ob sie rissig von der Sonne waren, begutachtete ihre Sohlen, um festzustellen, ob Matsch daran haftete.

Diese Kinder waren makellos.

Diese Kinder arbeiteten nicht auf den Feldern.

Wahrscheinlich sitzen sie die meiste Zeit vor dem Bildschirm, genau wie in der Hauptstadt. Auch hier haben sich die Dinge geändert, sagte er sich, hin- und hergerissen, ob ihn das freute oder traurig machte.

Die Schüler begannen zu zeichnen.

Don Ernesto forderte die Besucher auf, im Raum herumzugehen und den Kindern Fragen zu stellen, wenn sie wollten. Rebeca, der das zu gefallen schien, ging zu jedem einzelnen Schüler, um sich mit ihm zu unterhalten. Sie interessierte sich für ihre Werke und hörte sich geduldig alles an, was sie ihr erzählten.

Hugo stand schweigend in einer Ecke und wurde zum Betrachter jener Szene, die ihm wie aus einem Remake seiner eigenen Kindheit erschien.

Er lächelte Rebeca zu, als sie ihn ansah.

Sie zwinkerte ihm kokett zurück, während sie auf ein Bild zeigte, das eines der Mädchen von ihr gemalt hatte. Ihr blondes Haar und ihre blauen Augen nahmen beinahe die Hälfte des Blattes ein.

Ich hätte ihre endlos langen Beine gemalt auf diesen himmelhohen Schuhen, überlegte er, von seinen eigenen Gedanken überrascht.

Er spürte eine plötzliche unbändige Sehnsucht, die ihn erschaudern ließ.

Er brauchte dringend einen Kaffee. Oder ein Glas Wein.

Seine Gefühle waren derart durcheinander, dass die gefährliche Mischung jeden Moment zu explodieren drohte. Er musste diesen Raum verlassen, vor den diffusen Schatten seiner Vergangenheit fliehen, sich in seine vielversprechende Gegenwart retten.

Wortlos ging er nach draußen.

Entfernte sich ein paar Schritte.

Ging in die Hocke und schloss die Augen.

Dann nahm er sich eine Handvoll Erde.

Er drückte die Erde in der Faust zusammen, um jedes Sandkorn zu spüren, das sich in seine Handfläche bohrte. »Damit du niemals vergisst, wie trocken, rau und tot diese Erde ist«, sagte er zu sich selbst.

Er hörte, dass Rebeca nach ihm rief. Sie war ihm gefolgt.

Doch er rührte sich nicht und konzentrierte sich darauf, den Parfümduft einzuatmen, der von ihr herüberwehte. In seiner Fantasie streichelte er ihre weiche Haut an Stellen, die er niemals zu Gesicht bekommen hatte. Hastig ließ er seine Lippen über ihren Hals wandern. Den Mund leicht geöffnet spürte er, wie das Blut in seinen Adern pochte.

Plötzlich fühlte er eine Hand auf seiner Schulter.

»Geht es dir gut?«

Er wollte nicht, dass eine Stimme diesen Moment zerstörte.

Das Leben hatte ihn gelehrt, dass die Fantasie wesentlich reiner war als die Wirklichkeit.

Er griff nach der Hand, die sich so unschuldig auf seine Schulter gelegt hatte.

Fuhr hoch. Rebeca erinnerte die Bewegung an den Sprung eines Jaguars, doch bevor sie Hugo dies sagen konnte, presste er seine Lippen auf ihre.

Sie spürte, wie sie von zwei erfahrenen Armen heftig umfasst wurde, und fühlte sich gleichzeitig befreit.

Später würde sich Hugo nicht mehr daran erinnern können, was zwischen diesem Moment und dem Moment geschehen war, in dem er sie nackt in seinem Hotelbett sah, verschwitzt und voller Hingabe.

Sie maßen sich mit dem Blick.

Ihre angespannten Körper schienen bereit für einen zweiten Angriff.

Es verwirrte Hugo, schon wieder das elektrisierende Kribbeln zu spüren, das ihn erneut in diesen Strudel aus Verlangen, Vergessen und Schmerz hineinzuziehen drohte. Das vergessene Grab seines Vaters, ein Blitz, Don Ernestos verschleierter Blick, Valerias lockiges Haar, Chicos erhobene Faust, Quetzals Ohren, Tuerto, der mit ausgebreiteten Armen über die Bahngleise balancierte, der letzte Atemzug seiner Mutter, die Sonne, die die Kartoffelpflanzen verbrannte, die Hände der Landarbeiter, die dumpfe Explosion des Wassers in seinen Ohren, wenn er in den Weiher eintauchte … All das verblasste mit jedem Kuss, mit jeder zärtlichen Berührung, mit jedem Biss Rebecas; es verblasste hinter ihren teuren Kostümen, ihrer Sicherheit einer Tochter aus gutem Hause, ihrem goldfarbenen Haar, ihren großen blauen Augen, ihrem glänzenden Schmuck, ihren ausländischen Diplomen …

Rebeca sah ihn eindringlich an. Sie spürte seine Verwirrung.

Bevor Hugo sich von einem Wirbel aus Händen, Armen, Beinen und Lippen verschlingen ließ, hörte er ihre flüsternde Stimme:

»Je schneller wir diese ganze Sache hinter uns bringen, desto besser ist es für uns alle.«

27

Hugo begann zu lachen.

»Was ist so komisch?«, fragte Rebeca.

Er zuckte mit den Schultern. Dann streckte er einen Arm aus und wies in den Raum, der vor ihm lag. Das Zimmer war hell und geräumig, geschmackvoll in leuchtenden Farben eingerichtet. Riesige Blüten öffneten sich an den Wänden, umhüllt von Blättern in allen Farben des Regenwalds, während in den Ecken Paradiesvögel ihre Flügel ausbreiteten.

Und in der Mitte ebendieses Gartens machte seine Assistentin Gleichgewichtsübungen, um nicht auf die Massen an Papier zu treten, das auf dem Teppichboden verstreut lag.

Sie war lediglich mit einem seiner Hemden bekleidet, das kaum die Hälfte ihrer Oberschenkel bedeckte. Im Gegenlicht war die Spitze ihrer Unterwäsche zu erahnen. Sie hatte ihr Haar mit Hilfe eines Bleistifts hochgesteckt, doch einige blonde Strähnen hatten sich gelöst und fielen ihr über die blauen Augen. Sie versuchte sie sich aus dem Gesicht zu pusten, während sie nach dem Ladegerät ihres Handys suchte.

»Ich finde das alles hier ausgesprochen komisch.«

»Aha, aber ich weiß nicht, ob du auch den Generaldirektor komisch finden wirst, wenn er nach den Ergebnissen unserer kleinen Reise fragt«, schnaubte Rebeca und setzte sich aufs Bett.

»Wenn du dich ärgerst, siehst du aus wie ein trotziges Mädchen«, sagte er und küsste ihre Nasenspitze. »Ich habe mir gerade Carolinas Gesicht vorgestellt, wenn sie in diesem Moment zur Tür hereinkäme. Oder das von Limónez! Eine dienstliche Besprechung … Darüber habe ich gelacht. Mit Pascual und Martínez hatte ich in zehnjähriger Zusammenarbeit nicht so eine gute Besprechung.«

Er ging vor ihr in die Hocke.

Legte seine Hände auf ihre Oberschenkel.

»Aber glaub nicht, dass ich auch nur für eine Sekunde vergessen habe, warum wir hier sind. Die Zeit drängt, ich weiß. Und wir werden dieses Zimmer erst verlassen, wenn wir eine Entscheidung getroffen haben.«

Rebeca lächelte. Sie klopfte neben sich auf die Matratze, womit sie ihn aufforderte, sich neben sie zu setzen.

Er nahm ihre Hand, hob sie an die Lippen und küsste ihre Handfläche.

»Es ist wohl besser, wenn ich mir einen Platz in einiger Entfernung suche …«

Die folgenden Stunden wägten sie die Argumente ab, die für oder gegen die Schließung der Schule sprachen. Sie waren so konzentriert bei der Arbeit, dass Hugo zunächst gar nicht merkte, dass das Handy in seiner Jackentasche ununterbrochen vibrierte.

»Eines darfst du nicht aus dem Blick verlieren: Wenn ich diesen Lehrer in Pension schicke und damit die Schule schließe, ist das das Ende von Artikel 123 des Arbeitsschutzgesetzes. Und das wird nur der Anfang sein«, erklärte Hugo mit Überzeugung. »Hier steht mehr auf dem Spiel, als du glaubst.«

Er ließ Rebeca nicht aus den Augen. Er wollte, dass sie, auch ohne dass er es aussprach, verstand, was hinter dem Ganzen steckte. Allerdings blätterte sie gerade konzentriert durch ein paar Zeitungsausschnitte und schien seinen Anspielungen keine Aufmerksamkeit zu schenken.

Die Arme hat keine Ahnung, dass mein Posten in der Kommission auf dem Spiel steht und dass einige wichtige Parteimitglieder eine Menge Geld verlieren könnten ... Wenn ich ihr das irgendwie zu verstehen geben oder es zumindest andeuten könnte, wäre die Sache wesentlich einfacher, dachte er, ohne den Blick von seiner Kollegin abzuwenden.

»Wenn wir die Malinalli-Tenepatl-Schule schließen, beenden wir ein Bildungsmodell, das ...«

»Veraltet ist!«, beendete sie den Satz und schwenkte ein Dossier.

Für einen Moment hatte Hugo Valenzuela den Eindruck, Limónez und seiner Verteidigungsrede für einen modernen Staat mit einem zukunftsfähigen Bildungssystem zuzuhören.

Kein Wunder. Sie kommen beide aus dem gleichen Umfeld. Nicht vom Land, nicht aus der Fabrik oder aus den ärmlichen Hütten ... Sie kommen von ausländischen Universitäten, Eliteschulen ... Die Macht des Geldes eben, sagte er sich seufzend.

»Hast du nicht mal darüber nachgedacht, dass es hier auch etwas Gutes geben könnte, etwas, was es sich zu bewahren lohnt?«

»Doch, die Kinder«, antwortete sie überzeugt. »Nirgendwo wird erwähnt, dass sie ihre Schule verlieren.«

»Realistischerweise muss man sagen, dass es in zumutbarer Entfernung keine andere Schule gibt.«

»Na ja, dann muss eben eine gebaut werden.«

Hugo lachte erneut. Er stand auf und gab Rebeca einen Kuss. Dann nahm er ihren Kopf zwischen seine Hände und erklärte ihr, dass das eine ganze Weile dauern würde. Was im Grunde kein Problem war, wenn man die alte Schule bis dahin weiterbestehen lassen würde. Was aber nicht geplant war. Wie konnte es sein, dass diese plötzliche Eile sie nicht misstrauisch machte? Sie wollten dieses Grundstück, und zwar jetzt! Später konnte dann gern eine neue Schule gebaut werden, weil das ja auch ein gutes Geschäft war. Bis dahin würden sie den Schülern eine Schule vorschlagen, die in zweistündiger Entfernung lag, oder ihnen empfehlen, auf ein Internat zu gehen. *Wie viele Schüler können überhaupt hier weg? Wie viele von ihnen müssen ihren Eltern bei der Arbeit helfen? Wie viele können das bezahlen?*, fragte er sich.

»Diese Schule hat ihre Berechtigung.«

»Aber eine eher zweifelhafte …«, entgegnete Rebeca seufzend.

»Ich spreche nicht nur von Bildung. Sondern von ihrem gesellschaftlichen Beitrag. Sie bietet Möglichkeiten und hilft, Schlimmes zu verhindern. Die Situation hier wäre viel schlechter, wenn …«

»Woher willst du das wissen? Du hast mich doch um Statistiken zu den Abschlüssen der Schüler gebeten, und das Ergebnis ist nicht gerade ermutigend …«

Hugo schwieg.

Was würde sie wohl denken, wenn sie wüsste, dass eines der Kinder, die in diesem Waggon lesen und schreiben gelernt hatten, bald in der Nationalen Bildungskommission sitzen würde?

Plötzlich fiel ihm Carolina ein. *Was würde sie von ihm denken, wenn er die Schule schließen ließ?*, fragte er sich beschämt. Seine Sekretärin machte seit Wochen Überstunden, um die Schule zu retten. Er rief sich ins Gedächtnis, wie sie ihm gesagt hatte, dass sie davon überzeugt sei, dass dieses Projekt eine Chance verdiene. »Carolina, Carolina …«, murmelte er, ohne zu wissen, dass in diesem Moment, Tausende Kilometer entfernt, seine Sekretärin auch gerade an ihn dachte.

Sie hatte den ganzen Morgen versucht, ihn zu erreichen. Hatte ihn auf dem Handy angerufen, hatte ihm mehrere Nachrichten geschickt und es auch immer wieder auf dem Hoteltelefon probiert.

Doch Hugo war gerade anderweitig beschäftigt.

Vielleicht … Wenn ich ihr meine Geschichte erzähle … Könnte sie mit Don Ernesto sprechen und ihn fragen, was aus dem Rest geworden ist … Sicher sind nicht alle so wie Chico geendet, sagte er sich nicht wirklich überzeugt.

Vielleicht würde Rebeca nie von seiner Vergangenheit erfahren, aber er wusste nur zu gut, dass die Schule und die Kinder in dieser Sache die geringste Rolle spielten.

Und meine Unterschrift … Liegt es wirklich allein in meiner Hand? Wie konnte er nur so eingebildet sein! *Mein Bericht spielt überhaupt keine Rolle. Hier steht viel zu viel auf dem*

Spiel. Seine Vorgesetzten hatten gedacht, dass er, ohne großartig zu überlegen, unterschreiben würde. *Wahrscheinlich bereiten sie sich bereits darauf vor, dass …*

Die Last dieser traurigen Gewissheit ließ ihn voller Wut auf die Massen an Papier schauen, die Rebeca zusammengetragen hatte. Er hatte das Ganze vom falschen Standpunkt aus betrachtet.

Dies war keine Sache zwischen der Generaldirektion und der Schule, zwischen einem Generaldirektor und einem Lehrer, zwischen einem Bildungsmodell und einem anderen. Das Ganze hatte sich auf den Kampf zwischen Ikal und Hugo reduziert, zwischen dem Kind eines Eisenbahnarbeiters, das davon träumte, Lehrer zu werden, und dem Chefinspektor, der davon träumte, Mitglied einer nationalen Kommission zu sein.

»Ich finde diesen alten Mann einfach wunderbar«, meinte Rebeca. »Er ist so herzlich! Sein Bemühen verdient es, anerkannt zu werden! Und ich bin durchaus damit einverstanden, dass die Eisenbahnschulen in früheren Zeiten eine wichtige Rolle gespielt haben. Wie fändest du es, wenn wir eine Ehrung vorschlagen? Einen feierlichen Akt in Anwesenheit des Ministers, irgendeine Auszeichnung? Ich würde mich sogar dafür einsetzen, ein Museum zu finden, das den Waggon ausstellen möchte. Wir lassen ihn restaurieren und zeigen ihn …«

Hugo Valenzuela hörte zu, war mit seinen Gedanken jedoch woanders. Auszeichnung? Minister? Museum?

»Ich habe mir erlaubt, einen Bericht zu verfassen, in den ich diese Vorschläge mit aufgenommen habe.«

Rebeca stand auf und entnahm einem im Schrank verborgenen Koffer eine Mappe, in der sich ein Dokument befand.

»Einen Bericht? Und du bist sicher, dass du den hier geschrieben hast?«

»Ich hatte viel Zeit in dieser Woche, bevor du gekommen bist. Hier gibt es nicht gerade viel zu tun. Natürlich kann das alles noch geändert werden. Es sind nur ein paar Vorschläge in der Absicht, dir die Arbeit zu erleichtern.« Vorsichtig lächelte sie ihm zu.

Hugo nahm das Dokument entgegen und begann zu lesen.

»Ich brauche eine Zigarette!«, sagte er kurz darauf gereizt und ließ das Blatt zu Boden segeln.

»Du rauchst?«, fragte Rebeca erstaunt.

»Ich habe geraucht …« Er seufzte. »Aber an einem Tag wie heute kann man schon mal zu alten Gewohnheiten zurückkehren.«

»Es macht allmählich den Eindruck, dass du diesen Fall persönlich nimmst«, sagte Rebeca schüchtern. »Es geht dir nahe, und wir fangen an …«

»Was fangen wir an?«, fragte er herausfordernd, während er aufstand und nach seiner Jacke griff.

»Carolina und ich fangen an, uns Sorgen um dich zu machen«, beendete seine Assistentin den Satz leise.

Rebeca trat zu ihm und nahm seine Hände.

»Du stehst so sehr unter Druck, all die Arbeit … Du bist der Beste, und das hat seinen Preis«, sagte sie vorsichtig und küsste ihn.

Hugo ließ sie gewähren.

Er war erschöpft. Sie hatte recht: Dies war eine persönliche Sache, und seit Tagen suchte er nach einer Lösung für sein Dilemma. Eine, die es ihm erlaubte, der Kommission beizutreten und die Parteimitglieder zufriedenzustellen, um für die Schule und Don Ernesto Zeit zu gewinnen … Doch er fand sie nicht.

Rebeca streichelte seinen Rücken.

»Ich hole die Zigaretten für dich. So vertrete ich mir etwas die Beine, und du kannst in Ruhe meinen Bericht lesen … Umso schneller können wir uns wieder der Entscheidungsfrage widmen. Inspektor Hugo Valenzuela, erlauben Sie, dass jemand Ihnen etwas abnimmt.«

Er trat einen Schritt zurück.

Sah ihr in die Augen und meinte, echte Besorgnis darin zu erkennen.

Er küsste sie auf die Stirn und willigte ein.

Doch er erkannte sich selbst nicht wieder. Wo war seine gewohnte Energie geblieben?

Während sich die Zimmertür hinter Rebeca schloss, merkte er, dass sein Handy vibrierte. Er sah nach und stellte fest, dass Dutzende verpasste Anrufe von Carolina eingegangen waren. Und eine WhatsApp-Nachricht: *Sie ist nicht auf unserer Seite*.

Die Sonne schien und verbreitete eine drückende Hitze. Von der Motorhaube des Mietwagens stieg Dampf auf, der die mittägliche Landschaft vor seinen Augen verschwimmen ließ.

Mit heruntergelassenen Fensterscheiben saß Hugo Valenzuela rauchend im stehenden Auto und fühlte sich für einen Moment jenseits dieser Welt. »Eine kleine Pause«, sagte er seufzend, und seine Worte verloren sich zwischen den Rauchschwaden, ohne dass jemand außer ihm sie hörte. Am Ende dieses Feldwegs gab es nur die Toten, die ihn schweigsam ruhend ignorierten.

Bevor er mit hundertzwanzig Stundenkilometern davongefahren war, hatte er Rebeca eine Nachricht hinterlassen: *Bin gleich wieder da.* Eine Drohung? Ein Wunsch? Ein wütender Aufschrei? Er wusste es selbst nicht. Das kurze Gespräch mit der verzweifelten Carolina war ein Lichtblick gewesen: »Es war wie im Kino, Chef! Kaum zu glauben, aber wahr! Ich habe in dem kleinen Raum neben dem Kaffeeautomaten ein paar Kopien gemacht. Gerade zu dieser dämlichen Zeit, wenn alle in die Frühstückspause gehen. Das hat zumindest Limónez gedacht, der ja nicht weiß, dass ich auf Diät bin. Zunächst habe ich gar nicht zugehört. Schließlich habe ich genug zu tun. Bis ich plötzlich die Worte ›Waggon‹, ›Süden‹ und ›Lehrer‹ verstanden habe … Limónez hat davon gesprochen, dass diese Schule dringend geschlossen werden muss, dass die Zeit abläuft, dass die Sache eh schon entschieden ist, dass das Ganze nur noch Formsache ist, dass es besser sei, gute Miene zum bösen Spiel zu machen, dass man diesen Valenzuela nicht aus den Augen lassen dürfe, der nicht wiederzuerkennen sei … Ich habe meinen Ohren nicht getraut, als ich das gehört habe. Aber das Beste kommt erst noch. Er hat gesagt: ›Rebeca, deine Ernennung zur

Chefinspektorin ist so gut wie sicher und wartet hier auf dich …‹ Und da ist mir fast das Herz stehen geblieben.«

Während das seine zu rasen begonnen hatte.

Je schneller wir diese ganze Sache hinter uns bringen, desto besser ist es für uns alle. Das war es also: Sie würde seinen Posten übernehmen. Und er? Mitglied der Kommission werden? Oder würde er auf der Straße landen? Oder in einem kleinen Büro im Souterrain irgendeiner Provinzhauptstadt? Wahrscheinlich hing alles davon ab, wie er entscheiden würde.

Er öffnete die Autotür, stieg aus und ging ein paar Schritte. Der Friedhof wirkte verlassen.

Er wusste nicht, ob das schief in den Angeln hängende Tor eine Aufforderung war, einzutreten oder lieber draußen zu bleiben. Von seinen kindlichen Erinnerungen geleitet, ging er die Wege zwischen den Kreuzen und Grabsteinen entlang, bis er vor einem der einfachsten Grabsteine stehen blieb. Überrascht stellte er fest, dass das Grab mit wilden Blumen bewachsen war.

Tomás Machuca
1905–1940
Er reist mit leichtem Gepäck und lässt Hunger, Leid und Ängste hinter sich, aber er reist nicht allein, sondern mit unseren Herzen. Am nächsten Bahnhof werden wir uns wiedersehen.

In diesem Moment erschütterte ein Gedanke sein Innerstes: Sein Vater war, als er starb, jünger als er. Er war bereits fünf Jahre älter als sein Vater an seinem Todestag.

28

Hugo Valenzuela ging Rebeca seit vierundzwanzig Stunden aus dem Weg.

Am Vortag, als er ins Hotel zurückgekehrt war, hatte er ihr erklärt, dass es ihm nicht gut ginge und er beim Arzt gewesen wäre: »Etwas mit dem Magen. Der Doktor hat mir Ruhe verordnet«, hatte er sich entschuldigt und sich in sein Zimmer zurückgezogen. Dort hatte er die Zeit damit verbracht, den Bericht seiner Assistentin zu lesen und zu prüfen. Wie er zugeben musste, war er sorgfältig und solide ausgearbeitet – sofern man von den versteckten Motiven absah.

An diesem Morgen hatte er sie schon früh angerufen und ihr gesagt, dass es ihm noch immer schlecht ginge: »Warum nutzt du den Samstag nicht für eine Fahrt in die Umgebung? Da gibt es einiges, was es sich anzusehen lohnt«, hatte er ihr vorgeschlagen. Er war ausgesprochen freundlich gewesen, und sie hatte keinen Verdacht geschöpft.

Sie hatte zwar widersprochen und angeboten, den Morgen gemeinsam im Hotel zu verbringen und sich einen Film anzusehen, aber er hatte darauf bestanden, dass sie fuhr.

»Am Nachmittag bin ich wieder da«, hatte sie sich verabschiedet und ihm einen Kuss auf den Mund gegeben. Er hatte bitter geschmeckt.

Als Hugo sicher war, dass sie das Hotel verlassen hatte, zog er sich an und ging ebenfalls. Am Vortag hatte er einen Plan gefasst. Und nun war der perfekte Zeitpunkt, ihn in die Tat umzusetzen. Denn er wollte keine Zeugen.

»Einen Moment, ich komme gleich!«, rief eine fröhliche Stimme auf Hugos Klingeln hin.

Er bereute schon jetzt, dieses Risiko eingegangen zu sein. Was hatte er sich nur dabei gedacht? Was tat er denn hier?

Die Haustür öffnete sich.

»Mit wem habe ich das Vergnügen?«

Hugo schaute den alten Mann an, und wie immer, wenn er ihn sah, hatte er auf einmal das Gefühl, dass das Universum doch irgendeine Ordnung hatte.

»Ich bin Hugo Valenzuela … Vor ein paar Tagen war ich bei Ihnen in der Schule.« Er schwieg für einen Moment. Da der Lehrer sich nicht regte, sprach er weiter. »Ich bin der Chefinspektor, der …«

Ein Lächeln erhellte Don Ernestos Gesicht.

»Ich weiß sehr gut, wer Sie sind. Was für eine Überraschung, Sie hier vor meiner Haustür zu sehen!« Der alte Lehrer lachte. »Nun ja, sehen … Ich meinte, dass ich nicht erwartet habe, dass Sie mich an einem Samstagmorgen besuchen kommen.« Er trat zur Seite. »Bitte treten Sie doch ein. Und entschuldigen Sie die Unordnung. Ich habe nicht mit Besuch gerechnet, und meine Haushaltshilfe ist derzeit krank.«

»Ich möchte Ihnen keine Umstände machen. Wenn es gerade nicht passt …«, setzte Hugo zu einer Entschuldigung an.

»Kommt drauf an«, entgegnete Don Ernesto, während er seinen schmalen Flur betrat.

»Kommt drauf an?«, fragte Hugo und wagte nicht, ihm zu folgen.

»Kommt drauf an, warum Sie hier sind. Wenn Sie einen Kaffee trinken und mit einem alten Lehrer ein wenig plaudern wollen, ist das prima. Ich höre gern Neuigkeiten aus der Hauptstadt.«

Das Wohnzimmer war einfach, aber gemütlich eingerichtet.

»Ich habe nicht viele Möbel … Lange Zeit über habe ich in einem Eisenbahnwaggon gelebt. Deswegen habe ich mir im Laufe meines Lebens nicht viel angeschafft. Als wir dann vor zehn Jahren das Reisen aufgegeben haben …«

»Vor zehn Jahren schon?«

»Schon oder erst … es kommt auf die Perspektive an«, meinte Don Ernesto seufzend. »In manchen Nächten wache ich auf, weil ich das Ruckeln meines Bettes zu spüren meine …«

Hugo Valenzuela lächelte: Er kannte dieses Gefühl nur zu gut.

»Jedenfalls hat die Regierung mir damals, als wir aufhörten zu reisen, diese kleine Mietwohnung zur Verfügung gestellt. Wenig später haben dann die Probleme mit den Augen begonnen. Und je weniger man im Haus hat, desto weniger kann man kaputtmachen.«

Dem Chefinspektor wurde bewusst, dass er so viele Fragen hatte, dass er nicht wusste, womit er anfangen sollte. Alles, was Don Ernesto erzählte, interessierte ihn. Jedes Detail, so unbedeutend es jedem anderen erschienen wäre, war für ihn eine wichtige Information.

»Irgendwann kam der Moment, an dem es keinen Sinn mehr machte, immer unterwegs zu sein. Die Eisenbahn wurde nicht mehr weiter ausgebaut, da die Regierung lieber in Autobahnen oder Flughäfen investierte. Bahnhöfe wurden geschlossen, alte Gleise stillgelegt … Es war eine traurige Zeit. Wir waren gezwungen umzustrukturieren. Anstatt weiter Gleise zu verlegen, wurden sie herausgerissen. Können Sie sich vorstellen, wie die Arbeiter sich gefühlt haben? Jeden Tag kamen weniger zur Arbeit. Weil die Eisenbahngesellschaft sie nicht mehr bezahlen konnte, oder weil sie in dem, was sie taten, keinen Sinn mehr sahen … Am Ende hatte ich noch zehn oder zwölf Schüler im Schulwaggon. Die Generaldirektion für Bildungswesen kam zu dem Schluss, dass es keinen Sinn mehr mache, die Schule fahren zu lassen.«

Hugo Valenzuela betrachtete das Spiel aus Licht und Schatten auf dem Sofa, auf dem sie saßen. Er konnte kaum glauben, dass dieser Mann mit den karierten Pantoffeln und den faltigen Händen auf den Knien derselbe war, der ihm die Namen der fünfundachtzig wichtigsten Flüsse des Landes beigebracht hatte, der Quetzal davor bewahrt hatte, auf der Straße zu leben, und Chico in einer kalten Winternacht aus dem Gefängnis geholt hatte. Derselbe, an den sich die Eisenbahnarbeiter wandten, wenn sie Probleme hatten, zu dem die Mütter gingen, wenn sie besorgt feststellten, dass ihre Kinder älter wurden und sie sie nicht mehr verstanden.

»Und warum haben Sie sich ausgerechnet hier niedergelassen?«

»In all den Jahren bin ich an vielen Orten gewesen, aber als die Regierung mir vorschlug, die Eisenbahnschule in eine Schule auf dem Land umzuwandeln, musste ich nicht lange überlegen.« Er schwieg und verlor sich in seinen Erinnerungen.

Die heimelige Stille umfing und beschützte sie. Hier waren sie nicht mehr Don Ernesto und Hugo Valenzuela, ein Lehrer, der kurz vor der Pensionierung stand, und ein Chefinspektor, der vor einer schwierigen Entscheidung stand. Hier waren sie nur zwei verwirrte Seelen, die sich einer unsicheren Zukunft stellen mussten.

»An diesem Ort habe ich ein ganz besonderes Schuljahr erlebt«, sagte der Lehrer langsam. »Damals gab es hier riesige Plantagen, auf denen Dutzende Saisonarbeiter arbeiteten, aber es gab auch kleine Farmen, die ums Überleben kämpften. Es war schön, auf dieser fruchtbaren Erde zu unterrichten.

Aber der Fortschritt ließ auch hier nicht lange auf sich warten. Viele der landwirtschaftlichen Betriebe wurden verkauft. Stattdessen wurden Fabriken oder Siedlungen mit billigen Wohnungen gebaut. Die Felder wurden weniger und weniger. Ein paar gibt es noch, aber mit der Ernte lässt sich nicht viel verdienen. Die meisten jungen Leute ziehen weg.«

»Sicher haben Sie mitbekommen, dass viele Ihrer Schüler in die Stadt gezogen sind.«

Don Ernesto nickte.

»Ja, in die Stadt, ins Ausland oder … sehr weit weg.«

Hugo spürte den Kummer des Lehrers. Einen Kummer, der auch ihn erfasste. Vorsichtig streckte er eine Hand aus und drückte den Arm des alten Mannes. Don Ernesto schenkte ihm ein Lächeln, das deutlich machte, dass er die Niederlage hingenommen hatte.

»Aber dafür sind andere hergekommen. Selbst wenn Sie es nicht glauben, aber auch jenseits der Welt der Reichen leben Kinder, die etwas lernen wollen. Anstatt der Kinder der Bauern und Saisonarbeiter besuchen jetzt die Kinder der Fabrikarbeiter die Schule, die Kinder derer, die davon träumen, in die USA auszuwandern. Und nun wollen Sie diese Schule schließen und diese Kinder im Stich lassen.«

Hugo Valenzuela fühlte sich schuldig.

»Inspektor, bitte sehen Sie in dieser Schule nicht nur einen alten Eisenbahnwaggon. Sehen Sie in diesen Kindern nicht nur zukünftige Verbrecher oder Arbeitslose. Betrachten Sie sie mit den richtigen Augen. Sehen Sie sie als das, was sie sind: ein Versprechen.«

Später, als Hugo im Bett lag, ging ihm die Begegnung mit seinem ehemaligen Lehrer nicht aus dem Kopf. Hatte er einen Fehler gemacht? Was hatte ihm das Treffem gebracht? Was hatte er gewonnen?

Aber die Frage, die ihn vor allen anderen am meisten beschäftigte, war: »Hat er mich erkannt?«

Und plötzlich war das dunkle Hotelzimmer von einem sonnigen Morgen erfüllt. Von dem Morgen, an dem ein Schulkind verschämt ein Glas mit einer Kaulquappe in den Händen gehalten hatte. Und ein Lehrer ihm erklärt hatte, dass diese ein Versprechen sei, das Versprechen, ein Molch zu werden.

29

»Wir gehen heute noch mal in die Schule«, erklärte Hugo Valenzuela entschieden.

»Noch mal?« Rebeca hob den Kopf. »Warum? Ich halte das nicht für nötig.«

Sie saßen sich im Frühstücksraum des Hotels gegenüber, jeder mit seinem Smartphone in der Hand, und gingen ihre Mails durch.

Die Nachrichten, die Carolina Hugo dankenswerterweise täglich zukommen ließ, wurden immer beunruhigender. Limónez kam jeden Tag vorbei, um zu fragen, ob sie inzwischen zurückgekehrt seien; Dokumente zu anderen Fällen stapelten sich auf Hugos Schreibtisch und warteten auf seine Unterschrift, und nun hatte auch noch die Sekretärin des Generaldirektors zweimal angerufen, um ihn wissen zu lassen, dass dieser zu einer Unterredung unter vier Augen bat.

»Ich weiß nicht, ob es nötig ist oder nicht, aber ich möchte noch einmal dort hingehen. Ich verspreche dir, dass wir danach sofort aufbrechen. Mit welcher Entscheidung auch immer im Gepäck. Heute fahren wir.«

Seine Assistentin sah ihn über ihre Kaffeetasse hinweg an. Hugo registrierte, dass es ein heimlich prüfender Blick war, wusste jedoch nicht, was er davon halten sollte. Er merkte, dass sein Verhalten unter die Lupe genommen wurde, was ungewohnte Gefühle in ihm auslöste. Er spürte den Drang, seine Entscheidung vor seiner Assistentin zu rechtfertigen, und ärgerte sich deswegen über sich selbst.

»Bei unserem letzten Besuch sind wir gegangen, ohne uns zu verabschieden. Erinnerst du dich?« Er zwinkerte ihr zu. »Das war ziemlich unhöflich …«

Rebeca schien diese Erklärung einzuleuchten.

»Du hast recht. Der arme Lehrer … Wenn er wüsste, warum wir so schnell weg waren …«

Sie schwieg und lächelte.

Hugo wollte sich nicht verraten.

Wie viel sie wohl von dem weiß, was hinter den Kulissen gespielt wird?, fragte er sich, während er zusah, wie sie mit einer vielversprechenden Geste ihr Haar zurückstrich und dabei ihren schönen Hals zur Schau stellte.

Diese Frau gefiel ihm wirklich. Aber wollte er tatsächlich mit dem Feind ins Bett gehen? Obwohl er inzwischen wusste, dass dies der Preis war, den Rebeca zahlte, um seinen Posten zu bekommen, war er sich sicher, dass sie sich wirklich von ihm angezogen fühlte.

Warum sollte er nicht noch eine Weile mitspielen? Warum nicht aus der Jägerin die Gejagte machen?

Die Situation ausnutzen, um aus erster Hand zu erfahren, welche Pläne der stellvertretende Direktor und Limónez wirklich hatten. *Bei anderen Gelegenheiten hast du nicht so lange überlegt. Was hält dich diesmal davon ab?*, fragte er sich, während er seiner Assistentin die Tür nach draußen aufhielt.

»Ich weigere mich, noch einmal zu Fuß dorthin zu gehen. Wir kennen die malerische Gegend um die Schule ja bereits«, sagte Rebeca und lief zum Auto.

»Eine Viertelstunde Fußweg ist dir zu weit?«

»Nein«, entgegnete sie, »es ist wegen des Mülls, des Drecks und des Gestanks. Und wegen der bedrohlichen Blicke der Männer …«

Hugo willigte ein.

Der Schulwaggon war leer.

Die Tür stand weit offen.

Sie blickten hinein und auf ein Chaos aus Schulranzen, Bällen, Heften und Stiften.

»Es wird nicht schwer sein, der Spur dieser Gauner zu folgen«, sagte er lachend zu Rebeca, die ihm mit genervtem Gesichtsausdruck folgte.

Hugo entdeckte ein paar leere Saftpackungen.

»Sie sind diesem stillgelegten Gleis gefolgt … Komm!«

»Aber was macht denn dieser Lehrer? An einem Montagmorgen …«

»Die Kinder sollen die Gegend kennenlernen«, entgegnete Hugo. »Oder sie machen Sport.«

Er hob den Blick: Ein paar Wolken zogen über den strahlend blauen Himmel. Eine leichte Brise strich durch die Blätter der Bäume, die vereinzelt zwischen den Gleisen standen, welche schon nach wenigen Metern hinter einer Biegung verschwanden.

»Was machst du denn da?«, fragte Rebeca eher müde als verärgert.

Hugo hatte die Arme ausgestreckt und balancierte über das Gleis.

Erst langsam und vorsichtig, damit er das Gleichgewicht nicht verlor, dann schneller, setzte er einen Fuß vor den anderen.

Er lächelte.

»Du solltest es auch mal versuchen. Macht Spaß!«

Er spürte, dass Rebeca ihm verständnislos hinterhersah, doch das störte ihn nicht.

In diesem Moment war er zu weit entfernt, als dass ihr Blick ihn erreichen konnte.

Sie ließen sich von den Rufen und dem fröhlichen Lachen leiten.

Hinter einer Kurve stießen sie auf eine Gruppe Kinder, die in einer Art kleinem Gemüsegarten arbeitete. Während die Älteren Unkraut jäteten, gossen die Kleinen völlig planlos mal hier, mal dort das Beet, was Hugo laut auflachen ließ.

Einige der Kinderköpfe wandten sich um.

»Frau Lehrerin!«, rief ein Mädchen. »Da kommen eine Dame und ein Herr!«

Hugo und Rebeca traten an den Garten heran. In der ersten Reihe erkannte er eine Kartoffelpflanze, die Blätter einer Karotte und ein paar Salatköpfe. Weiter hinten verdeckten einige Tomatensträucher den Rest der Kinder, die, auf dem Saatfeld kniend, etwas am Boden begutachteten.

»Ich komme!«, war die Stimme einer erwachsenen Frau zu hören, die sich gleich darauf erhob.

Hugo Valenzuela traute seinen Augen nicht. Er brauchte ein paar Sekunden, um zu realisieren, was er sah, obwohl er es sich an vielen Regentagen in seiner Kindheit genau so vorgestellt hatte.

Die Lehrerin war klein und von zierlicher Statur.

Ihrer Haut war anzusehen, dass sie viel Zeit an der frischen Luft verbrachte. Sie kam auf sie zu, und es schien, als ob sich die ganze Erde bewegte, um sie zu begleiten. Hinter ihr folgte ein Tross Kinder jeden Alters, denen die Neugierde ins Gesicht geschrieben stand.

Die Frau blieb vor Rebeca stehen, richtete ihre dunklen Augen jedoch auf Hugo, und ihr Blick traf ihn wie ein Blitz.

Sie wischte sich diskret die erdigen Hände an ihrer verwaschenen Jeans ab. Hugo konnte nicht anders, als auf die Risse auf ihnen zu starren. Einige davon meinte er wiederzuerkennen, doch viele neue waren hinzugekommen. Das gab ihm einen Stich. *Wie waren diese neuen Risse entstanden? Wann? Und wer war bei ihr gewesen?*, fragte er sich in einem Anflug von Eifersucht.

»Sind wir uns schon einmal begegnet?«, fragte sie überrascht.

Der Anblick ihres langen lockigen Haars ließ den Morgen, den Gemüsegarten, die Gleise, die ärmlichen Hütten, den Zug, die Akte zur Schließung der Öffentlichen Schule Artikel 123, das Büro in der Generaldirektion für Bildungswesen, seine Wohnung voller CDs und Bücher verschwinden. Es erfüllte Hugo Valenzuela ganz und gar. Es gab seinem Leben endlich einen Sinn.

30

»Guten Tag, Ernesto.«

»Guten Tag, Hugo.« Der alte Lehrer hustete. »Ich fange an, mich an Ihre Besuche zu gewöhnen. Was mache ich denn, wenn Sie wieder in die Hauptstadt zurückkehren? Dann müssen Sie mich anrufen.«

Sie gaben sich die Hand, bevor sie sich in dem gemütlichen Wohnzimmer aufs Sofa setzten. Eine Frau hatte Hugo die Tür geöffnet und ihn ins Zimmer geführt, sie hatte ihm einen Kaffee angeboten und den Hausherrn geholt.

»Bleiben Sie nicht zu lange, ja? Er muss sich ausruhen«, sagte sie zum Abschied.

Es war erst vier Uhr nachmittags, aber Don Ernesto machte den Eindruck, als wäre es bereits später Abend. Er sah müde aus.

»Wir waren heute noch mal in der Schule. Und da Sie nicht da waren …«

Hugo dachte an die Auseinandersetzung mit Rebeca, die sich mit der Begründung, sie sei keine Stalkerin, die kranke alte Lehrer zu Hause aufsuchte, strikt geweigert hatte, ihn zu Don Ernesto zu begleiten. Hugo war trotzdem gefahren. *Dass er krank ist, ist genau der Grund, warum ich ihn besuchen will … Was ihm wohl fehlt?*, hatte Hugo zu sich selbst gesagt.

»Ich habe mich am Sonntag erkältet. Nichts Dramatisches also, aber meine Lungen sind nicht mehr so widerstandsfähig wie früher … Ich fürchte, dass ich für ein paar Tage außer Gefecht gesetzt bin«, meinte Don Ernesto seufzend.

»Na, immerhin haben Sie eine Vertreterin«, sagte Hugo gespielt gleichgültig.

»Valeria? Sie macht das nur, um mir einen Gefallen zu tun! Es ist wirklich ein großes Glück, dass ich sie habe!«

Das war überraschend einfach gewesen.

Als Hugo seiner Kindheitsfreundin gegenübergestanden hatte, hatte er sich nicht anmerken lassen, dass sie sich kannten.

Zum Glück hatte Rebeca den größten Teil des etwa zehnminütigen Gesprächs bestritten. Dann hatten die Kinder wieder die Aufmerksamkeit ihrer Lehrerin beansprucht, und seine Assistentin hatte die Gelegenheit genutzt, um sich zu verabschieden.

»Ist sie keine Lehrerin?«

»Nein, nein. Es gibt nur einen Lehrer an der Schule, und das bin ich.« Don Ernesto schwieg einen Moment. »Ich weiß gar nicht, ob ich Ihnen das verraten sollte, schließlich sind Sie der Chefinspektor.«

»Keine Sorge. Ich bin außer Dienst hier«, sagte Hugo.

»Valeria ist Landwirtin. So wie ihre Eltern und ihre Großeltern es waren …«

Behutsam öffnete Don Ernesto das Fenster zur Vergangenheit. Er erklärte ihm, dass das Mädchen, in das der kleine Ikal sich damals verliebt hatte, dank ihres Fleißes, eines Stipendiums und ihrer hart arbeitenden Familie nicht nur die Schule beendet hatte, sondern sogar zur Universität gegangen war.

»Sie ahnen nicht, was das für jemanden wie Valeria und für ihre Familie bedeutet … Sie war die Erste, die das geschafft hat! Sie war meine Schülerin. Sie war klug, wenn auch nicht überragend, aber da war etwas in ihren Augen … Hoffnung! Willen! Selbstbewusstsein! Ehrlich gesagt, Hugo, ist es das, worauf es ankommt.«

»Auch wenn Sie es mir nicht glauben, bin ich vollkommen Ihrer Meinung. Das Leben hat mir gezeigt, dass ein fester Wille Berge versetzen kann«, entgegnete Hugo.

Der alte Lehrer nickte.

»Also hat unsere kleine Valeria ihren Rucksack gepackt und ist in die Stadt gezogen. Sie hat Agrarwissenschaften studiert und nebenbei ein bisschen Betriebswirtschaft. Ich oder, besser gesagt, wir alle waren der Meinung, dass sie nicht mehr zurückkehren würde.«

»Aber sie ist wiedergekommen.«

»Sie ist ein gutes Mädchen. Schon als Kind hat sie gern auf dem Feld gearbeitet. Sie glaubt an das Land ihrer Familie. Ihre ehemaligen Schulkameraden sind alle fortgegangen, träumten davon, in der Stadt Karriere zu machen … Aber sie ist mit den Füßen auf dem Boden geblieben«, erzählte Don Ernesto lachend. »Die Stadt mit all ihren Möglichkeiten hat sie nicht geblendet. Sie hat studiert, ist gereist, hat woanders gelebt, aber ihr Herz hat sie hiergelassen, und das wusste sie«, fuhr der Lehrer fort. »Valeria wusste immer, wer sie ist. Sie hat sich nie verrannt wie so viele andere«, murmelte er. »In Wahrheit hat sie Campos Verdes nie verlassen.«

Erneut hatte Hugo für einen Moment den Eindruck, dass sein Lehrer ihn erkannt hatte.

»Wie es aussieht, haben Sie sich auch nicht verrannt … Sie scheinen Ihren Beruf aus tiefstem Herzen zu lieben.«

»Und Sie? Wollten Sie schon immer Chefinspektor werden? Ehrlich gesagt, kann ich mir nicht vorstellen, dass ein Kind von so etwas träumen kann.« Don Ernesto lachte. »Ich möchte Sie nicht beleidigen, aber es kann doch keine angenehme Arbeit sein, Schulen zu schließen, Budgets zu kürzen …«

»Irgendjemand muss es ja tun«, versuchte Hugo sich zu verteidigen. »Ich bemühe mich, meine Arbeit so gut wie möglich zu machen. Ich schließe eine Schule nicht einfach so, sondern weil ich den Wunsch habe, das Bildungssystem in unserem Land zu verbessern.«

»Bitte nehmen Sie es mir nicht übel«, entgegnete Don Ernesto. »Aber so wie Sie reden … Träumen Sie davon, in die Politik zu gehen?«

Hugo Valenzuela lachte.

»Sie werden es mir nicht glauben, wenn ich es sage … Ich habe davon geträumt, wie Sie zu sein.« Er sah das Vorbild aus seinen Kindertagen gerührt an. »Ich habe davon geträumt, Lehrer zu werden.«

»Ich bin mir sicher, dass Sie ein guter Lehrer sein werden.«

»Sie meinen, gewesen wären«, sagte Hugo überrascht, doch Don Ernesto stand auf, als hätte er ihn nicht gehört.

Tastend ging er zu einer Kommode hinüber, aus deren oberster Schublade er etwas herausnahm, das aussah wie ein altes Fotoalbum. Dann kehrte er zum Sofa zurück und setzte sich wieder neben Hugo.

»Valeria ist zurückgekommen, hat den kleinen Landbesitz ihrer Eltern übernommen und noch ein paar Hektar von Familien, die in die Stadt gezogen sind, hinzugekauft …« Er lächelte. »Vor etwa fünf Jahren hat sie zusammen mit ein paar anderen, die geblieben sind, eine Kooperative gegründet. Ökologische und nachhaltige Produkte. Damit befassen sie sich. Sie versuchen die Verbraucher direkt zu erreichen, ohne Zwischenhändler. Außerdem organisieren sie Veranstaltungen in Schulen, Vereinen oder Unternehmen, damit ihre Arbeit bekannt wird. Sie selbst könnte Ihnen das besser erklären. Das meiste, was sie sagt, verstehe ich sowieso nicht … Nachhaltige Anbausysteme, Mischkultur, gerechter Handel … Und dann schimpft sie mit mir, weil ich mir das alles nicht merken kann, sooft sie es auch für mich wiederholt.«

Er seufzte, während er das Album aufschlug und darin blätterte.

Er musste die Seiten mit den Fotos in- und auswendig kennen.

»Valeria ist eine der Schülerinnen aus jenem besonderen Schuljahr, das ich Ihnen gegenüber erwähnt habe«, erklärte er und wies auf ein Foto, das Hugo in- und auswendig kannte.

Seit ein paar Monaten lag genau dieses Foto auf seinem Schreibtisch. Derselbe Waggon, dieselben Kinder, derselbe Hund – das, was ihm all die Zeit über den Schlaf geraubt hatte, überfiel ihn erneut.

»Hier ist es«, sagte Don Ernesto, während er Hugos Hand nahm und sie auf das Foto legte, damit er es berühren konnte.

»Ist noch jemand von diesen Kindern hiergeblieben?«, fragte Hugo mit einem Kloß im Hals. »Haben Sie noch Kontakt zu irgendjemandem?«

Don Ernesto zögerte einen Moment.

»Fragen Sie nach jemand Bestimmtem?«

Hugo schloss die Augen, um eine Träne zurückzudrängen, die sich aus seinem Auge zu stehlen drohte.

»Ich weiß nicht … Valeria kann ich erkennen. Sie sieht noch genauso aus wie früher«, versicherte er voller Überzeugung. »Neben ihr steht ein ziemlich großer Junge mit einem herausfordernden Blick.«

Don Ernesto blätterte weiter, bis er einen Zeitungsausschnitt gefunden hatte, den Hugo nicht erst zu lesen brauchte. Ohne das Gesicht seines ehemaligen Lehrers aus den Augen zu lassen, fragte er:

»War es sehr hart, Ernesto?«

»Ja, das war es«, murmelte sein Lehrer und faltete die Hände. »An manchen Tagen frage ich mich heute noch, ob wir nicht etwas hätten tun können … Der Gutsbesitzer, die Saisonarbeiter, die Knochenarbeit von früh bis spät … Dieser Junge war zu seinem Schicksal verurteilt, als er auf die Welt kam. Er hat sich nicht einschüchtern lassen, hatte seinen Stolz … Wenn er zu einer anderen Zeit an einem anderen Ort geboren worden wäre …«

Hugo tat es leid, dass er diese schmerzhaften Erinnerungen geweckt hatte.

»Waren alle Ihre Schüler Kinder von Eltern, die auf dem Land arbeiteten? Ich dachte, dass auch die Kinder der Bahnarbeiter bei Ihnen zur Schule gegangen sind.«

»Natürlich. Schauen Sie sich noch mal das Foto an. Einer der Kleineren ist Tomás. Er ist in die Fußstapfen seines Vaters getreten und arbeitet bei der Eisenbahn.« Der alte Mann lächelte. »Er ist Schaffner geworden. Manchmal, wenn er aus dienstlichen Gründen in der Nähe ist, kommt er vorbei, um mich zu besuchen. José und María haben geheiratet. Sie sind auch auf dem Foto. Sie leben jetzt in Mexiko-Stadt und arbeiten in einem Kaufhaus. Vor ein paar Jahren haben sie mich zur Taufe ihres ältesten Kindes eingeladen.«

Hugo suchte die beiden auf dem Foto. Zu seiner Überraschung konnte er sich noch an sie erinnern.

»Der auf der anderen Seite des Jungen, der umgebracht wurde …«, setzte er dann an.

»Das ist Tuerto. Na ja, so wurde er von seinen Freunden genannt. Er war unglaublich! Er kannte die Namen aller Züge und erkannte sie auf den ersten Blick oder sogar schon an den Geräuschen, die sie machten. Er hat diese dampfenden und zischenden Maschinen geliebt. Die Eisenbahn lag ihm im Blut. Sie hat ihm das Leben geschenkt …« Don Ernesto brach die Stimme.

Hugo erstarrte.

Er musste es wissen … Auch wenn er einen hohen Preis dafür zahlen musste.

»Die Eisenbahn hat ihm das Leben geschenkt und …«

»Die Eisenbahn hat es ihm wieder genommen«, sagte Don Ernesto seufzend.

Und so erfuhr Hugo, dass Tuerto tatsächlich an seinem Traum festgehalten hatte.

»Er hat die Schule beendet und dann als Mechaniker für die Bahn gearbeitet. Aber sein Traum war es, selbst Lokomotiven zu bauen. Eines Tages ist er in den Zug in den Norden gestiegen, um in die USA auszuwandern. Ich habe es von Valeria erfahren, die die ganze Zeit über Kontakt mit ihm gehalten hat. Ein Bekannter hatte ihm einen Job in einer großen Eisenbahnfabrik versprochen, doch er erhielt trotz mehreren Versuchen keine Einreisegenehmigung. Ihm blieb keine andere Wahl, als es illegal zu versuchen«, erklärte Don Ernesto traurig.

»Wie die Monarchfalter«, meinte Hugo seufzend.

Don Ernesto nickte.

»Er hat sich zu Fuß aufgemacht und ist in der Wüste verschwunden. Wir haben nie mehr von ihm gehört. Viele schaffen es nicht. Das habe ich in den Nachrichten gesehen. Die Mafia, Bestechungsgeld, Entführungen … Seitdem sind bereits mehr als fünfzehn Jahre vergangen, und ich weiß, dass Valeria noch immer auf einen Anruf von ihm wartet … Ein Anruf, der ihr mitteilt: ›Ich habe es geschafft und lebe auf der anderen Seite der Grenze.‹«

»Waren die beiden so eng miteinander verbunden?«, fragte Hugo und spürte einen Anflug von Eifersucht. »Waren sie ein Paar?«

»Hugo, vielleicht sind Sie noch zu jung, um das zu wissen, aber manchmal ist der gemeinsame Schmerz das, was die engsten Verbindungen schafft. Ich wünschte, die beiden hätten geheiratet! Dann würde Tuerto mich samstags manchmal besuchen kommen, wäre nicht gegangen, und Valeria wäre nicht so allein. Sie waren Überlebende, beste Freunde. Gemeinsam war es ihnen möglich, die Erinnerung an die, die gegangen sind, am Leben zu erhalten …«

Sehnsucht erfüllte den Raum.

»Aber ich weiß nicht von allen, was aus ihnen geworden ist … Einige habe ich aus den Augen verloren«, flüsterte Don Ernesto.

Für eine Weile hingen beide ihren Gedanken nach.

Don Ernesto blätterte weiter in dem Album, dessen Seiten er nicht sehen konnte, strich über jedes Foto, jeden Zeitungsausschnitt, jede Zeichnung und jeden Brief, die sich darin versteckten. Hugo war sich sicher, dass er das jeden Tag tat, tausendmal wiederholte Gesten.

Der alte Lehrer kämpfte darum, seine Erinnerung am Leben zu erhalten. Und er hatte ihm undankbar den Rücken zugewandt. Hugo stellte sich vor, wie oft Valeria und Tuerto seinen Namen gesagt hatten, sich gefragt hatten, was aus ihm geworden war … Und fühlte den unbändigen Drang, zu sprechen.

»Vielleicht kann ich Ihnen erzählen, was aus einem von ihnen geworden ist.«

»Das wäre ein großes Geschenk für mich. Auch wenn es unglaublich scheint, erinnere ich mich an beinahe alle meine Schüler. Vielleicht fällt mir der ein oder andere

Name nicht mehr ein, dafür aber der Spitzname oder das Gesicht …«

Hugo Valenzuela atmete tief durch.

»Erinnern Sie sich an Ikal Machuca?«

Don Ernesto lächelte.

»Der Letzte von ihnen.«

»Der Letzte von ihnen?«

»Valeria, Chico, Tuerto … Ikal. Alle guten Dinge sind drei, sagt man, aber in diesem Fall waren es vier. In jenem Schuljahr waren sie unzertrennlich. Wenn man sie sah, meinte man, dass sie für immer zusammenbleiben würden.«

»Ikal Machuca hat Abitur gemacht und studiert.«

»Ich wusste es!«

»Er hat Erziehungswissenschaften studiert und stets voller Sehnsucht an jenes Schuljahr zurückgedacht, an seine Freunde, an das Leben in der Eisenbahn … Er hatte sich fest vorgenommen, seinen Traum, Lehrer zu werden, zu verwirklichen. Er hat sogar promoviert. In jener Zeit ist seine Mutter gestorben.«

Don Ernesto senkte den Kopf, wollte ihn jedoch nicht unterbrechen.

»Und dann ist er nach und nach verschwunden.«

»Was wollen Sie damit sagen?«

»Manchmal verschwinden Menschen nicht auf einmal. Sie werden nach und nach ausgelöscht. Und so ist es Ikal ergangen.«

»Ich kann nicht glauben, dass er nicht mehr lebt!«, sagte Don Ernesto und stand auf.

»Er führt ein anderes Leben. Heute spielt er Golf, lebt allein in einer Wohnung im besten Viertel der Hauptstadt, fliegt mit dem Flugzeug, anstatt mit dem Zug zu fahren, ist Chefinspektor im Bildungswesen und …« Er sah seinen Lehrer an, um dessen Gesicht zu sehen, »… heißt Hugo Valenzuela.«

Ein strahlendes Lächeln.

Auf das er all die Zeit über gewartet hatte.

Endlich war er zurückgekehrt.

31

»Ganz ruhig, Carolina. Sprechen Sie langsam, sonst kann ich Sie nicht verstehen.«

»Ich bin mit meinen Nerven am Ende, Chef. Er war in Ihrem Büro und hat alles durchwühlt.«

»Wer?«

»Er ist schon ganz früh hier gewesen. Erst dachte ich, die Putzfrau hätte die Tür offengelassen … Als ich sie schließen wollte, habe ich ihn gesehen. Denken Sie nicht, dass er nach irgendwelchen Ausflüchten gesucht hat! Nicht im Ansatz! Er hat auf Ihrem Schreibtischstuhl gesessen und auf den Computerbildschirm gestarrt. Vor ihm lagen alle möglichen Dokumente verstreut …«

»Carolina, wer?«

Er wusste ganz genau, wer das gewesen war, aber er wollte es hören.

»Limónez.«

»Limónez.«

»Er hat mich angeglotzt und rotzfrech nach Ihrem Kalender gefragt, um nachzusehen, wen Sie in den letzten Wochen getroffen haben … Natürlich habe ich ihm Ihren Kalender nicht gegeben. Für wen hält der sich?«

»Und dann?«

»Er hat gesagt, dann würde eben der stellvertretende Direktor persönlich kommen, um den Kalender zu holen.« Sie atmete tief durch. »Ich habe ihm gesagt, dass der stellvertretende Direktor gerne schriftlich darum ersuchen kann. Und das alles wegen dieser Schule! Ich verstehe das nicht!«

Hugo schnaubte in den Hörer.

»Carolina, ich danke Ihnen für Ihren Einsatz und für Ihren Anruf. Das Beste, was Sie jetzt tun können, ist, sich aus der Sache rauszuhalten. Machen Sie sich keine Sorgen.«

»Wie? Ich soll mich raushalten? Ich stecke doch schon mittendrin!«

»Ich weiß. Aus Gründen, die ich im Moment nicht näher ausführen kann, geht es hier um viel mehr, als um das, wonach es aussieht. Die Schließung der Schule käme ein paar Leuten sehr gelegen.«

Es klopfte an seiner Zimmertür, was ihn auf der Stelle verstummen ließ.

»Ja?«

»Ich bin's, Rebeca.«

»Einen Moment, ich ziehe mich gerade an«, sagte er und fügte mit gesenkter Stimme hinzu: »Carolina, vielen Dank noch mal für alles. Ich muss das Gespräch jetzt beenden. Sobald ich kann, rufe ich wieder an. Das ist eine ganz üble Angelegenheit. Passen Sie auf, dass Sie da nicht noch weiter mit hineingezogen werden. Sie haben für die Schule und Don Ernesto getan, was Sie konnten.«

Er legte auf.

Atmete tief durch. Und öffnete mit einem Lächeln, das er jahrelang geübt hatte, die Zimmertür.

»Komm!«

»Wohin?«, fragte Rebeca überrascht, die ihren Laptop und ihren Bericht dabeihatte in der Hoffnung, die Sache an diesem Morgen endlich abschließen zu können. »Hugo, du hast mir gestern versprochen, dass wir eine Entscheidung treffen, und jetzt …«

»Gehen wir erst mal frühstücken. Dabei können wir bei einem Rührei deinen Bericht durchgehen. Multitasking sozusagen.«

Das ist der Moment der Wahrheit, sagte sich Hugo.

Die Schlinge zog sich immer weiter zu.

Es blieb keine Zeit mehr, um weiter Spielchen zu spielen.

Die Karten mussten auf den Tisch.

Wie jeder gute Spieler war er nicht nervös. Er wusste genau, dass er keine Chance hatte, zu gewinnen. Er hatte seine Lage akzeptiert, obwohl es ihm wehtat, auf den Sieg verzichten zu müssen, nachdem er so nahe dran gewesen war.

In den folgenden drei Stunden gingen sie den Bericht Punkt für Punkt durch. Hugo richtete seine Kommentare vor allem auf Formalitäten, sodass Rebeca sich nach und nach entspannte. Ihr Chef hatte ihren Bericht aufmerksam gelesen, und wo er inhaltlich etwas anmerkte, trug er zur Qualität des Reports bei. Vielleicht war ihre Sorge unberechtigt gewesen.

»Du hast wirklich sehr gute Arbeit geleistet«, sagte Hugo anerkennend.

»Du hast ja auch dazu beigetragen«, gab sie ihm das Kompliment zurück.

»Nein, nein, die Stichhaltigkeit deiner Argumentation, die Vorschläge zum Museum, zur Ehrung des Lehrers … Das ist dein Werk! Du hast an alles gedacht.«

»Danke, aber deine alten Berichte waren als Vorlage wirklich hilfreich.«

»Die habe ich längst vergessen«, wischte er das Thema beiseite.

»Sollen wir Carolina bitten, dass sie einen Termin mit dem stellvertretenden Direktor macht, damit du ihm den Bericht vorstellen kannst? Oder mit dem Generaldirektor?«

»Einen Termin für mich? Nein, Rebeca. Wie ich schon sagte, es ist dein Bericht. Und ich bestehe darauf, dass du ihn vorstellst.«

»Also …«

»Am besten schreibst du gleich eine Mail an die Sekretärin des stellvertretenden Direktors, um einen Sitzungstermin zu vereinbaren.«

»Für wann?«, fragte sie, während sie ihren Mailaccount öffnete.

»Wann es dir passt.«

Rebeca sah verwundert auf.

»Na, was? Auf mich brauchst du keine Rücksicht zu nehmen. Ich werde an dieser Sitzung nicht teilnehmen.«

»Aber wir sind doch ein Team und …«

»Der Bericht ist von dir.«

»Aber du bist derjenige, der ihn unterschreibt …«, sagte sie unsicher.

»Nein. Ich unterschreibe ihn nicht.«

»Aber deine Verbesserungen …«

»Gefallen sie dir nicht? Ich denke, sie geben dem Bericht den letzten Schliff.«

»Sie sind perfekt! Deshalb habe ich gedacht, dass …«

»Was? Rebeca, dein Bericht ist perfekt. Aber ich werde ihn nicht unterschreiben.« Für einen Moment sahen sie sich schweigend in die Augen. »Ich bin gegen die Schließung der Malinalli-Tenepatl-Schule. Ich weiß, dass ihr sie schließen werdet, dass die Entscheidung längst gefallen ist. Aber das wird nicht in meinem Namen geschehen.«

»Aber du hast die Zahlen doch gesehen! Alles andere macht keinen Sinn!«, rief Rebeca aus.

»Mag sein«, sagte Hugo seufzend. »Aber ich bin nicht blöd. Die Mehrheit aller Beamten, Behörden und Lehrer wirst du überzeugen. Aber ich kenne zu viele Einzelheiten. Hintergründe, Motive. Dinge, mit denen man einen komplett neuen Bericht füllen könnte, denkst du nicht?«

Hugo sah zu, wie Rebeca die Gesichtszüge entgleisten.

»Irgendwann kannst du mir ja mal erzählen, was für dich dabei herausspringt.«

Sie öffnete den Mund, um zu protestieren.

»Verkauf mich nicht für dumm. In diesem Spiel hätte jeder von uns etwas gewonnen.« Er seufzte. »Aber für mich ist es nicht genug. Dafür verkaufe ich mich nicht.«

»Weißt du überhaupt, was du da tust?«, sagte Rebeca herausfordernd.

»Ja, von der Berufung in die Nationale Kommission kann ich mich verabschieden. Überrascht?«, fragte er sie. »Und ich nehme an, wenn ich öffentlich machen würde, was ich weiß, würde es dabei nicht bleiben. Aber ich bin kein Selbstmörder, Rebeca, und deshalb habe ich nicht vor, die Sache an die große Glocke zu hängen, wenn es das ist, was dir Angst macht. Was hätte ich schon in der Hand?«

Rebeca erbleichte.

»Hugo, denk gut darüber nach, du hast hart für deine Position gearbeitet. Du bist ein guter Chef …«

»Gewissensbisse?«

»Lass dich von dieser Geschichte nicht unterkriegen! Überhaupt ist das hier doch keine große Sache. Und, seien wir ehrlich, wir wissen beide nur zu gut, dass diese Schule geschlossen wird. Egal, ob wir unterschreiben oder nicht. Es ist …«

»Das kleinere Übel«, meinte er lächelnd. »Oder willst du mir etwa sagen, dass es dir um mich geht? Dass du mich magst? Du solltest nicht die Person mit dem Amt verwechseln.«

Rebeca stand wütend auf.

Dabei fiel die Kaffeekanne vom Tisch und zerbrach in tausend Teile.

Das ist mein Leben, dachte Hugo, während er zusah, wie sich der schwarze Fleck auf dem Teppich ausbreitete.

»Valenzuela! Was ist hier los?«

Wenn man denkt, es kann nicht schlimmer kommen, setzt das Schicksal noch einen drauf. In der Tür zum Frühstücksraum stand mit ausgebreiteten Armen, die Handflächen zur Decke gedreht, Limónez.

32

Er sah ihnen nach, als sie gingen, und fühlte eine unglaubliche Erleichterung. Eine Erleichterung, der unzählige Nächte voller Selbstvorwürfe folgen würden. Trotzdem hatte er mit der Entscheidung nicht eine Sekunde gezögert: Er wollte nicht gemeinsam mit Limónez und Rebeca ins Flugzeug steigen.

Seit er die Schließung des Schulwaggons abgelehnt hatte, traf er seine Entscheidungen so leicht, dass ihm beinahe schwindelig wurde. Er sagte einfach zu allem Nein.

»Kommst du jetzt endlich zur Vernunft?«, hatte Limónez ihn gefragt, nachdem er von Rebeca erfahren hatte, dass Hugo sich weigerte, den Bericht zu unterschreiben.

»Nein.«

Daraufhin hatten sie begonnen, ihn zu bearbeiten. *Wie aus dem Lehrbuch*, sagte sich Hugo, als seine Kollegen sich zunächst besorgt gaben, dann zu Schmeicheleien übergingen, um ihm letztendlich offen zu drohen.

Doch all das brachte ihnen nichts.

Genauso wie es ihm nichts brachte, ihnen zu erklären, dass dies die einzige Entscheidung war, die er treffen konnte, ohne sich noch ein weiteres Mal selbst zu betrügen.

»Manchmal ist die Zeit, Ja zu sagen, und manchmal ist die Zeit, Nein zu sagen«, hatte er ihnen nüchtern mitgeteilt. »So ist es nun mal.«

»Das wird unangenehme Folgen haben«, giftete Limónez. »Dein Opfer ist umsonst. Die Tage dieser Schule sind gezählt!«

»Ich kann dich einfach nicht verstehen«, sagte Rebeca. »Ich habe dich für professionell gehalten. Wenn es für dich eine Frage des Anstands ist, dann verzichte auf die Berufung in die Nationale Kommission. Aber unterschreib diesen Bericht und halte zumindest deinen Posten als Chefinspektor. Du bist der Beste. Früher oder später wirst du befördert werden und kannst andere wichtigere Entscheidungen treffen.«

So viel Dreistigkeit überraschte Hugo dann doch. Was er ihr mit einem eindeutigen Blick zu verstehen gab.

Sie winkte ab. *Es ist nicht so, wie du denkst*, schien sie damit sagen zu wollen.

»Ich gewinne nichts dabei!«

»Mein Posten ist für dich also nichts? Oder habe ich da etwas falsch verstanden?«, wandte er sich an den überraschten Limónez.

Rebeca ließ sich nicht beirren:

»Ich bekomme deinen Posten nur, wenn du in die Kommission berufen wirst. Und du weißt, dass ich das Zeug zur Chefinspektorin habe. Es wäre nur eine Frage der Zeit gewesen.« Sie seufzte. »Ich schwöre dir, dass ich diesen Bericht nach bestem Gewissen verfasst habe. Die Zahlen sprechen eine deutliche Sprache. Wenn wir die Schule nicht schließen, werden es unsere Nachfolger tun. Dieses Modell hat ausgedient.«

»Dann sollen unsere Nachfolger es tun.«

»Ich sage noch mal, dass ich dich einfach nicht verstehe. Welches Puzzleteil fehlt mir?«, fragte Rebeca ihn nun geradeheraus.

Hugo lächelte.

Da muss ich jetzt wohl durch. Irgendwann werden sie es sowieso erfahren.

Mit großer Befriedigung sagte er:

»Das Modell funktioniert sehr wohl. Ich weiß es aus erster Hand.«

»Ein alter Lehrer erzählt dir irgendwelche Märchen und …«, sprudelte es aus Limónez heraus.

Doch Hugo wandte den Blick nicht von Rebeca ab. Mit Limónez, diesem Idioten, war er fertig. Er war es nicht wert und ereiferte sich nur, weil er seine Felle davonschwimmen sah. Aber es war ihm wichtig, dass seine Assistentin es verstand. Vielleicht konnte er sie doch noch überzeugen.

»Ich heiße Ikal Machuca. Oder, besser gesagt, ich hieß einmal so. Mein Vater, der gestorben ist, als ich noch ein Kind war, war Eisenbahnarbeiter.«

Rebeca schluckte. Dann nickte sie stumm, um ihn zum Weitersprechen aufzufordern.

»Ich war selbst Schüler in einer Eisenbahnschule. Tatsächlich genau dieser Schule. Und Don Ernesto war mein Lehrer.«

»Und weil er fast blind ist, hat er dich nicht wiedererkannt …«

»Er ist ein Mann, der mit dem Herzen sieht. Er wusste, wer ich bin. Er hat mich wiedererkannt.«

In wenigen Worten erzählte Hugo seine Lebensgeschichte.

Limónez folgte seinen Worten mit offenem Mund. Hugo konnte förmlich sehen, wie sein Kollege sich im Kopf die richtigen Worte zurechtlegte.

»Das ist deine Vergangenheit. Wie wir alle eine Vergangenheit haben. Was mir Sorgen macht, ist deine Zukunft. Was willst du jetzt machen?«, fragte sein Kollege schließlich.

»Ich werde mir ein paar Tage freinehmen und nächsten Montag wieder im Büro sein.«

»Und?«

»Meine Arbeit machen …«

»Aber das ist nicht möglich«, rief Limónez. »Du hast das Vertrauen einmal enttäuscht, das man in dich gesetzt hat. Wer sagt, dass du es nicht wieder tust?«

Wer gut zuhört, wird viel Ungesagtes hören, dachte Hugo. Er bemerkte die Angst, die hinter diesen Worten steckte. Wahrscheinlich wusste er zu viel. Anders als Rebeca hatte er bewiesen, dass er nicht bereit war, nach der Pfeife des Ministeriums zu tanzen.

Er war zum Risiko geworden.

»Keine Sorge. Wie ich unserer Kollegin bereits gesagt habe, habe ich nicht die Absicht …«

»Ich muss mit dem stellvertretenden Direktor sprechen«, fiel ihm Limónez ins Wort. »Und ich empfehle dir, auf seinen Anruf zu warten, bevor du wieder ins Büro kommst.«

Über den Feldern ging die Sonne unter.

Ein längst vergessen geglaubter Anblick kehrte zu ihm zurück, als er zwischen ihnen entlangging.

Während seine Kollegen im Flugzeug saßen und jeden Moment in der Hauptstadt landen würden, ging er hier spazieren und atmete den Duft der Erde ein. Er dachte an die hupenden Autos auf den Straßen, doch das Konzert der Vögel um ihn herum war lauter, verdrängte seine Erinnerung an den Stadtverkehr. Die Landarbeiter, die ihm begegneten, grüßten ihn mit einem Kopfnicken.

Er war im Begriff, sie nach Valeria zu fragen oder nach ihrer Kooperative. Doch eine seltsame Scham hielt ihn davon ab. Bevor er sie wiedersah, schuldete er, auch wenn er es kaum erwarten konnte, jemand anderem einen Besuch.

»Don Ernesto …«

»Du bist immer für eine Überraschung gut. Um diese Zeit?«

»Don Ernesto, ich …«

»Doch nicht hier in der Tür! Komm rein!«

»Ich wollte Ihnen nur kurz etwas sagen.«

»Aha … Und so, wie sich deine Stimme anhört, muss es etwas Trauriges sein.«

Hugo nickte.

Diese Geste ist genauso sinnlos wie meine Kündigung. Wenn ich doch nur in der Lage gewesen wäre, eine Lösung zu finden …, sagte er sich, als ihm bewusst wurde, dass sein Lehrer ihn ja gar nicht sehen konnte.

»Sie werden unsere Schule schließen, Don Ernesto.«

Obwohl er schon viel schlimmere Nachrichten verkündet hatte, tat es ihm ungemein weh, die Worte auszusprechen.

In dem schlichten Wohnzimmer seines Lehrers stehend, das dieser bald würde verlassen müssen, hätte er am liebsten geschrien.

Er schloss die Augen und presste die Lippen zusammen.

Dann spürte er etwas Warmes in seinem Rücken.

Don Ernesto hatte ihm eine Hand auf die Schulter gelegt. Aber in Wirklichkeit war es viel mehr als das.

»Ikal, du hast mir gerade ein wunderbares Geschenk gemacht! Du hast ›unsere Schule‹ gesagt«, murmelte sein Lehrer, während er ihm zärtlich die Schulter tätschelte. »Ich bin froh, dass du der Bote bist, der diese schlechte Nachricht bringt. Und ich sie nicht in Form eines offiziellen Briefes oder durch den Anruf irgendeines Beamten erfahre, der nicht einmal weiß, wo sich unser kleiner Bahnhof befindet.«

»Leider ist das auch alles, was ich für Sie tun konnte.«

Wie unzählige Male zuvor entwirrte Don Ernesto mit viel Geduld das Durcheinander verwirrter Gefühle, die auf der Seele seines Schülers lasteten. Bis erst die Tränen kamen und danach die Ruhe.

»Die Dinge geschehen nie grundlos.«

»Ich bin mir ziemlich sicher, dass das nicht stimmt«, entgegnete Hugo im Gedanken an Rebeca, Limónez und den stellvertretenden Direktor.

»Auf der einen Seite haben wir eine Schule ohne Lehrer.« Don Ernesto hustete, als wollte er betonen, wie krank er noch immer war. »Und auf der anderen Seite einen Lehrer ohne Arbeit …«

Hugo sah ihn überrascht an.

»Das halte ich für keine gute Idee. Ich habe seit dem Studium keinen Klassenraum mehr betreten.«

»Aber du hast dieses Klassenzimmer betreten.« Don Ernesto machte eine Pause, bevor er fortfuhr: »Das Schuljahr lassen sie uns ja hoffentlich noch zu Ende machen, oder?«

»Die Mühlen der Bürokratie mahlen langsam. Ja, ein paar Monate haben wir wohl noch.«

»Na, bitte!«, rief der alte Lehrer strahlend. »Also: Haben wir eine Abmachung?«

Er streckte die Hand aus, und Hugo schlug ein.

Dann musste er lachen.

Das war das kürzeste Bewerbungsgespräch gewesen, das er jemals geführt hatte. Und schon hatte er wieder einen Job. Wenn auch leider nur auf Zeit und ohne Gehalt.

33

Hugo Valenzuela hatte es gewusst.

Er hatte es schon als Kind gewusst.

Mit einer Gewissheit, die ihn regelrecht blind machte: Er sah keine andere Frau, nicht wirklich, auch wenn sie direkt vor ihm stand. Valeria war schon immer die Einzige gewesen und würde es immer sein.

Alle anderen schienen ihm stets nur wie farblose Kopien eines Originals, das er in den Tiefen seines Gedächtnisses wie einen Schatz bewahrte. Dieses entschlossene Mädchen, das mit beiden Beinen fest auf dem Boden stand und kräftig zupacken konnte, das lachend durch den schönsten Teil seiner Kindheit lief, das im Weiher badete, das auf die Kaninchen des Zauberers wartete, dessen Hände voller Erde waren, das seinen Freund küsste, aber ihn dabei ansah …

Ob es noch existierte?

Wenn er sich vorstellte, dass sie sich hätten verlieren können, lief es ihm kalt den Rücken hinunter. Valeria in weiter Ferne, okay. Valeria, die einem anderen gehörte, auch okay.

Aber was wäre gewesen, wenn auch sie wie Chico und Tuerto aus dem Leben gerissen worden wäre? Wenn auch sie spurlos verschwunden wäre?

Wenn er wirklich allein zurückgeblieben wäre?

Wenn er die Erinnerungen ganz allein hätte bewahren müssen, weil alle ihn verlassen hatten?

Ich hätte es verdient, weil ich erst jetzt zurückgekehrt bin, war die einzige Antwort, die er sich geben konnte, während er verlegen auf seine Schuhspitzen sah.

Er stand wie angewachsen vor dem Zaun am Ende des Feldwegs. Don Ernesto hatte ihm die Adresse gegeben und versprochen, ihr nichts von seinem Besuch zu sagen.

Und nun stand er schon seit über einer Viertelstunde hier, ohne zu wissen, was er sich eigentlich erwartete. Er war den Zaun entlanggegangen. Hatte eine Gruppe Landarbeiter gegrüßt, die von den Feldern gekommen waren, um nach Hause zu gehen. Sie hatten ihn zurückgegrüßt, als wäre es selbstverständlich, einem Mann wie ihm an dieser Stelle zu begegnen. Keine Fragen, keine misstrauischen Blicke, kein Vorwurf.

Für einen Moment erschien es auch ihm als das Selbstverständlichste der Welt, an diesem Ort zu sein. Er hatte das Gefühl, niemals mit seiner Mutter und Quetzal in jenen Zug gestiegen zu sein, weiter jeden Tag in die Eisenbahnschule gegangen zu sein und später Valeria jeden Tag hier von der Arbeit abgeholt zu haben. Wie so viele Paare in allen möglichen Winkeln der Erde sich jeden Tag nach der Arbeit wiedertrafen.

In der Ferne hörte er das Meckern der Ziegen und das verzweifelte Bellen eines alten Hundes. Ihm fiel auf, dass er seit Ewigkeiten keine Tiere mehr gehört hatte. Das Klingeln seines Weckers, der schrille Klang seines Handys, das Hupen der Autos und das Klappern seiner Finger auf der Tastatur seines Computers waren die Geräusche, die seinen Alltag bestimmten.

Seit dreißig Jahren gehörte er nicht mehr hierher.

Was wünschte er sich, das geschehen sollte, wenn er Valeria gegenüberstand?

Dass sie mich wiedererkennt, als ob die Zeit stehen geblieben wäre? Ich glaube nicht, dass sie mich vor ein paar Tagen erkannt hat, auch wenn sie gezögert hat …, sagte er sich. *Ich hoffe, dass sie mich auf die Wangen küsst und wir uns unterhalten, als hätten wir uns gestern zum letzten Mal gesehen …* Er lachte bei der Vorstellung, wie sie über Molche und Schmetterlinge sprachen, über Quetzal und das gestohlene Pausenbrot, über die Zukunft … Wie hatte er nur all die Zeit über außer Acht lassen können, was nach den letzten dreißig Jahren zwischen ihnen stand?

Er knetete nervös seine Hände. Zwei Frauen mit ihren Kindern lächelten ihm zu, als sie an ihm vorbeigingen.

»Auf wen warten Sie?«, fragte die Jüngere der beiden.

Er sah die Frau an, ohne zu wissen, was er sagen sollte.

»Drinnen ist nur noch Valeria …«, fügte die Ältere hinzu. »Aber keine Sorge, morgen früh um sechs sind wir alle wieder da.«

Die beiden Frauen schüttelten ihm zum Abschied lachend die Hand.

Er ging durch das Tor im Zaun.

Reiß dich zusammen! Du möchtest doch nur einer alten Freundin Hallo sagen, schauen, wie es ihr geht, ihr ein paar Wangenküsse geben, und das war's … Diese Sentimentalitäten passen doch gar nicht zu dir, schalt er sich selbst, während er mit vorsichtigen Schritten durch das kleine ländliche Paradies lief, das Valeria geschaffen hatte.

Wenn er wirklich ein paar Wochen hierbleiben würde, war es nur höflich vorbeizukommen, um sie zu begrüßen. Was würde sie von ihm denken, wenn sie von seiner Rückkehr erfuhr und er nicht einmal kurz Hallo gesagt hatte? Für einen Moment verdüsterte ein Zweifel sein Gesicht: Würde die erwachsene Valeria sich, wenn sie einander gegenüberstanden, überhaupt an Ikal erinnern? Doch dann kamen ihm zu seiner Erleichterung Don Ernestos Worte wieder in den Sinn: Sie und Tuerto hatten viele Jahre lang jeden Tag an ihn gedacht. Bis ein Zug auch die beiden voneinander getrennt hatte.

Es dämmerte bereits. Der Himmel war bedeckt, und es sah nach Regen aus.

Er legte einen Schritt zu. Zwei Reihen von Obstbäumen säumten den Weg, der zu einem kleinen Holzhaus führte. Die Tür war geschlossen. Mit klopfendem Herzen betätigte er die Klingel. Doch im Inneren des Hauses regte sich nichts. Er versuchte es erneut, aber es blieb still.

»Zu spät«, sagte er mit hängenden Schultern seufzend zu sich selbst.

Er würde am nächsten Tag noch einmal wiederkommen müssen. Ein seltsames Gefühl erfüllte ihn: Er war enttäuscht, aber gleichzeitig auch erleichtert.

Wenn ich schon mal hier bin, kann ich mich auch ein wenig umsehen, dachte er. Dabei behielt er weiterhin den Himmel im Auge. Er hasste Gewitter.

Er ließ das kleine Haus hinter sich.

Dahinter erstreckten sich mehrere Hektar große Felder, die zu dieser Uhrzeit ruhig dalagen. Einzig ein paar Vögel hatten sich hier zu einem späten Abendessen versammelt. Unbeeindruckt von den Vogelscheuchen aus Stroh, hüpften sie selbstbewusst umher und pickten mal hier, mal dort. Einige von ihnen drehten die Köpfe, um ihn zu betrachten, und schienen abzuwägen, ob sie wegfliegen sollten oder nicht. Die anderen ignorierten ihn.

Hugo zog seine Schuhe aus.

Die Erde war warm. Sie bewahrte all die Sonnenstunden, -monate und -jahre auf, als ob sie glaubte, die Sonne könnte eines Tages aufhören zu scheinen. Er entdeckte eine beträchtliche Anzahl an Fußspuren, die in alle Richtungen führten. Er versuchte seinen Fuß in eine der Spuren zu setzen, doch sie war zu klein.

»Gott sei Dank, es regnet!«, hörte er eine Stimme hinter sich.

Ein Seufzer unterteilte die Zeit in ein Davor und ein Danach.

»Das wurde aber auch Zeit!«

Er spürte, dass diese beinahe geflüsterten Worte für ihn bestimmt waren.

Genau in diesem Moment, als hätte der Regen auf diese süßen Worte gewartet, spürte er den ersten Tropfen auf seiner Stirn.

Und wenige Sekunden später den zweiten.

Sekunden, in denen selbst der Himmel über ihren Köpfen den Atem angehalten zu haben schien.

Wie lange sie wohl schon hier bei mir ist?, fragte er sich.

Doch sofort wusste er die Antwort: ein ganzes Leben lang.

Er blickte in den perlgrauen Himmel.

»Wonach schmecken die Wolken?«, fragte er.

Ein Lachen, so hell wie der Morgen, so klar wie der Weiher, in dem er als kleiner Junge gebadet hatte, mischte sich in das Prasseln des Regens, der in diesem Moment sturzbachartig auf die alte Erde niederging. Auf die Felder, die sich vor ihm erstreckten. Und auf einen alten Eisenbahnwaggon voller Landkarten und Erinnerungen.

34

Aristoteles sagte einmal, die Hoffnung sei der Traum des Wachenden.

Und nach vielen Jahren träumte ich wieder, ohne zu schlafen.

Meine jungen Schüler lachen über mich: Immer mal wieder bin ich mit meinen Gedanken woanders, während sie etwas zeichnen oder an der Tafel Gleichungen lösen. Die Älteren nennen mich, um mich zu ärgern, Dornröschen. Ich lasse sie.

Wenn die wüssten!

Und sie irren sich: In Wirklichkeit bin ich hellwach, aber die glücklichen Erinnerungen kehren ohne Vorwarnung aus dem Gestern zurück und hüllen mich ein. Ich sehe einen staubigen Weg und kann nicht anders, als gespannt darauf zu warten, dass Quetzal angelaufen kommt, um mich wie immer nach dem Unterricht abzuholen.

Geschmäcke, Düfte, Farben, Klänge … Alles kann mich von einem Moment auf den nächsten forttragen. Ich betrachte die Menschen, die mir begegnen, auf der Suche nach bekannten Gesichtern. Anekdoten in meinem Kopf wollen zu Worten werden. Ich strapaziere das Gehör aller Menschen in meiner Umgebung. Don Ernesto lacht. Sagt, dass das vorübergehen wird. Dass das nur am Anfang so ist. Zusammen haben wir das Schuljahr beendet, das letzte Schuljahr unserer Schule, der Malinalli-Tenepatl-Schule … Zumindest steht es so in dem Brief aus der Hauptstadt. Leider kann Don Ernesto ihn nicht lesen. Und ich will nicht.

Vielleicht sagen wir, nichts gewusst zu haben.

An den Nachmittagen treffen wir uns in seinem kleinen Wohnzimmer. Dann geht das »Und wenn …« los.

Unsere Träume sitzen mit uns auf dem alten Sofa:

Und wenn wir dieses machen … jenes bauen … dann gründen wir …

Sie begleiten mich vom Aufstehen am Montagmorgen bis zum Zu-Bett-Gehen am Sonntagabend.

Valeria lässt mich reden. Manchmal drückt sie mir dabei eine Schaufel in die Hand, oder sie zeigt mir die Äpfel, die gepflückt werden müssen. Sie macht niemals Pause. Hin und wieder schüttelt sie den Kopf, während sie sich meine Ideen anhört, ohne jedoch mit dem Gießen aufzuhören, oder damit, ihre Papiere zu ordnen, oder faules Obst aus einer Kiste für einen Kunden zu sortieren. Aber ich weiß, dass sie mir zuhört. Dass es ihr gefällt, mir zuzuhören. Sie sehnt sich nach meiner Stimme, auch wenn sie es nicht sagt.

Sie redet wenig und verspricht noch weniger.

Sie hat nicht Ja gesagt. Und auch nicht Nein. Inzwischen sind bereits zwei Monate vergangen.

Manchmal ertappe ich sie dabei, dass sie mich ansieht, wenn sie glaubt, dass ich es nicht merke. Dann sehe ich in ihren glänzenden Augen die Verwunderung derer, die ihr Glück nicht fassen können. Derer, die damit rechnen, dass es ihnen jeden Moment wieder entwischt. Ich merke es: Sie fürchtet den Moment, in dem ich wieder einen Zug in eine Welt, in eine Zukunft nehme, die nicht ihre ist, die nicht unsere ist, die nur mir gehört.

Wir haben keine Eile.

Ich werde diese Verwunderung vertreiben.

Denn ich bin genau dort, wo ich sein möchte.

Es gibt keine andere Zukunft für mich als ihr schwarzes Haar, das über ihren Rücken fällt.

Dank

Dieses Buch ist in einem langen Sommer entstanden, den ich in Barcelona, Santiago de Chile, Mexiko-Stadt und Mexicali verbracht habe. Ein Jahr unter der Sonne, in dem ich mir einen Traum erfüllt habe: in Lateinamerika zu leben und in sozialen Projekten zu arbeiten.

Barcelona. Eines Morgens erhielt ich eine E-Mail von Jaume P. aus Los Angeles. Mit seinen siebzig Jahren war er dort hingezogen, um mit den Menschen zu arbeiten, die am wenigsten besitzen. In der Nachricht an mich stand lediglich: *Ich denke, das interessiert dich*. Darunter fand ich einen Ausschnitt aus einer lokalen mexikanischen Online-Zeitschrift, ein Interview mit einem alten Lehrer, der kurz vor der Pensionierung stand. Wie gut uns die Menschen, die wir lieben, doch kennen! Die Geschichte faszinierte mich auf Anhieb. Und ohne dass ich es bemerkte, begann in mir auf kleiner Flamme etwas zu köcheln. Ein Roman, der bereits einen Arbeitstitel hatte, bevor die erste Zeile geschrieben war: *Die Schule, die wir liebten*.

Santiago de Chile. Drei Monate später erschienen mir in dem kleinen Garten, den ich mir mit zwei Freundinnen in Providencia teilte, zum ersten Mal die Protagonisten. Zwischen November 2015 und April 2016 wuchsen sie heran und erlebten nachts ihre ersten Abenteuer. Denn tagsüber arbeitete ich für eine Stiftung, die sich um die

Erstaufnahme von Migranten kümmert. Das, was ich von all denen lernte, die ich an meinem Schreibtisch in dem kleinen Büro empfing, wäre Stoff genug für einen weiteren Roman. Eine Gruppe junger Leute saß dem unermesslichen Leiden guter Menschen gegenüber, die schlecht behandelt wurden, die sich wie Verbrecher versteckten … junge Leute, die niemals aufgaben, weil sie die Würde jedes Menschen anerkannten, der zu uns kam, unabhängig von Ausweis, Hautfarbe oder Sprache. An einigen Tagen konnten wir etwas erreichen: eine Arbeitserlaubnis, eine Familienzusammenführung, die Verurteilung eines Ausbeuters. An anderen Tagen nicht. Und? Am nächsten Tag begannen wir von vorn.

Kapitel für Kapitel nahm mein Buch Form an. Das gute Gefühl jener Tage, die ich in dieser freundlichen und mitreißenden Stadt verbrachte, hat es stärker gemacht.

Mexiko. Mit dem Manuskript, das in meinem Computer schlummerte, und dem unbändigen Wunsch, es Jaume zu zeigen, der inzwischen jedoch verstorben war, erreichte ich mein nächstes Ziel. Es war Mai. Ich ließ die herbstlichen Regenfälle Santiagos hinter mir und stürzte mich in die Arme eines Frühlings und eines Landes, das mich körperlich und emotional völlig veränderte.

Jeder Mensch sollte einmal eine Zeit lang in Mexiko-Stadt leben, sei es für eine Woche oder ein Jahr, und diese schwindelerregende Metropole spüren, die so unfassbar groß ist, so absurd chaotisch und so unendlich grausam, dass sie allen oder keinem gehört. So widersprüchlich, dass es einem den Atem nimmt, vom lärmenden Zócalo bis zu der beruhigenden Stille des Frida-Kahlo-Museums in Coyoacán, von den kosmopolitischen Vierteln Roma und Condesa bis zu den schlimmsten Vororten … Innerhalb von sechs Monaten landete ich drei Mal in dieser Stadt, die für mich zu einem sicheren Hafen wurde, wo ich meine Wunden lecken, lose Enden verknüpfen und Liebe geben und empfangen konnte.

Diese Stadt war für mich auch das Eingangstor zu einer der bedeutendsten Erfahrungen, die ich je gemacht habe und an die ich mich sicher mein ganzes Leben lang zurückerinnern werde.

Die Escuelitas de Tareas, in denen ich gearbeitet habe, sind ein Ort des Lichts inmitten der Dunkelheit. Mehr als fünfundzwanzig dieser Sterne beleuchten die schlimmsten Viertel von Tijuana und Mexicali an einer der hässlichsten Grenzen der Welt. Die Lehrer an dieser Schule sind zwischen dreizehn und siebzehn Jahre alt, die Direktorinnen sind Frauen aus der Region, die nur die Grundschule besucht haben. Zusammen schaffen sie es, Netze aus Liebe zu weben, welche diejenigen auffangen, die fallen. Spielend, durch Geschichten, Bilder, Rechenaufgaben und viel Zärtlichkeit lernen alle voneinander. Meine Kinder und meine Lehrer haben mich für ein halbes Schuljahr aufgenommen. Sie alle brachten mir bei, dass ein Tag ohne ein Lächeln und einen Kuss ein verlorener Tag ist.

Bei zweiundfünfzig Grad überleben nur Kakteen? Nein. Die Betreuer und Kinder der gemeinnützigen Organisation Cachiverano haben mir den ganzen Juli über gezeigt, dass man bei dieser Hitze nicht nur überleben, sondern auch glücklich sein kann. Als ich bereits davon überzeugt war, dass die Zeiten des Zeltens für mich vorbei wären, verbrachte ich vier Wochen mit Versteckspielen, mit Wasserschlachten und dem Backen von Crêpes … für achtzig kleine Strolche. An jene Tage denke ich auch wegen der Frauen, die mit uns den Workshop »Der Baum des Lebens« durchführten, mit großem Dank zurück: Wir haben die Schmerzen, die wir empfunden haben, geteilt, die Träume, die uns aufrichten, die Liebe, die uns formt. Ganz ähnlich war es auch mit den Drogenabhängigen im Entzug, mit denen wir an einigen Nachmittagen Spiele gespielt haben, oder mit den Immigranten aus Haiti und dem Kongo, die wir auf ihrem Weg zum amerikanischen Traum begleitet haben.

Und eines Tages war es zu Ende. Ich nahm ein Flugzeug und landete in New York und Boston, um im Kreis meiner Freunde Atem zu holen. Und später brachte mich ein anderes Flugzeug zurück nach Barcelona.

Aber ein Teil von mir blieb zurück. Ein paar Fasern meines Herzens haben sich mit der Haut der Menschen verwoben, die jetzt ein Teil von mir sind. Auch wenn wir uns nie mehr wiedersehen, werden wir nie getrennt sein.

Ich bestehe nicht aus Zellen, sondern aus Namen.

Claudia, María, Lili, Sole, Rosa, Irene, Lourdes, Pepe, Angelica, Katherine, Lorena, Aracelly, Delio, Ana, Ingrid, Gema, Nico, Daiana. Alba.

Hugo (danke, dass du mich besser machst, weil du so anders bist, dass ich nur ein Wort zu sagen brauche, und schon bist du da, und dass damit die Zuneigung zwischen uns trotz der vielen Kilometer und all der Jahre bestehen bleibt), Javier (dafür, dass du bereit bist, mich einfach so mit deinem edlen Herzen zu lieben), Pedro (für deine Fröhlichkeit und deine Großzügigkeit), Pilar, Peter und Carmen.

Vielen Dank auch an Dani und Pep, dafür, dass sie durchgehalten haben. An meinen Mann an der Grenze, Toni, an meine Logistik-Expertin Pathy, an meine Celeste, an Karla, das Zahlenwunder, Mami Rosi und Lupita, die beste Köchin der Welt. An die, die ihre Träume haben: Briana, Alejandro, Imelda, Manuel und Lupita. An die ewig unvergessenen Karen und Cruz. An die von mir bewunderten Blanca, Lorena, Maggi und ihre zauberhafte Nichte, Estelita, Carlos. An Esther, die Dichterin zwischen Backsteinen und Sonnen. An Gabi und ihre Schätze, meine Namenscousine Ángeles, Tacko, Marce, Letty, Rosa Noelia, Rosario B. und an alle Koordinatorinnen von ETC. An alle Kinder der Misión del Ángel und an die Prinzessinnen aus Valle de Puebla. An die Familie Ramos. An die einzigartigen und unvergleichlichen Kleinen von ETC Calasanz: Emir, Samuel, Valeria … Dilan, Melani und Kahin, die sich ihr Glück erträumen. Und an die Älteren wie Yahaira, Nancy, Alejandra … An die beste Bande der Welt, Lupita, Miguel, Vanessa. An meine Zeltgenossinnen Yasmine und Yoseline … The Vega Brothers, Alexis, Guillermo, Luis und Brenda. Alba Mireya, Alicia. Reyna, Dilan, Erika, Elizabeth und Heidi. Bere und Luna. Anna, Gallo, Ana Laura, Imma und Luis. Javier F. Luis Felipe, Hilario, Fernando, Hermes, Federico.

An Luca, Abril, Belén und Nico, damit sie die Kraft haben, zu sein, was immer sie wollen, aber zu sein. Mit Leidenschaft und Mitgefühl.

An Ester, dafür, dass sie einmal mehr an mich geglaubt hat, mehr als ich selbst, und an meine kleinen Geschichten.

Und an alle, die ich – wegen meines schlechten Gedächtnisses und nicht aus mangelnder Liebe – hier vergessen habe, obwohl sie ein Teil dieses langen Sommers waren.